해 주세요! Please

2

해주세요! 2

초판 1쇄 발행 2020년 7월 24일

지은이 | Yulia

발행인 | 김성룡
기획, 편집 | (주)스마트빅(쉼표)
교정 | 김은희
표지디자인 | 우물
출판등록 | 제2014-000017호 (2011년 6월 30일)

펴낸곳 | 도서출판 가연
주 소 | 서울시마포구 월드컵북로 4길 77, 3층 (동교동 ANT빌딩)
전 화 | 02-858-2217
팩 스 | 02-858-2219
ISBN | 978-89-6897-072-6 03810

해 주세요! Please

2

Yulia
장편소설

차 례

8. 아이가 있어

은호는 자신을 보며 활짝 웃는 세정의 모습이 어쩐지 불편하기만 했다.

"유은호 씨 먼저 들어가죠."

문득 우재가 은호에게 말을 던져 왔다.

"네?"

얼결에 은호가 되물었으나 그녀는 곧 수긍하듯 고개를 끄덕였다. 어쩐지 자신이 자리를 피해 줘야 할 것만 같은 느낌이었다. 은호가 박 기사와 함께 열린 대문 안으로 천천히 걸어 들어갔다. 은호가 사라지자 세정이 피식, 하고 웃으며 고개를 떨궜다.

"뭐야. 와이프 소개 좀 제대로 해 주지. 꽁꽁 숨겨 놓고 아무도 안 보여 주고 싶어하는 사람 같네."

"왜 왔어."

은호가 완전히 들어간 것을 확인한 우재가 인상을 찌푸리며 짧게 물었다.

"어머님이 좀 보자고 하셔서. 말동무가 없어서 좀 적적하신가 봐, 며느리랑도 아직은 그렇게 살가운 사이가 아니신지……."

"대체 뭐야, 너."

듣다 못한 우재가 세정의 말을 끊었다. 별안간 사라지고, 별안간 다시 나타난 이세정. 그녀가 대체 왜 결혼까지 해 버린 자신 앞에 나타나 기웃거리고, 새어머니까지 만나는 것인지 우재는 그녀의 진짜 속내가 궁금했다.

"뭔데 자꾸 얼쩡거려. 내 말 못 알아들었어? 다신 찾아오지 말라고……."

"나 할 말 있어."

이번엔 세정이 우재의 말을 끊었다. 우재를 응시하는 그녀의 눈빛이 이리저리 흔들거렸다. 그녀의 눈빛을 마주하며, 우재는 불안한 마음을 감출 수 없었다. 무슨 변명을 하려는 것일까. 무슨 대단한 이야기를 하려고 할 말이 있다 말하는 걸까.

"우리 얘기 좀 해."

"이제야…… 할 말이 있어?"

"오빠……."

"난 너랑 할 말 없어."

"오빠……."

시선을 피하는 우재를 보며 세정의 심장이 쪼그라들었다. 7년 전, 자신에게 사랑한다 말하며 한없이 다정하게 웃어 주던 차우재의 모습은 지금 어디에도 없었다. 다시 한국으로 돌아만 온다면, 행복했던 그때로 쉽게 돌아갈 수 있을 거라 생각했는데. 어쩐지 7년 전과는 많이 달라진 우재의 모습에 세정은 손끝이 저릿저릿했다.

"너한테 들을 말도, 할 말도 이제 없다. 이제 와서 무슨 변명을 해도, 무슨 이유를 말해도 용서 못 해. 아니, 이해 못 해. 알아들어? 7년 전 나한테 말도 없이 사라졌을 때 그때 이미 우린 끝난 거야."

우재는 더 할 이야기도, 더 들을 이야기도 없다는 듯 고개를 돌렸다. 그렇게 그는 세정을 세워 둔 채 발걸음을 돌렸다.

"아이가 있어."

이렇게 길에 선 채로 말을 할 생각은 없었는데. 세정은 저도 모르게 흘러나와 버린 말에 떨리는 입술을 꾹 깨물었다.

"뭐?"

우재의 발걸음이 우뚝, 멈춰 섰다. 다시 세정을 돌아보며, 그가 인상을 찌푸렸다.

"우리 아이."

차갑게 굳어 있던 그의 얼굴이 급기야 창백해졌다. 아무런 표정도 없이 굳어 버린 얼굴. 우재는 제 귀를 의심하며 세정의 눈을 응시했다. 우재는 여전히 그녀가 지금 무슨 말을 하는지 이해할 수 없다는 표정이었다.

"여자아이야. 나이는 한국 나이로 여섯 살. 이름은 이솔. 아빠가 없어서 성은 내 성을 땄어."

한번 말문이 트이자 세정은 거침이 없었다. 솔이의 존재를 알지도 못하면서 자신을 원망하는 우재가 미웠기 때문이었다.

"재미없다, 이세정."

아무래도 우재는 세정의 말을 믿을 수 없는 모양이었다. 그는 차가운 목소리로 말을 내뱉고는 다시 철문의 고리를 잡았다. 태연한 척, 아무렇지 않은 척하고 있었지만 문고리를 잡는 그의 커다란 손이 덜덜 떨리고 있었다.

"아빠가 있는 줄도 모르고 컸어. 그러다 너한테도 아빠가 있다고 했더니 아빠를 보고 싶어 해."

등 뒤에서 세정의 목소리가 계속 이어졌지만, 우재는 돌아보지 않았다. 그렇게 눈을 질끈 감고, 터벅터벅 집 안으로 들어섰다.

홀로 남은 세정은 한참 동안이나 닫힌 문을 응시했다. 어차피 차우재를 되찾기 위해 돌아온 곳이었다. 그녀는 우재를 되찾기 전까진 절대 아무것도 포기하지 않을 생각이었다. 그동안의 슬프고 아팠던 시간까지도 모두 다 제대로 보상받을 것이다. 아직 사랑하니까. 아직 차우재를 너무나 사랑하니까. 세정의 붉은 입술이 파르르 떨리고 있었다.

* * *

"그래, 잘 다녀왔니?"

살짝 고개를 숙여 인사를 하는 은호를 뿌듯한 눈으로 응시하는 차명진 회장이었다.
"근데 우재 녀석은?"
"아…… 집 앞에 손님이 오셔서…… 잠깐 얘기하고 들어온다길래 저 먼저 들어왔어요."
은호는 여전히 조금 전에 본 세정이 마음에 걸렸다. 결벽에 가까울 정도로 아는 여자가 없는 차우재에게 친남매 같은 여동생이라니. 그렇게 친남매 같은 사이인데 어째서 결혼하고 이제야 처음 보는 걸까.
"듣자니 내내 호텔에만 있었다던데."
세정에 대한 생각에 빠져 있던 은호가 아, 하고 소리를 내뱉으며 얼굴을 붉혔다.
"차우재 이놈 이거 또 호텔에 처박혀서 일만 하더냐? 그런 거면 나한테 말……."
"아…… 아니에요. 재밌게…… 놀았어요, 할아버님."
우재가 또 호텔에서 일을 하느라 은호를 버려둔 게 아닌가 걱정하던 할아버지였다. 그런데 얼굴을 붉히는 손주며느리를 보니 그 걱정이 단번에 날아가 버렸다. 은호 말의 의미를 금세 알아들은 것이었다. 그제야 할아버지의 얼굴에 흐뭇한 미소가 어렸다.
"다행이구먼. 피곤할 텐데 어서 가서 쉬거라."
"네."
은호가 부끄러운 표정으로 살짝 고개를 숙이곤 본채를 나섰다.
"여행이 재밌으셨나 봅니다."
은호의 뒤를 따르던 최 팀장이 빙그레 웃으며 물어 왔다.
"아…… 네…… 뭐…… 가…… 가보고 싶었던 곳이라……."

"네."

의미심장한 그녀의 미소에 은호는 어쩐지 더욱더 부끄러워지는 느낌이었다. 마치 신혼여행을 다녀온 후의 기분이랄까. 그녀는 화끈거리는 얼굴에 손부채질을 하며 발걸음을 재촉했다. 제주에서부터 우재에게 했던 약속을 지키기 위해서였다. 그에게 요리를 해 주겠다는 약속. 특별히 우재가 좋아한다는 참치 덮밥을 해 주고 싶었다.

"최 팀장님. 혹시 참치 회가 집에 좀 있을까요?"

"참치요?"

참치 회라면 언제나 최상급 상태의 물건이 항상 구비되어 있다. 이 집에서 참치 회를 좋아하는 건 우재만이 아니었기 때문이었다. 차명진 회장이 가장 좋아하는 음식 또한 참치 회였다.

"네, 본채에 있습니다만…… 드시고 싶으세요?"

"아…… 제가 아니라, 우재 씨한테 참치 덮밥 만들어 주고 싶어서요."

최 팀장은 의외라는 듯한 얼굴로 은호를 응시했다. 요리 수업 등에 참여하기 위해 연습하는 은호를 보며, 그녀가 요리에 재능이 있다는 건 알고 있었지만, 우재를 위해 요리를 하겠다고 말하는 건 처음이었기 때문이다. 최 팀장은 가만히 고개를 끄덕였다.

"먼저 가 계세요. 재료 준비해서 따라가겠습니다."

은호는 최 팀장의 대답에 함박웃음을 지었다.

* * *

달칵. 현관문 여는 소리에 주방에 있던 은호가 힐끗 밖을 내다보았다. 우재였다. 그녀는 앞치마를 맨 채로 쪼르르 현관으로 달려 나가 우재를 보며 웃었다.

"얘기 잘하고 왔어요? 얼른 씻고 와요. 내 요리 실력 보여 줄 테니까."

그런데 어쩐지 우재의 얼굴이 하얗게 질려 있었다. 표정은 전에 없이 차갑고 냉랭했다. 그의 얼굴에서 낯선 기운을 느낀 은호가 눈을 동그랗게 뜨며 그를 응시했다. 우재는 은호의 시선을 피하며 고개를 돌렸다.

"무슨 일 있어요? 표정이 안 좋은데……."

"좀 피곤하군요."

그냥 좀 피곤하다고 보기엔, 우재의 표정이 너무나 갑작스레 바뀌어 있었다. 이세정이라는 여자와 얘기하면서 무슨 일이라도 있었던 걸까. 은호는 더는 말없이 서재로 향하는 우재의 뒤를 응시했다.

똑똑. 은호가 닫힌 문을 열고 서재에 들어서자 우재는 넋 나간 얼굴로 소파에 의자에 앉아 있었다. 천천히, 우재에게 다가선 은호가 그의 손을 잡으며 마주 앉았다.

"우재 씨, 어디 안 좋아요?"

은호의 질문에도 우재는 아무런 답이 없었다.

"우재 씨……."

"유은호 씨, 미안한데, 잠깐만 나 혼자 있고 싶습니다."

차가운 표정과 말투.

"우재 씨……."

제주도에서의 고백 이후 완전히 변해 버렸다고 생각했던 우재의 표정과 말투가 또다시, 예전으로 되돌아간 양 차갑고 냉랭했다. 은호는 저도 모르게 잡고 있던 우재의 손을 놓을 수밖에 없었다. 다시 주방으로 걸어 나온 은호는 식탁 위에 올려놓은 음식을 보며 멍하니 입술을 깨물었다. 먹음직스럽게 차려진 저녁상. 은호를 돕던 최 팀장이 천천히 은호에게 다가와 미소 지었다.

"식겠네요. 본부장님 안 드시는 거면 저랑 같이 드실래요, 큰사모님?"

그녀의 배려 깊은 한마디에 은호는 쓰게 웃으며 고개를 끄덕였다.

* * *

'아이가 있어. 우리 아이.'

우재는 자꾸 떠오르는 세정의 목소리에 머리를 쥐어뜯으며 얼굴을 일그러뜨렸다. 아이라니. 이게 무슨 청천벽력 같은 이야기란 말인가. 우재는 도무지 세정의 이야기를 믿을 수 없었다. 아이가 있었다면, 임신을 했던 거라면 왜 말도 하지 않고 자신을 떠나 버린 걸까. 눈을 질끈 감은 채 얼굴을 감싸 쥐었다.

"하……!"

답답해 미칠 것만 같았다. 하필이면 지금 이 순간, 이세정이라니. 아이라니. 운명의 장난이 아니고서야 어떻게 이런 일이 가능할 수 있는지. 이제 막 은호에 대한 마음을 깨닫고 그녀의 손을 잡은 참이었다. 이제야 진짜 사랑이 뭔지, 어떤 감정인지 확실히 깨달았는데. 이제야 이 결혼 생활을 진짜로 다시 시작할 수 있다고 생각했는데.

우재는 기가 막히고 화가 났다. 핸드폰을 들었다. 그리고 이미 수차례나 걸려왔던, 저장되지 않은 번호를 찾아 전화를 걸었다.

[오빠.]

이세정이었다.

“내일 오후 2시. 성북동 연미정으로 와. 변명, 거짓말, 핑계 다 빼고 진짜 얘기만 들고 와.”

툭. 우재는 제 할 말만 내뱉고 전화를 끊어 버렸다. 들고 있던 핸드폰을 아무렇게나 테이블 위에 던져 버리고 눈을 감았다. 혼란한 마음과 미칠 것 같은 감정이 가슴속에 소용돌이쳤다.

우재는 서재를 나섰다. 어느덧 밤이 깊은 시각. 희미한 불빛이 흘러나오는 주방으로 그의 발걸음이 움직였다. 작은 조명 하나가 켜진 식탁. 그 위엔 보자기가 가지런히 덮인 무언가가 놓여 있었다. 천천히 보자기를 걷어 내자 먹음직스러운 음식이 한 상 가득했다. 우재는 마른침을 삼키며 제 앞에 차려진 음식들을 응시했다. 저를 생각하며 음식을 만들었을 은호의 마음이 고스란히 느껴졌다.

“하…….”

우재는 한숨을 내쉬며 조용히 식탁 앞에 앉았다. 그러고는 식탁 위에 팔꿈치를 괸 채 얼굴을 감싸 쥐었다. 뭐가 이렇게 어렵고 힘든 걸까. 그저 계약 결혼만 하면 모든 고민이 다 일사천리로 해결될 줄 알았는데. 어째서 일이 자꾸만 꼬이는 걸까. 유은호를 마음에 품고 사랑하게 된 게 잘못된 일이었을까. 계획에 없던 사랑을 시작한 게 실수였을까. 우재는 더는 되돌릴 수 없는 마음과 수습할 수 없는 상황에 괴로워했다.

그는 은호가 잠이 든 침실로 향했다. 잠든 은호의 얼굴을 내려보고 있노라니, 가슴에 몽글몽글한 마음이 솟아오르는 기분이었다. 예쁜 얼굴. 사랑스러운 모습. 우재는 저도 모르게 은호의 옆자리에 그녀를 마주하고 누웠다. 인기척에 살짝 잠이 깬 은호가 스르륵, 눈꺼풀을 들어 올렸다.

"우재 씨."

"잤어요?"

낮은 목소리가 다정하게 울렸다. 그러곤 은호가 무어라 말을 하기도 전에, 그녀의 품속으로 얼굴을 파묻었다. 갑작스러운 우재의 행동에 은호는 조금 놀란 듯 눈을 동그랗게 떴다. 그러다 곧, 은호는 그의 머리를 천천히 쓰다듬어 내렸다. 제 품속에서 내뱉는 우재의 숨소리가 뜨거웠다.

"무슨 일 있어요, 우재 씨?"

아무래도 무언가 이상한 우재의 모습에 은호가 다시 한번 물었다. 잠시 침묵하던 우재가 은호의 허리를 꼭 끌어안았다.

"유은호 씨는…… 날 얼마나 믿습니까?"

"네……?"

우재의 목소리가 낮고 굵게 울렸다. 다정하지만 어쩐지 슬픈 목소리라고 하고 말해야 할까. 은호는 부드럽게 우재의 머리칼을 쓰다듬어 내리며 눈을 깜박였다.

"그냥. 유은호 씨는 날 어떻게 생각하는지 궁금해서요."

우재의 말에 은호가 조용히 답을 했다.

"믿지 않았다면…… 이 결혼 생활 진작에 끝나 버렸겠죠. 물론 나는 돈이 필요했고, 우재 씨는 결혼할 여자가 필요해서 한 계약이긴 해도…… 처음부터 차우재 씨를 믿고 한 결혼이에요. 그동안 일하면서 내가 봐 온 차우재 본부장은 정직하고, 바르고, 옳지 않은 일이면 하지 않는 사람이었으니까요."

"……."

"'아. 이 사람이라면 그래도 믿을 만한 사람이지.'라는 생각이었거든요."

은호가 웃으며 우재의 머리꼭지를 꼭 끌어안았다.

"그러다 언젠가부터 사랑으로 바뀌어 버렸지만."

은호의 작은 고백에 우재는 마른침을 삼키며 입술을 깨물었다.

"무슨 일이 있어도 날 믿어 줄 수 있습니까?"

제법 심각한 우재의 목소리에 은호는 고개를 갸웃거렸다. 무슨 일이라도 정말 있는 걸까. 괜찮으니 말해 보라고 재촉하고 싶었지만, 어쩐지 그렇게는 할 수 없었다. 말할 수 없는 사정이 있으니 우재가 말하지 못하는 것이겠지, 하는 막연한 믿음이 그녀를 사로잡았다.

"네. 나 우재 씨 믿어요."

은호는 그저 웃으며 대답했다. 뜨거운 우재의 손이 은호의 잠옷 윗도리 안으로 밀려들었다. 하나하나 단추를 푸는 그의 손이 다급했다.

은호는 자연스레 허리를 꺾으며 그의 어깨를 애무했다. 어쩐지 우재의 머리꼭지가 슬픈 듯 느껴졌으나 그녀는 그저 별일이 아닐 거라고 자신을 위로하며 눈을 감았다.

우재는 은호의 몸을 애무하고 더듬으며 마음의 안정을 느끼는 중이었다. 자신을 믿는다는 은호의 목소리. 그 목소리 하나만으로도 우재는 위로를 받은 듯 가슴이 따뜻해졌다. 온몸을 잠식하던 불안함과 초조함이 단번에 밀려나 사라져 버렸다. 은호의 잘록한 허리를 한 팔에 끌어안은 채, 우재는 눈을 감고 은호의 몸을 느끼기 시작했다.

"사랑합니다."

"……."

"유은호 씨."

까만 어둠 속에서, 우재가 은호의 눈을 올려다보며 낮게 속삭여 왔다. 은호의 입가가 천천히 말려 올라가고 있었다.

* * *

드르륵, 장지문이 열리고 방 안으로 세정이 들어왔다. 그리고 그녀의 다리 뒤로 빼꼼, 고개를 내민 건 작은 여자아이이다. 우재의 미간이 찡긋거리며 여자아이의 모습을 뚫어져라 응시했다. 솔이는 낯을 가리는 듯 엄마 뒤에 숨어 우재를 힐끗거리고 있었다.

"안녕하세요, 해야지."

세정이 그런 솔이를 살짝 앞으로 데려오며 말했다.

"안녕하세요."

솔이는 조금 작은 목소리로 낯선 우재를 향해 고개를 숙였다. 우재는 여전히 믿을 수 없다는 듯 아이를 응시했다. 물컵을 쥐고 있던 그의 손이 조금 떨리는 듯도 싶었다. 그의 표정을 살피던 세정이 아이를 달래듯 말했다.

"솔이, 잠깐 나가서 한 집사 아저씨하고 놀고 있을래?"

"응."

제 엄마와 우재를 번갈아 보던 솔이가 고개를 끄덕이며 대답했다. 아마 정확히 알진 못해도, 이 자리가 매우 불편하고 힘든 자리가 될 거라는 걸 아이도 이미 알고 있는 듯했다. 드르륵, 다시 문이 열리고 밖에 서 있던 한 집사가 솔이의 작은 손을 잡아끌었다. 세정과 우재, 둘만 남은 이곳에 싸늘한 정적이 흘렀다.

"하."

마주 앉는 세정을 보며 우재는 기막힌 듯 헛웃음을 내뱉었다.

"내 아이라고, 저 애가?"

"응."

세정은 제법 단호한 목소리로 대답했다.

"근데 왜 지금껏 숨겼어?"

우재의 성난 얼굴이 세정을 응시했다. 세정은 쪼그라드는 심장을 움켜쥐며, 입술을 달싹였다. 전에 없이 무섭게 얼어붙은 우재의 얼굴을 마주하고 있으니 그녀로서도 믿기지 않는 상황이었다.

"그렇게 무섭게 보지 마. 오빠 나한테 이런 사람 아니잖……."

"얘기해, 전부. 하나도 빠짐없이, 솔직하게."

우재의 낮은 목소리에 세정은 마른침을 삼켰다. 그리고 천천히, 긴 이야기를 시작했다.

"그날 기억해? 당연히…… 기억 못 할 리 없겠지."

세정은 자조하듯 웃으며 말을 이었다. 7년 전 그날의 공기, 그날의 기분이 생각나 가슴이 아릿해졌다.

"오빠랑 만나기로 약속했던 며칠 전부터 몸이 너무 안 좋더라고. 처음엔 감기인가, 싶어서 며칠 쉬고 나면 낫겠지 했어. 근데도 계속 심해지길래 결국 그날 아침에 병원엘 갔어. 오빠랑 놀러 가기로 한 날인데 몸이 아파서 망쳐 버리면 안 되니까."

그날은 세정과 근교에 등산을 가기로 했던 날이었다. 들뜬 마음으로 그녀를 기다리던 그날이 떠올라, 우재는 마른침을 삼켰다.

"병원엘 갔더니 의사가 임신이 의심된다고 하더라. 그때까지도 안 믿었어. 우리…… 그날 한 번이 전부였잖아."

"……."

"그래서 검사를 했고, 역시나 임신이라더라."

듣고 있던 우재가 기막힌 듯 눈을 질끈 감았다.

"무서웠어. 결혼도 안 한 처녀가 임신을 했단 게……. 알잖아, 우리 아빠 어떤 분이신지…… 아무리 애 아빠가 오빠라고 해도…… 절대 용서 안 하실 분이야."

"너…… 이게 지금 말이 되는 소리라고 생각해?"

잠자코 듣고 있던 우재가 한마디를 내뱉었다.

"알아. 안 믿어지겠지. 근데 난 그때 어렸어. 무서웠고, 혼자 할 수 있는 게 없었어. 솔직히 집에 말했더니 당장 아이를 지우라고 하시더라고. 근데 그러기가 싫었어. 제발 인정해 달라고, 우리 서로 사랑한다고. 아이에 대한 책임, 우리 두 사람이 질 수 있다고 설득하고 또 설득했어. 근데도 우리 아빠는 완강하셨어. 내가 거부해도, 그런 날 억지로 끌고서라도 아이를 포기하게 할 분이라는 생각이 들었어. 그래서 도망쳤어, 멀리."

결국 아이를 지우라는 아버지의 권유를 거부하고 프랑스로 도망을 가느라 7년간 흔적도 없이 떠났다는 이야기였다. 우재는 이 믿기지 않는 이야기를 들으며 고개를 저었다.

“하.”

“…….”

“도저히 못 믿겠다, 네 말.”

“오빠…….”

“말했어야지! 그때 말했어야지! 적어도 저 애가 진짜 내 아이라면 아빠인 나한테 얘기를 해 줬어야지!”

우재는 버럭 소리를 질렀다. 그의 눈에 살기가 가득했다. 지난 7년을 어떻게 잊으려 노력했는데. 어떻게 버텨 왔는데. 어떻게든 지워 내려고 그렇게 애를 쓰고 발버둥을 쳤는데. 이제 와 나타나서 우리 아이가 있으니 봐 달라고? 우재는 세정의 이기심에 치가 떨렸다.

“미안해…… 내가 바보였어…….”

세정이 울먹였다.

“이제 와 갑자기 나타나서 이런 얘길 하는 이유가 뭐야? 말했지? 7년 전에 날 그렇게 버리고 혼자 떠나 버렸을 때, 그때 우린 이미 다 끝나 버렸다고. 근데 다시 나타나서, 아이 앞세워 나한테 하고 싶은 말이 뭐야, 대체!”

“오빠.”

“돈? 돈 줘? 재이그룹 승계권, 그 잘난 콩고물이라도 떨어지길 원하는 거야? 아님, 이제 와서 저 아이 아빠 노릇이라도 해 주길 원해?”

쨍그랑!

분노한 우재가 제 앞에 유리컵을 꽉 움켜쥐었고, 덕분에 유리컵이 산산조각 나며 요란한 소리를 냈다. 그의 손에서 검붉은 피가 줄줄 흐르고 있었다.

"오빠!"

놀란 세정이 지니고 있던 손수건을 꺼내어 얼른 우재의 손을 잡아 보려 하지만, 그는 매몰차게 그녀의 손을 쳐 냈다.

"말해! 원하는 게 뭐야! 왜 나타났어?"

"보고 싶었어!"

세정은 피가 흐르는 우재의 손을 응시하며 울부짖었다. 그녀는 입술을 꾹 깨물며 어깨를 바들바들 떨고 있었다.

"왜 나타났냐고? 잊고 살려고 했어. 나 혼자 솔이 키우면서 그냥 조용히 지내려고 했어. 근데 도저히 안 돼! 도저히 오빠 잊고 사는 게 불가능해! 시간이 지날수록, 솔이가 커 가면 커 갈수록 차우재가 너무 보고 싶어서 미쳐 버릴 것 같았어! 그래서 온 거야, 그래서…… 미친 짓거리라는 거 알면서도 왔어!"

세정의 울부짖음. 우재는 굳은 얼굴로 표정 없이 그녀를 응시했다. 이제 더는 7년 전 아스라했던, 희미했던 사랑조차도 남아 있지 않다고 생각했다. 그렇다 하더라도 이렇게 울부짖으며, 아이 이야기를 하는 그녀를 완전히 무시하고 일어설 수도 없었다. 저 아이가 정말 자신의 아이라면 하룻밤의 사고, 아니, 예기치 않은 실수에 대한 책임은 자신에게도 있었다.

"오빠 새어머니도 알고 계셔. 그래서 어제 오빠네 집에 갔던 거고."

"회장님은?"

우재가 차갑게 물었다.

"아직. 알면 많이 놀라실까 봐……."

뚝, 하고 그녀의 볼에서 눈물이 흘러내렸다.

“솔직히 말하면, 나 네 말 못 믿겠다.”

우재의 차가운 목소리에 세정의 입술이 파르르 떨렸다.

“지금 네 말이 다 사실이라고 해도 결혼까지 해 버린 내 앞에 와서 이렇게 말하는 너를 난 도저히 못 믿겠어.”

“오빠…….”

“너, 나 사랑하긴 했냐?”

우재의 질문에 세정은 그저 눈물을 흘릴 뿐이었다. 우재는 우는 그녀를 보며 가슴이 산산조각 나 버리는 기분이었다. 7년 전 자신의 감정마저 다 부정당하는 것 같아서, 그때의 아릿했던 추억까지도 모두 다 부숴 버리려는 것 같아서. 그는 마음이 찢어질 듯 아팠다.

“사랑했어, 죽을 만큼. 그래서 힘들었어, 오빠 떠나는 게. 나는…… 나는 뭐 쉬웠을 거 같아? 다시 돌아오지 않겠다고 다짐하고 또 다짐했어. 근데도 돌아올 수밖에 없었어. 그런 내 마음…… 정말 하나도 이해가 안 간다는 거야?”

“어. 이해할 수 없어.”

“오빠…….”

“저 애가 내 아이라고? 그 말을 내가 왜 믿어야 하는데?”

“오빠! 어떻게 그런 말을…….”

“설령 저 애가 진짜 내 애라고 해도. 네 말 못 믿어, 아니. 안 믿어, 이세정.”

우재는 자리에서 벌떡 일어났다. 그러곤 아무런 망설임도 없이 성큼성큼 방을 걸어 나갔다. 상처 난 손바닥에선 뚝뚝, 피가 떨어지고 있었다.

“어? 우리 엄마는요?”

식당 정원을 지나쳐 나가려는데, 한 귀퉁이에서 솔이가 우재를 보며 말을 걸어왔다. 우재의 발걸음이 우뚝 멈춰 섰다. 한 집사와 함께 놀던 아이가 우재를 발견한 것이었다. 작은 걸음이 아장아장 우재를 향해 다가오고 있었다.

“아저씨, 피…….”

그러곤 우재의 손을 올려 가리키며 눈을 동그랗게 떴다. 우재는 자리에 얼어붙은 것처럼 솔이를 응시하며 아무런 움직임이 없었다.

“아저씨 아파요?”

솔이가 고개를 갸우뚱거리며 물어 왔다.

“피 나면 아픈 건데……. 나도 넘어져서 피 났을 때 엄청 아팠는데…….”

그러곤 피가 뚝뚝 흐르는 우재의 손을 맞잡았다. 조그마한 고사리 같은 손이 우재의 손가락을 쥐었다.

“내가 피 닦아 줄게요. 안 아프게…….”

그 동그란 눈망울이, 천진한 표정이 우재의 가슴을 아프게 찔렀다.

“어? 엄마다!”

그러다 솔이가 저 멀리를 바라보며 반가운 듯 미소를 지었다. 동시에 우재는 탁, 아이의 손을 뿌리치며 고개를 돌렸다.

“엄마!”

세정은 자신을 향해 달려오는 솔이를 번쩍 들어 안고 우재를 쫓았다. 우재의 빠른 걸음으로 정원을 빠르게 빠져나갔다.
"나 포기 안 해! 아니 못해. 오빠도 마음은 변함없다는 거 알아. 그래서 더 포기할 수가 없어!"
그런 우재의 등 뒤에 대고 세정이 소리를 질렀다. 그러나 우재는 멈추지 않고 단숨에 시야에서 사라져 버렸다.
여전히 그녀의 눈에선 눈물방울들이 줄줄 흘러내렸다. 세정에게 안긴 솔이 손가락을 들어 그녀의 눈물을 닦아 냈다.
"엄마…… 근데 왜 울어?"
솔이의 작은 손이 우재의 피로 새빨갛게 물들어 있었다. 그 고사리 같은 손가락을 보며 세정은 그 자리에 털썩 주저앉듯 무너져 내렸고 오열하기 시작했다. 7년 전, 그를 놓쳤던 자신의 어리석음을 뼈저리게 후회하면서.

* * *

[김 비서님, 부탁이 있습니다.]
오랜만에 걸려온 우재의 전화에 김 비서는 긴장하며 미간을 찌푸렸다. 설마, 회사 일을 다시 할 수 있게 해 달라거나 일거리를 가져오라는 말은 아니겠지. 아직 회장님 허락도 안 떨어졌는데.
"무…… 무슨……."
[아이 하나…… 조용히 유전자 검사 좀 부탁드립니다.]
"네? 유전자 검사요?"
이건 또 무슨 말일까. 도무지 알 수 없는 이야기에 김 비서는 잠시 머리를 굴렸다. 설마, 그런 건가. 자신과 친하게 지내는 몇몇

재벌집 도련님들 비서들 이야기가 떠올랐다. 그네들은 아주 유전자 검사를 밥 먹듯 한다지. 그런데 차우재가 유전자 검사를? 에이 설마 아닐 것이다. 혼외자는커녕 주변에 여자도 하나 없이 깨끗한, 아니 오히려 결벽에 가까운 차우재가 그런 일을 벌일 리 없다. 김 비서는 고개를 절레절레 저으면서도 수화기에 귀를 기울였다.

[이름은 이솔. 나이는 여섯 살. 사는 곳은…… 이건 따로 문자로 알려 드리죠. 이 아이랑 제가 따로 드리는 머리카락이랑 친자 관계 확인이 필요합니다.]

"아…… 네. 친자…… 확인……."

대체 무슨 일일까 싶은 생각이 가득한 김 비서였다.

[내일부터 다시 출근할 테니까 상세한 건 내일 회사에서 얘기하죠.]

"네? 출근요……?"

툭. 회장님께 허가받은 휴가가 완전히 끝나신 거냐, 묻기도 전 전화가 끊겼다. 김 비서는 한숨을 내쉬며 전화기를 노려보았다. 차우재의 휴가가 끝났다는 건 김 비서의 휴가도 끝났다는 걸 의미했다. 그간 출근이 행복했던 나날들이 아쉬워지는 순간이었다.

"하……."

그는 작게 한숨을 내쉬며 고개를 저었다. 그런데 유전자 검사라. 도대체 뭘까. 처음 겪는 일에 김 비서도 조금 당황한 기색이었다.

* * *

"오랜만에 출근하는 게 그렇게 좋아요?"

은호가 뒷짐을 지고 예쁘게 웃으며 물었다. 그녀는 겉옷을 걸쳐 입는 우재를 보며 조금 입을 삐죽거렸다. 며칠간 내내 함께이던 우재가 혼자만 출근하려는 걸 보니 아쉬운 것이었다.

우재의 출근을 허락한 차명진 회장은 은호에겐 아이를 위해 조금 쉬는 게 어떻겠느냐 제안해 왔고, 은호는 회장의 제안을 받아들일 수밖에 없었다. 그래서 결국 오늘부터 우재만 출근을 하는 것이었고.

"아뇨."

우재의 입에서 뜻밖의 대답이 흘러나왔다. 그의 손이 은호의 손목을 꼭 쥐고 당겼다. 그때, 은호는 우재의 손에 감긴 붕대를 발견하고 눈을 동그랗게 떴다.

"우재 씨, 손…… 손 왜 이래요?"

은호가 놀란 기색을 하며 물었다. 우재는 별일 아니라는 듯 그녀를 꼭 끌어안으며 제 손을 숨겼다.

"다쳤어요? 어디서? 어떻게 다쳤는데요?"

"어제 점심에 유리컵을 떨어뜨려서 좀 다쳤습니다. 많이 다친 건 아니니까……."

"어디…… 어디 봐요, 얼마나 다쳤는지. 병원 갔어요?"

"나 걱정하는 겁니까?"

"당연히 걱정하죠, 많이 다친 거 같은데……."

은호의 안절부절못하는 얼굴에 우재가 씨익 웃으며 그녀의 볼을 어루만졌다. 우재의 입술이 점점 더 은호에게 가까이 다가오고 있었다.

"기분 좋네요. 유은호 씨가 나 이렇게 걱정해 주니까."

문득, 뜨겁고 말캉한 우재의 입술이 닿아 오자, 은호는 눈을 감았다. 거친 호흡이 입안 깊숙이 밀려들었다. 은호의 뺨과 턱을 쓰다듬으며 그는 자신의 혀를 부드럽게 휘감았다. 키스는 달콤했지만 어쩐지 밝지 못한 표정에 은호는 가만히 그의 얼굴을 올려다보았다.

"정말 무슨 일 있는 거 아니죠? 제주도에서 온 뒤로 우재 씨 얼굴이……."

우재의 입술이 다시 은호의 입술을 막았다. 아니, 입술에서 턱 끝으로, 턱선을 따라 목덜미로 점차 그의 입술이 옮겨 내려가고 있었다.

"하…… 우재 씨…… 출근……."

우재의 손이 어느새 은호의 슬립을 벗겨 내고 있었다. 우재는 은호의 엉덩이를 움켜쥐듯 안아 들고 테이블 위에 그녀를 내려놓았다. 은호의 손목도 자연스레 우재의 어깨 위에 올라갔다.

"출근 시간, 아직 충분해요."

키스를 퍼붓던 우재가 손목시계를 힐끗 내려다보며 낮게 속삭여 왔다. 그리고 바지 버클을 급하게 풀어냈다. 달아오른 은호의 얼굴이 다시금 붉어졌다.

"그래도 출근 전부터……."

"출근 전부터 예쁜 건 유은호 씨 잘못이죠. 몸에 힘 풀어요. 금방 흥분하게 만들어 줄 테니까."

우재가 허리를 숙이며 말했다. 그의 입술이 그녀의 몸 위에 붉은 자국들을 만들어 내고, 굵은 손가락이 안쪽 허벅지를 더듬으며 흥분감을 고조시켰다. 이젠 완벽히 우재의 몸에 적응해 버린 은호의 몸은 쉽사리 흥분해 갔다. 우재가 그녀의 귓불을 깨물며 다시 속삭였다.

"급하게 하더라도 이해해요. 출근 시간 맞추려면 어쩔 수 없어서…… 흣……."

은호는 침대가 아닌, 테이블 위에서 이런 야릇한 자세로 그와 몸을 나눈다는 사실에 더욱 흥분하는 듯했다. 아니, 급하게 흥분한 우재의 몸에 더욱 강렬히 반응하는 것이리라. 그 강한 쾌감에 우재의 미간이 절로 찌푸려졌다. 그는 흐트러진 은호의 하얀 몸을 보며 이리저리 물고 빨고, 핥았다. 다디단 유은호의 몸.

"우재 씨……."

은호가 눈을 감으며 고개를 젖혔다. 그러자 우재의 입술이 은호의 뽀얀 목덜미에 닿아 붉은 자국을 남겼다. 우재가 눈가를 찌푸리며 밭은 숨을 내뱉었다. 그제야 우재는 안고 있던 은호의 몸을 다시 테이블 위에 조심스레 내려놓았다.

"미안합니다. 너무 거칠게 해서."

급하게 끝내고 만 행위가 미안하고 아쉬웠는지 우재가 은호의 볼에 짧은 키스를 하며 속삭였다. 그러나 정작 은호는 이런 거칠고 다급한, 완벽히 본능적인 것도 나쁘지 않다고 생각하는 중이었다. 솔직하고 본능에 충실한 차우재의 모습에 어쩐지 더 흥분되는 것 같기도 하고. 은호는 샐쭉하게 웃으며 우재의 흐트러진 머리칼을 정돈해 주었다.

"얼른 출근해요. 늦으면 안 되니까."

"별일 없습니다, 나."

우재는 은호의 뺨을 어루만지며 다정히 말했다. 아니, 그건 어쩌면 자신에게 하는 말이었다.
"걱정 마요. 다, 잘될 거니까."
우재의 말에 은호가 고개를 끄덕이며 웃었다.

* * *

"김 비서, 오랜만이네?"
우재의 사무실을 나서는 김 비서와 마주친 희옥이 씨익, 웃으며 인사를 건넸다. 김 비서의 손에 들린 작은 비닐봉지를 이미 확인했음은 물론이었다.
"아, 예. 안녕하십니까, 이사님."
"그건 뭐예요?"
"아……."
희옥의 질문에 당황한 김 비서는 얼른 들고 있던 봉지를 수트 안쪽 주머니에 찔러 넣었다.
"아무것도 아닙니다. 들어가시죠."
김 비서는 본부장실 문을 다시 열어 주며 손짓을 했고, 희옥은 태연히 고개를 끄덕였다.
"오랜만에 출근해서 바쁘겠구나?"
문이 열리고 희옥이 들어서자 우재의 표정이 순식간에 굳었다. 그는 들고 있던 결재 서류를 툭, 책상 위에 던져 놓고 그녀를 응시했다. 희옥은 태연하게 접대용 소파에 기대앉으며 다리를 꼬았다.
"이사님께서 무슨 일이십니까."
일부러 '이사님'이라고 정확하게 호칭을 부르는 우재의 말에 그녀가 피식, 웃음을 흘렸다. 자신을 끝까지 엄마로 인정하지 않겠다는 우재의 속내를, 눈치 백단인 그녀가 모를 리 없었다.

"일하는데 미안하지만, 지금 우재 너한테 일보다 더 중요한 일이 생긴 것 같아서 와 봤는데."

희옥이 무슨 말을 하러 온 것인지, 이미 알고 있는 우재는 굳은 얼굴로 그녀의 앞에 마주 앉았다.

"세정이가 못 본 새 많이 성숙하고 예뻐졌더구나."

"빙빙 돌리지 말고 본론만 말씀하시죠. 밀린 일이 좀 많습니다."

차가운 우재의 말에도 그녀는 빙그레 웃으며 고개를 끄덕였다.

"이제 어쩔 거니? 아무리 그래도 네 핏줄이라는데, 마냥 외면할 순 없을 거고. 내가 알기론 너랑 세정이. 꽤 뜨거운 사이였던 걸로 아는데 말이다. 세정인 아직도 너에 대해 감정이 진하게 남아 있는 것 같고."

희옥은 애써 표정을 감추려는 우재의 얼굴이 재밌기도 하고 신기하기도 한 표정이었다. 아닌 척하려 하지만, 평소의 시니컬한 차우재의 표정이라고 하기엔 꽤 흔들리는 얼굴이었다.

"오히려 너, 은호 그 아이랑은 별 감정 없는 걸로 아는데."

희옥의 도발에 우재의 눈썹이 찡긋거렸다. 이 여자가 무슨 말을 하려는 걸까. 불길한 예감이 밀려들었다. 어찌 됐건 공식적으론 차우재의 일방적인 구애, 짝사랑으로 시작한 결혼 스토리였다. 두 사람이 뜨겁게 사랑한 결과 갑작스러운 결혼 발표를 했고, 본부장과 안내 데스크 계약직이라는 엄청난 신분 차를 극복하고 사랑을 이뤄 낸 것이라고. 모두가 그렇게 알고 있는 두 사람의 사이이건만…….

"은호, 정말 임신을 하기는 한 거니?"

희옥이 질문을 내뱉는 순간, 우재는 아차 하는 감정이 치밀어 올랐다. 그동안 은호에 대한 혼란스러운 마음 때문에 이 여자가 얼마나 치밀하고도 용의주도한 사람인지를 잊고 지냈던 것이다. 이희옥 이 여자라면 충분히 은호와 우재의 사이를 의심하고도 남았을 것인데. 너무 안일하게 대처했던 스스로가 후회스러웠다.

"무슨 말씀을 하시는 건지 모르겠습니다만."

"잘 아는 산부인과 의사가 있어서 은호한테 같이 가자고 했더니만, 꽤나 당황을 하더구나."

"이사님."

우재의 목소리에 제법 분노가 묻어났다.

"아무리 봐도 이상하잖니. 세정이 그 애 그렇게 떠나고 나서 여자엔 관심도 없던 네가 별안간 데리고 나타난 게 유은호라니. 처음엔 뭐. 그래, 그러려니 하고 생각했다면…… 너희들 지내는 거 보니 더 이상했다. 은호는 침실에서, 넌 서재에서 잔다지?"

"아시다시피 제가 일이 많습니다. 서재에서 남은 업무를 보다가 곧바로 쉬는 경우가……."

"그렇게 사랑해서 결혼했다면서, 정작 왜 이렇게 어색하고 데면데면해 보일까……. 아, 뭐 이건 내가 보기에 그렇다는 말이지만 말이야."

희옥은 피식 웃으며 말을 이었다.

"너희 아버지나 회장님껜 아직 말씀 안 드렸다. 가장 중요한 건 네 선택이니만큼, 오늘 나는 네가 어떻게 할 건지 물으러 온 거고."

"……."

"그래. 너도 혼란스러울 테니 당분간 좀 생각할 시간이 필요하겠지."

입을 꾹 다문 채 굳은 얼굴로 앉아 있는 우재를 보며, 희옥은 이해한다는 듯 고개를 끄덕였다.

"아이는 만나 봤니?"

"……."

"네 새엄마로서 충고 하나 하자면, 핏줄 외면하는 거. 그거 쉬운 일 아니다."

그러곤 소파에서 일어나며 씨익 우재를 조롱하듯 웃었다. 그렇게 희옥이 나가고 홀로 남은 우재는 눈을 질끈 감았다. 혼란스러운 머릿속이 소용돌이를 쳤다.

* * *

"네, 어머니."

전화를 받는 세정의 손끝이 살짝 떨렸다. 희옥으로부터 온 전화였다.

[우재가 네 말을 안 믿는 모양이더라. 김 비서 통해서 유전자 검사를 의뢰할 생각인 것 같던데…….]

한국으로 돌아오던 순간부터 이미 각오하고 있던 일이었기에 세정은 고개를 끄덕였으나, 떨리는 입술을 꾹 깨물 수밖에 없었다.

"어머니……."

세정이 파리에 있을 때, 먼저 손을 내밀어 온 건 희옥이었다. 어떻게 알았는지 그녀가 여섯 살 난 딸 아이와 함께 어렵게 생활하고 있는 것까지도 이미 알고 있었다. 희옥은 그런 세정에게 먼저 도와주겠노라 제안을 했다. 조건은 재이그룹 후계 자리를 희옥의 아들이자 우재의 이복동생인 현석에게 양보하는 것. 그걸 대가로 희옥은 세정에게 다시 차우재를 찾을 수 있는 기회를 주겠다고 한 것이었다. 처음엔 물론 말도 안 되는 일이라고, 아무리 그래도 그럴 수는 없다고 거절했던 세정이었으나 희옥은 집요하게 그녀를 설득해 왔다. 차우재의 유일한 여자이자 첫사랑인 너를, 자신의 아이를 가졌다고 말하는 너를 차우재가 어떻게 거부할 수 있겠느냐고. 아마도 그녀의 그 말에 세정은, 오랜 시간 아프게 눌러 왔던 우재에 대한 감정이, 폭발했는지도 몰랐다. 할 수만 있다면 무슨 수를 써서라도 7년 전 그때로 시간을 되돌리고 싶은 그녀였으니까.

"아, 물론 걱정하지 않아도 돼. 김 비서가 어느 병원으로 갔는지 잘 아니까."

세정은 눈을 질끈 감고 떨리는 목소리를 억누르며 말했다.

"감사합니다."

"고맙긴. 당연하지. 내가 널 데려왔는데. 내가 끝까지 책임진다고 했잖니."

희옥이 왜 이렇게까지 하는지, 세정은 이해할 수 없었지만 한편으로는 또 이해할 수 있을 것 같았다. 우재를 향한 자신의 욕심만큼이나 희옥의 욕심 또한 간절한 것이겠지. 그래서 그녀는 조금 더 죄책감을 덜어낼 수 있었다. 희옥이 설령 솔이가 진짜 누구 딸인지 알게 된다 하더라도 그건 본인이 자초한 불행일 테니 말이었다. 물론 그땐 희옥과 함께 본인 또한 나락으로 떨어지게 되리라는 것 또한 잘 알고 있는 세정이었다.
[무엇보다 너에 대한 우재의 신뢰를 회복하는 게 중요할 것 같구나.]
"네."
[그래야 서로 편해지지 않겠니.]
다정한 말투였지만 빨리 우재의 마음을 돌려놓으라는 일종의 협박 같은 이야기였다.
[은호 그 아이는 문제는 나한테 맡기고, 넌 우재한테만 집중해.]
"네, 그럴게요."
그녀는 떨리는 손을 꾹 그러쥐었다.

* * *

"그럼 어서들 먹자."
할아버지가 말했고, 은호도 그제야 천천히 수저를 들었다. 오늘 저녁은 우재 없이 혼자 본채에서 먹는 상황. 그간 밀린 일을 처리하느라 조금 늦을 거라는 우재의 연락을 받았지만, 어쩐지 은호는 아쉽기만 했다.
"입덧이 심한 줄 알았는데. 이제 괜찮아진 건가?"
희옥이 밥을 먹는 은호를 보며 툭, 말했다.
"그러게요. 보통 한번 입덧 심하면 계속 심하다고 하던데."
현정도 한마디를 거들며 은호를 응시했다. 두 사람의 이야기에 당황한 은호가 어색하게 웃으며 답했다.
"아…… 이…… 이제 괜찮은 것 같아요……."

"다행이구나. 여보. 당신 친구 중에 왜, 그 산부인과 전문의로 유명한 그……."

"송일병원 김창석이."

희옥의 질문에 가만히 밥을 먹던 차준일 사장이 대답했다.

"맞아, 그분. 꽤나 저명한 분이시던데, 조만간 우리 애들 둘 다 데리고 가서 정기 검진이라도 받을 수 있게 전화 한 통 해 줘요."

"그럴까?"

"은호 넌, 언제 시간이 괜찮니?"

또다시 병원에 가자고 말하는 희옥. 은호는 마른침을 삼키며 저도 모르게 수저를 꽉 움켜쥐었다. 어떻게 해야 하지. 이제라도 사실대로 말을 해야 할까. 막상 병원에 가서 임신하지 않았다는 걸 들켜 버리면? 은호는 할아버지의 눈치를 살피며 대답을 망설였다.

"응?"

희옥이 다시 한번 은호의 대답을 재촉했다.

"저…… 저는 아무 때나……."

"그래. 그럼 내일 중으로 가자꾸나. 여보. 부탁해요."

가증스럽게 웃으며 차준일 사장의 팔을 매만지는 희옥의 손길. 그녀는 이리저리 은호의 초조한 표정을 살피며 떠보고 있었던 것이다. 같은 침실을 쓰지도 않는 은호와 우재가 이렇게 빨리 임신을 했을 리 없다고. 의심스러운 눈초리로 은호를 응시했다.

"저기…… 할아버지……."

망설이듯 은호의 목소리가 떨리고 있었다.

"응, 그래. 어미 말이 맞다. 현정이랑 같이 검진 다녀오려무나, 아가."

차마 솔직하게 모든 걸 털어놓을 수 없었던 은호는 그저 입술을 꾹 깨물었다.

Drrrrr.

때마침 은호의 휴대폰이 울렸다. 은호는 액정에 뜨는 이름을 확인하고 휴대폰 옆구리 버튼을 꾹 눌러 수신을 거부했다. 석현의 전화였다.

"괜찮으니 받아 보지 그러니."

그러나 거부를 해도 또다시 울리는 휴대폰 소리에 차 회장은 다정한 목소리로 말했다. 은호는 다소 어색한 표정으로 식당을 나서며 조용히 통화 버튼을 눌렀다.

"응, 석현아."

은호 입에서 흘러나온 '석현'이라는 남자 이름에 희옥의 표정이 미묘하게 바뀌었다. 그녀는 이왕 이렇게 일을 벌였으니 확실하게 일을 처리하고 마무리 지을 생각이었다. 은호와 우재에 관한 모든 걸 다 알고 있어야 거래에 좋은 위치를 선점할 수 있는 게 당연한 일이니 말이었다.

[제주도 잘 다녀왔어요?]

"응, 잘 다녀왔어. 무슨 일이야?"

[아, 혹시 지금 바빠요?]

"바쁜 건 아닌데…… 어른들하고 식사 중이어서. 길게 통화는 못 할 거 같아."

[아…… 그럼 빨리 말할게요. 누나 주말에 시간 괜찮아요?]

"주말에?"

은호가 눈을 동그랗게 뜨며 되묻는다. 이번 주 주말이라면, 돌아가신 아버지 제사가 있는 날이었다. 은호는 곤란한 목소리로 답을 했다.

"미안한데, 석현아…… 주말에는 내가 아버지……."

[알아요. 아버님 뵈러 갈 시간 있냐고 묻는 거였어요.]

언제나 아픈 어머니 때문에, 아버지가 계신 납골당까진 가지 못하고 병원에서 간략하게 제사만 지내왔던 은호였다.

[아까 지호랑 병원 다녀왔는데, 어머니가 아버님 뵈러 가고 싶어 하시는 것 같더라고요. 의사 선생님한테 여쭤 보니 요즘 건강이 많이 괜찮아지셔서 그 정도는 외출해도 괜찮을 것 같다고 하셨고요.]

"아…… 그래?"

[누나 시간 안 된다고 하면, 지호랑 저랑 어머니 모시고…….]

"아냐. 아냐, 석현아. 시간 돼. 같이 가자."

은호는 다급하게 석현에게 대답했다.

[그럼 토요일 날 아침에 데리러 갈게요.]

워낙에 정신이 없어 요즈음 엄마가 무슨 생각을 하고 계시는지 알아차리지 못했던 스스로가 원망스러웠다.

"고맙다, 석현아."

그리고 사려 깊은 석현이 고마웠다.

[고마우면 연락 좀 자주 해요. 내가 누나 말동무 해 주기로 한 거 잊었어요?]

"아니. 안 잊었지. 미안해, 요즘 내가 좀 정신이 없어서……."

[나도 요즘 고민 있는데. 누나 고민 아니라고 나 몰라라 하는 거 아니죠?]

석현의 말에 피식, 웃음이 나와 버렸다. 아직 어린 스무 살짜리 남자애라고 생각했는데, 이럴 때 보면 꼭 어른 같기도 하고.

[얼른 끊고 들어가 봐요. 어른들 기다리신다면서요.]

"아, 그래. 주말에 보자."

끊긴 휴대폰을 바라보며 은호는 저도 모르게 한숨을 내뱉었다. 머릿속이 복잡했다.

* * *

아침 햇살에 눈을 뜨고 시계를 확인하니 어느덧 8시. 은호는 눈을 비비며 침실을 나섰다. 아침을 준비하고 있던 최 팀장이 웃으며 은호에게 인사를 건네 왔다. 서재로 향하려는 은호를 보며 최 팀장이 말했다.

"본부장님, 어제 안 들어오셨습니다. 김 비서한테 물어보니 회사에서 밤새 야근하셨다고 하시더라고요."

최 팀장의 말에 은호는 문득 휴대폰을 확인했다.

—일이 많아서 오늘 못 들어갈 듯합니다.

—잘 자요, 유은호 씨.

밤늦은 시간 보낸 우재의 메시지. 야근을 하면서 처음으로 은호에게 알려 온 메시지였다. 어쩐지 가슴이 뭉클해지며 뛰었다. 이게 사랑받는 기분일까. 그러면서도 어쩐지 아쉬운 기분이긴 했다. 하룻밤 차우재가 없는 집에서 홀로 있었다고 생각하니 그가 보고 싶어지는 것이었다.

"이사님이랑 병원 다녀오시기로 하셨다면서요."

멍하니 생각에 잠긴 은호를 향해 최 팀장이 다시 말을 걸어왔다.

"아…… 네……."

"사모님 일어나시는 대로 연락 달라고 하셨는데, 말씀드릴까요?"

은호는 마지못해 고개를 끄덕이며 입술을 깨물었다. 손가락은 여전히 휴대폰 액정 위를 맴돌았다. 어떡하지. 우재 씨한테 전화해서 상의를 해야 할까. 잠시 고민하던 은호가 통화 버튼을 누르려는 찰나, 띵동 소리와 함께 안채 벨이 울렸다. 인터폰을 확인한 최 팀장이 문을 열었다. 희옥과 현정이었다.

"일어났구나. 얼른 준비하렴. 아침 같이 먹고 가게."

은호는 초조한 표정으로 고개를 끄덕였다. 그녀는 도망치듯 핸드폰을 들고 욕실로 향했다.

뚜 뚜 뚜. 일을 하다 잠이라도 들어 버린 걸까. 아님, 아침부터 또 급한 회의가 있는 걸까. 우재는 도통 전화를 받지 않았다.

"하……."

은호의 입에서 한숨이 흘러나왔다.

"받아요…… 제발……."

그러나 안타까운 시간만 신호음만 뚜 뚜 귓가를 울릴 뿐이었다.

* * *

커다란 병원에 들어서자마자, 은호는 눈앞이 아찔해졌다. 우재는 여전히 전화를 받지 않았다. 다급한 마음에 김 비서에게도 전화를 걸어 보았으나, 역시나 임원 회의에 들어가 있어 오전 중엔 통화가 어려울 거라는 대답이 돌아왔다.

"형님, 어디 불편하세요?"

진료실로 들어서며, 옆에 서 있던 현정이 은호의 얼굴을 살피며 피식 웃었다.

"그럼, 초음파부터 볼까요?"

나이가 지긋한 의사가 친절하게 웃으며 말했다.

"저…… 저기…… 어머님. 죄송하지만 제가 좀 부끄러워서…… 잠시 나가 계시면……."

은호가 떨리는 목소리로 희옥에게 말했다.

"얘는, 부끄러울 게 뭐가 있니. 가족끼리."

"산모가 부끄러운가 보네요. 이사님, VIP 대기실에 제가 좋은 차 준비해 놓으라 말해 놨습니다. 가 계시죠."

원장의 말에 희옥과 현정은 못 이기는 척 웃으며 고개를 끄덕였다. 은호로서는 천만다행인 일이었으나 이 다행스러운 시간이 오래가지 않을 거라는 것 또한 잘 알고 있었다.

은호는 베드 위에 누워 눈을 질끈 감았다. 차가운 이물감이 배 위로 느껴졌다. 어차피 이렇게 된 거, 그냥 다 솔직히 털어놓고 용서를 구하자. 은호는 몇 번이고 되새기며 불안한 마음을 달래고 있었다.

"음, 이 정도면 아주 건강하네요. 단지 임신 기간에 비해 조금 작은 거 같긴 한데…… 몇 주라고 하셨죠?"

눈을 질끈 감고 있던 은호가 스르륵 눈꺼풀을 떠올렸다. 지금 자기가 잘못 들은 건가 싶어 몸을 일으켜 보았다.

"아, 모니터 돌려 드릴게요. 자세히 보세요. 근데 아이가 좀 작아서…….”

의사는 은호가 화면을 보고 싶어 몸을 일으킨 줄 알고 모니터를 돌려주었다.

“선생님……?”

은호는 어안이 벙벙했다. 이 선생님이 대체 지금 무슨 얘길 하고 있는 거지?

“네?”

은호의 부름에 의사가 태연한 표정으로 대꾸를 했다.

“아…… 아기가…….”

당황한 은호는 말까지 더듬었다.

“네, 조금 작은 것 같아요. 제가 듣기론 9주 차라고 들었는데…… 아닌가요?”

은호의 미간이 살짝 일그러졌다.

“아기가…… 있나요?”

은호는 다시 한번 물었다. 의사는 은호의 질문을 이해하지 못하겠다는 표정으로 가만히 고개를 끄덕였을 뿐이다. 임신. 진짜로 임신이 된 것이었다.

“정밀 검사를 어차피 해 봐야 하니까…….”

“선생님…….”

단번에, 은호의 눈망울에 눈물이 고이기 시작했다. 임신이라니. 정말 임신이라니. 수만 가지 생각들이 밀려들었다. 처음 차우재를 만나서 말도 안 되는 결혼 계약을 하고 그를 사랑하게 돼 버려 가슴 졸이던 일. 제주도에서의 뜨거운 고백까지. 주마등처럼 스쳐 지나는 여러 가지 기억들로 은호는 가슴이 벅차올랐다.

"이런. 걱정 안 해도 돼요. 아기는 산모가 잘 먹고 편히 쉬면 금방 자라니까 이렇게까지……."

"흐읍……."

결국 소리 내어 울음을 터뜨리는 은호였다. 의사는 자기가 아이가 좀 작다는 말에 은호가 우는 것으로 착각하며 난감한 표정을 지었다.

Drrrrr.

그때 은호의 휴대폰이 요란하게 울렸다. 이제야 은호에게서 온 연락을 확인한 우재였다.

"잠시만…… 저…… 통화 좀 할게요."

은호가 눈물을 훔치며 진료실을 나섰다.

"우재 씨……."

은호는 울먹이는 목소리로 우재의 이름을 불렀다. 수화기 너머에서는 당황한 우재가 아무런 말도 없이 귀를 기울이고 있었다.

"우재 씨……."

다시 한번 우재의 이름을 불렀다. 명확하게 울먹이는 은호의 목소리.

[유은호 씨, 웁니까? 무슨 일 있습니까?]

우재의 목소리가 다급했다. 우재는 혹여나 자신이 연락을 못 받은 새 은호에게 무슨 일이 생긴 건 아닌지 가슴이 쿵 내려앉았다.

"하……."

[유은호 씨.]

울먹이며 한숨을 내쉬는 은호에게, 우재가 재촉하듯 그녀를 불렀다.

[대체 무슨 일입니까? 지금 어디예요, 내가 지금 가겠…….]
"임신했어요, 나."
일순 정적이 흘렀다. 은호는 연방 흐르는 눈물을 닦아 내며 입술을 깨물었다.
[…….]
"나…… 임신이래요, 차우재 씨."
[하…….]
우재는 혼란스러운 듯 참았던 숨을 내뱉으며 아무 말도 하지 못했다.
[유…… 유은호 씨 지금 어디…… 어디죠?]
그의 당황스러움이 수화기 너머에까지 전해지고 있었다. 천하의 차우재가 말을 더듬다니. 은호는 처음 듣는 우재의 당황한 목소리에 저도 모르게 웃음이 흘러나왔다.

* * *

집 안에 들어서자마자 우재는 은호를 와락 껴안으며 그녀를 번쩍 안았다. 갑작스러운 그의 스킨십에 놀란 은호가 눈을 동그랗게 뜨며 웃었다. 거실에서 이 광경을 지켜보던 최 팀장은 눈치 있게 살짝 자리를 피해 주었다.
"정말입니까?"
우재가 흥분한 목소리로 그녀의 눈을 보며 되물었고, 은호는 그저 고개를 끄덕였다.
"어머니랑 같이 있어서 정확히 얼마나 된 건지는 물어볼 수가 없었어요. 근데 확실히 임신은 맞다고 했어요."

"하……."

우재는 가슴이 벅차오르는 기분이었다. 이런 게 아이를 갖는 기쁨인 것인가. 사랑하는 여자, 은호와 자신과의 아이라니. 우재는 도통 믿을 수가 없었다. 은호의 눈엔 또다시 눈물방울이 스멀스멀 차오르고 있었다. 우재가 은호의 눈꼬리를 훔쳐 주며 그녀의 입술을 혀끝으로 핥았다.

"간지러워요……."

덕분에 웃음이 터진 은호가 몸을 움츠리며 말했다. 그러나 우재는 키스를 멈추지 않았다. 번쩍 안아 든 은호를 소파 위에 내려놓고 본격적으로 그녀에게 키스를 퍼부었다. 은호는 키득키득 웃으면서도 기분 좋은 자극에 우재의 목을 끌어안았다. 우재의 눈동자가 은호의 눈동자를 정면으로 마주쳐 왔다. 우재의 벅차오르는 감정이 고스란히 눈동자를 통해 전해졌다. 그런 우재의 진심을 읽은 은호의 눈에 다시금 눈물이 고였다.

"사랑해요."

은호는 입술을 작게 움직여 말했고, 우재는 눈을 감으며 은호를 꼭 끌어안았다. 콩닥콩닥 뛰는 두 개의 심장이 정면으로 맞닿았다.

"하…… 고마워요, 유은호 씨."

은호의 부드러운 머리칼을 몇 번이고 쓰다듬으며, 우재는 다정한 목소리로 속삭였다.

"믿을 수가 없군요. 우리 아이라니……."

우재는 여전히 벅찬 목소리였다.

"나도 믿을 수가 없어서 몇 번이나 물어봤는지 몰라요."
은호가 울먹이며 말했다.
"건강은. 건강은 어떻다고 합니까?"
"건강하대요. 심장 소리도 들었어요. 우재 씨도 들었으면 좋았을 텐데…… 다음엔 꼭 같이 가서 들어요."
은호의 말에 우재가 얼른 고개를 끄덕였다.
"뭐 먹고 싶은 건 없습니까?"
"네?"
"여자들 임신하면 이것도, 저것도 먹고 싶은 거 많다고 하던데. 유은호 씨는 먹고 싶은 거 없습니까?"
우재가 재촉하듯 은호를 보며 물었다. 아직 촉촉한 눈동자를 굴리며 은호가 생각을 떠올려 보았다.
"키……위?"
어쩐지 시큼한 게 먹고 싶었다. 임신하면 시큼한 게 먹고 싶다고 하더니, 시큼한 키위 맛을 떠올리니 입가에 침이 절로 고였다.
"키위?"
은호의 말을 들은 우재가 주머니를 뒤적여 휴대폰을 꺼내 들었다. 그러곤 어딘가로 전화를 급히 걸었다.
"김 비서?"
설마. 김 비서한테 부탁하려는 건가, 싶어 은호가 얼른 휴대폰을 빼앗았다.
"아, 김 비서님. 죄송해요. 아무것도 아니에요, 쉬세요. 그럼."
제멋대로 전화를 탁, 끊어 버린 은호를 보며 우재가 이해할 수 없다는 듯한 표정을 지었다.

"차우재 씨, 이거 엄연한 갑질이에요. 김 비서가 우리 개인 심부름 해 주는 사람도 아니고. 이런 거까지 시키면 안 되죠."

한 번도 김 비서에게 이런 개인적인 일을 시켜 본 적이 없는 우재였기에 더욱 이런 방면에 개념이 없는지도 몰랐다. 은호의 말에 우재는 고개를 끄덕였다. 그러고는 벌떡 몸을 일으켰다.

"그럼 내가 사 오겠습니다."

"차우재 씨가요?"

은호가 더더욱 놀란 얼굴로 눈을 동그랗게 떴다. 차우재가 키위를 직접 사 오겠다고? 은호는 이 어이없는 말에 동그란 눈을 깜빡깜빡했다.

"마트 가 본 적 있어요?"

"물건……을 사러 가 본 적은 없고. 재이리테일 시찰 때……."

"키위를 어디서 파는지는 알아요?"

"마……트……?"

"하……."

은호는 예상치 못한 차우재의 어리숙함에 저도 모르게 웃음이 났다.

"나랑 같이 가요."

은호의 예쁜 미소와 다정한 목소리에 우재는 앞섶이 움찔거리는 것을 느꼈다. 그는 충동적으로 은호의 허리를 바짝 끌어안으며 입술 속으로 제 혀를 밀어 넣었다. 놀란 은호가 눈을 동그랗게 떠 보지만 우재는 키스를 멈추지 않았다. 아니, 오히려 은호를 번쩍 들어 안고 침실로 향하는 것이었다.

"마…… 마트 간다고……."

"이거 다 하고 가죠."

우재는 은호의 치마 아래로 손을 밀어 넣었다. 서서히 야릇한 감각이 올려오려는 찰나, 문득 우재가 은호를 올려다보며 물었다.

"근데…… 임신 중에 섹스…… 괜찮은지 알고 있습니까?"

둥그렇고 까만 눈망울이 반짝거리며 빛났다. 은호는 그런 우재가 귀여워 피식 웃으며 작게 고개를 끄덕였다.

"대신 천천히, 조심스럽게 만져 줘요."

은호의 속삭임에 우재도 아이처럼 고개를 끄덕였다.

* * *

납골당. 줄곧 병원에 누워 있느라 몇 년 만에, 아니, 거의 십 년 만에 이곳을 찾은 은호의 엄마는 유리창 속 납골함을 응시하며 연방 눈물을 흘렸다. 유리장 속에는 아주 오래전 그녀가 직접 넣어 놓은 가족사진이 꽂혀 있었다.

"엄마."

보다 못한 은호가 엄마의 어깨를 살짝 그러쥐며 불렀다. 그제야 엄마는 알았다는 듯 고개를 끄덕였다.

"그래. 가자, 이제."

동생 지호가 엄마의 휠체어를 끌었고, 은호와 석현이 그 뒤를 따라 걸었다. 아버지 기일이라는 말에 우재는 함께 오겠다 했지만, 갑작스럽게 잡혀 버린 바이어 미팅 덕에 어쩔 수 없이 은호 홀로 와야만 했다.

은호는 굳이 이곳에 석현도 함께 온다는 사실을 말하지 않았다. 어쩐지 우재가 석현을 신경 쓰고 있다는 게 마음에 걸린 탓이었다.

"잘 지내니?"

은호를 보며, 엄마가 슬픈 표정으로 물었다. 은호는 망설이지 않고 고개를 끄덕였다. 처음엔 거짓이었을지 몰라도 지금은 확실히 진짜로 잘 지내고 있으니까. 그녀는 지금 자신의 행복한 모습을 엄마에게 보여 주고 싶었다.

"차 서방이 너무 많이 신경을 써 주는구나……."

다음 주로 잡힌 종양 제거 수술. 은호는 고개를 끄덕였다. 그도 그럴 것이, 은호 몰래 그간 우재는 그녀의 엄마를 끊임없이 챙겨 온 모양이었다. 사람을 보내고, 물건을 보내고, 병원에 직접 연락해 검사 일정을 잡는 것까지 하나하나. 은호는 그동안 자신도 까맣게 몰랐던 우재의 마음이 너무나 고맙고 소중했다.

"시집살이는. 아직도 그 동서인가 뭔가 하는 여자는, 누나 괴롭히고 그래?"

지호가 여전히 못마땅하다는 듯한 표정으로 물었다.

"괴롭히든지 말든지. 너희 누나가 누구냐. 나 고등학교 때 맨날 괴롭히던 일진들 날 잡고 한 방에 다 때려눕힌 거 기억 안 나?"

"풉……."

은호의 말에 옆에서 듣고 있던 석현의 입에서 웃음이 터져 나왔다. 왜 기억이 안 나겠는가. 은호의 학교는 물론 그 동네 학교에 소문이 쫙 퍼질 정도로 대단했던 그 사건이.

"너. 왜 웃어?"

은호가 눈썹을 꿈틀거리며 석현에게 물었고, 석현은 입을 가리며 시선을 피했다.

"별일은 없지?"

엄마는 여전히 딸이 걱정스러운 얼굴이었다. 은호는 잠시 그런 엄마를 응시했다. 임신했다고, 아이를 가졌다고 말하고 싶은데. 어쩐지 입이 떨어지지 않았다. 혹여나 다음 주에 있을 수술에 이런 소식이 안 좋은 영향을 끼치지는 않을지 조심스러웠던 것이다.

은호는 가만히 고개를 끄덕였다. 역시나. 수술이 끝난 후 엄마에게 임신 소식을 알리는 게 좋을 듯싶다.

"그래. 그럼 됐다."

"자주 못 가서 미안해요."

은호 나름대로 시간 날 때마다 들른다고는 하고 있지만, 결혼 전만큼 자유롭지는 않은 게 당연했다. 전보다 딸 얼굴 보기가 어려워진 엄마의 마음이 어떨지, 은호는 엄마를 응시하며 죄송한 표정을 지었다.

"됐어. 결혼한 여자가 자꾸 친정 드나들고 그럼 못 쓴다."

"엄만, 무슨 옛날 얘길 하고 있어……."

괜스레 미안한 마음에 엄마의 말을 타박도 해 보고.

"수술 끝나고선 내가 엄마 당분간 간호할게."

진심 어린 약속도 해 보았다. 그럼에도 엄마는 한사코 고개를 저었다.

"어여 가. 어르신들 걱정하실라."

어느덧 산 너머로 해가 뉘엿뉘엿 지고 있었다.

"병원까지 모셔다 드릴게."

"됐어. 지호 있는데 뭘 너까지 따라와."

은호의 간절한 마음에도 엄마는 일부러 더 냉정하게 은호를 밀어냈다. 어쩌면 엄마도 직감적으로 알고 있는 게 아닐까. 자신을 위해 딸이 희생했다는 걸. 은호는 엄마의 뒷모습에 절로 눈시울이 붉어졌다. 수술이 끝나면 꼭 엄마에게 제일 먼저 이 소식을 알리고 싶다고. 그래서 딸이 얼마나 행복한지, 결코 엄마를 위해 희생한 게 아니라고 말해 주고 싶었다.

"석현아, 너도 가 봐. 고마웠다, 오늘. 너 아니었으면 엄마 모시고 여기 올 엄두 못 냈을 거야."

지호의 차가 사라질 때까지 한참을 지켜보고 서 있던 은호가, 붉어진 눈을 훔치며 석현에게 말했다. 석현은 웃으며 은호를 응시했다.

"진짜 고마워요?"

그의 물음에 은호가 웃으며 고개를 끄덕였다.

"그럼 나랑 저녁 같이 먹어 줘요. 혼자 먹기 싫은데."

"그래."

은호가 한번 더 고개를 끄덕였다.

"뭐 먹고 싶어요?"

"내가 사 줄 거니까 네가 먹고 싶은 걸로 먹자."

"나 비싼 거 먹을 건데."

"비싼 거?"

장난기 어린 석현의 말에 은호가 씽긋 웃었다.

"그래. 기분이다, 가자. 비싼 거 먹으러."

* * *

은호는 눈을 동그랗게 뜨고 레스토랑 여기저기를 살폈다. 꽤 고급 레스토랑 같은데, 아무리 둘러봐도 은호와 석현 말고는 다른 손님이 없었다. 한창 저녁 시간이건만, 별로 맛이 없는 곳인가 싶은 의심도 들었다. 그래도 석현이 먹고 싶다고 온 곳이니, 그녀는 좋은 마음으로 메뉴판을 살폈다.

"와…… 너 이렇게 비싼……."

메뉴판에 붙은 가격을 보며 은호가 입을 떡 벌렸다. 코스 메뉴로 몇 십만 원을 호가하는 고급 레스토랑이었다. 석현는 그런 은호가 귀엽다는 듯 응시하며 싱긋 웃었다.

"왜요. 이 정도는 사 줘야 진짜 고마운 거죠."

너스레도 함께 떨면서.

은호는 석현을 흘겨보다가 포기했다는 듯 '에잇, 그래!' 하고 메뉴판을 털썩 내려놓았다.

"그동안 너한테 신세만 졌는데, 생각해 보니 정말 너한테 밥 한 끼 맛있는 거 사 준 적이 없는 것 같네. 다 시켜! 먹고 싶은 거 다 시켜. 오늘 이 누나가 쏜다!"

석현은 피식 웃으며 손을 들었다. 그러자 대기하고 있던 웨이터가 테이블로 다가왔다.

"먼저 말씀드렸던 코스로 부탁드립니다."

"네. 와인도 준비된 걸로 드릴까요?"

"네."

석현과 웨이터의 대화에 은호의 눈이 동그래졌다. 무슨 상황인지 이해하지 못하겠다는 듯한 눈이었다. 예약이라도 하고 온 건가. 말했던 코스와 준비된 와인이라니. 은호는 목소리를 낮춰 석현에게 물었다.

"너 여기 계획적으로 온 거야?"

풉. 은호의 이야기에 석현은 다시 한번 웃음이 터져 버렸다. 음식이 나오고, 생각보다 더 고급스럽고 맛있는 요리에 은호는 연방 감탄사를 터뜨렸다. 그렇게 디저트가 나올 때까지도 레스토랑엔 아무도 들어오지 않았다. 은호가 디저트로 나온 딸기 케이크를 한 입 베어 물며 작은 목소리로 속삭였다.

"근데, 여기는 왜 이렇게 사람이 없지? 너무 비싸서 그런가. 음식은 엄청 맛있는데……."

석현은 그저 아무 대답도 하지 않으며 웃을 뿐이었다. 사실, 이 레스토랑은 오늘 하루 석현이 빌린 것이었다. 입단을 하고 첫 연봉 계약 후 받은 돈을 탈탈 털어서. 그 상황을 알 리 없는 은호는 그저 어리둥절한 얼굴로 고개를 갸웃거렸다.

석현은 가만히 은호의 얼굴을 응시했다. 그의 시선을 느낀 은호가 눈을 동그랗게 떴다.

"누나."

"응?"

어쩐지 석현의 얼굴이 제법 진지했다.

"실은 나 누나한테 할 말 있어서 여기 오자고 한 건데."

그저 어리둥절하던 은호의 표정도 살짝 굳었다. 뜨겁고 의미심장한 석현의 눈빛, 진지한 분위기. 은호도 무언가 이상하다는 것을 감지한 표정이었다.

"누나 행복해요?"

불현듯 물어 오는 석현의 질문에 은호는 저도 모르게 마른침을 삼켰다. 그저 남동생의 친구, 어린아이로만 생각했던 석현이 제법 남자 같은 얼굴로 물어 오고 있었다. 처음 느낀 어색함에 은호는 애써 웃으며 시선을 피했다.

"행복하지, 그럼."

"거짓말."

석현이 낮은 목소리로 은호의 말을 잘랐다.

"결혼, 누나가 원해서 한 거 아니잖아요."

"……."

"차우재 그 사람, 누나 사랑해서 결혼한 거 아니죠? 누나도 그 사람 사랑해서 같이 있는 거 아니잖아요."

"무슨 말이야."

은호는 웃으며 장난스레 손을 내저었다.

"내가 우재 씨를 얼마나 사랑하는데. 그리고 우재 씨도 나 사랑해 줘. 우리 잘살고 있고, 그래서 나 행복……."

"좋아해요."

포크를 쥔 은호의 손이 탁 멈췄다. 은호는 미간을 찌푸리며 석현을 응시했다. 석현은 간절하고 진지한 눈빛으로 말을 이었다.

"오래전부터 누나 좋아했어요. 친구 누나로서 말고 여자로 좋아했어요."

"석현아."

은호는 당황하며 포크를 내려놓았다.

"근데 내가 어려서…… 초라해서…… 누나한테 아무것도 해 줄 수도 없고, 힘이 될 수가 없어서…… 그래서 말 못 하고 혼자서 이 마음 눌러만 왔어요."

은호는 전혀 예상치 못한 석현의 고백에 눈을 질끈 감았다.
"그러다 누나가 결혼한다고 했을 때, 그 상대가 재이그룹 후계자라고 했을 때. 차라리 잘됐다고 생각했어요. 그동안 누나 힘들고 어려웠던 거 다 잊고, 이제 행복하게 살 수 있을 거라고 여겼으니까."
은호는 무언가 잘못됐다고 생각했다. 혹여나 자신이 석현을 오해하게 하거나 그 어린 마음에 상처를 준 건 아닌지 죄스러웠다.
"그런데 이건…… 아니잖아요. 누나 그 사람하고 결혼해서 하나도 안 행복해 보이는 거, 내 착각이에요? 누나 모르죠, 누나랑 차우재. 사랑하지도 않는데 서로 이익 때문에 결혼한 거라고 벌써 소문이……."
"석현아."
은호가 단호하게 석현을 불렀다.
"나, 그 사람 아이 가졌어."
은호의 말에 석현의 눈동자가 놀라 부풀어 올랐다. 은호는 따뜻하지만 단호한 목소리로 말을 이었다.
"우리…… 우재 씨랑 나, 서로 사랑하고 있어."
"누나……."
은호의 눈빛은 완고했다. 그녀의 단단하고 확신에 찬 눈빛을 보는 순간 석현은 가슴이 무너져 내리는 것만 같았다. 은호가 불행하다고, 그녀에게 결코 행복한 결혼 생활이 아니라고. 그래서 나에게도 기회가 있다고. 불행한 그녀를 구해 내 반드시 내가 행복하게 만들어 줄 거라고. 그렇게 다짐했던 생각들이 모조리 다 물거품이 되는 순간이었다. 석현은 흔들리는 눈빛으로 은호의 까만 눈동자를 마주했다.
"미안하다. 나 먼저 일어나 볼게."
은호가 자리에서 벌떡 일어나며 말했다. 그녀는 빠른 걸음으로 레스토랑을 나섰다. 언제부터일까. 언제부터 석현이 나를 그런 감정으로 대한 걸까. 은호는 미안함과 혼란스러움 그리고 죄책감에 휩싸여 빠른 걸음으로 걸어 나갔다.
"잠깐만요."
그때, 은호를 따라 뛰어나온 석현이 그녀의 손목을 잡으며 돌려세웠다. 석현의 얼굴이 전에 없이 진지했다.
"누나 마음 혼란스럽게 했다면…… 더 힘들게 만들었다면 미안해요, 내 감정만 앞세워서."
"……."
은호는 미간을 찌푸리며 입술을 깨물었다.
"근데…… 나 이 마음 못 접을 것 같아요, 누나."
"신석현."
"미안해요. 나도 내 마음이 내 마음대로 되지가 않아요."
"하……."
"그러니까. 도망만 가지 마요, 내가 잘못했어요."
은호의 손목을 쥔 석현의 손에 힘이 들어가고 있었다. 그의 눈동자는 여전히 흔들리고 있었고, 은호는 한숨을 내뱉으며 제 이마를 짚었다. 어디서부터 잘못된 걸까.

9. 날 믿어줄 수 있습니까?

어떻게 해야 이 착한 아이를 상처받지 않도록 밀어낼 수 있을까. 마주친 석현의 눈동자가 한없이 흔들리고 있었다.

* * *

은호의 임신 소식이 있은 후 보름이 지났다. 그사이 은호의 어머니는 성공적으로 종양 제거 수술을 마쳤으며 남은 항암 치료에 들어갔고, 나날이 바쁜 하루하루를 보내고 있으면서도, 은호와 우재의 관계는 더욱더 깊어지고 있었다.
서로를 향한 애정과 믿음은 점점 더 탄탄해지고 있었다. 마치 처음 연애를 하는 풋풋한 스무 살 연인들처럼, 두 사람은 서로에 대한 갈망으로 거세게 타올랐다. 모든 게 고요하고 평화로웠다. 마치 폭풍 전야처럼.
은호가 교성을 내지르며 우재의 단단한 근육에 손톱을 파묻었다. 허리는 이미 꺾여 있었고, 꺾인 허리를 받쳐 들고 있던 우재의 손이 은호의 몸을 일으켜 세웠다.
"하…… 우재 씨……."
벌써 연속 세 번째 흥분. 은호는 지친 얼굴로 우재에게 사정하듯 애원했다.
"우재 씨…… 그만……!"
임신 중인 은호의 몸을 유리 다루듯 섬세하고 소중히 다루는 우재였지만, 도무지 횟수만큼은 줄어들지 않았다. 우재는 지치지 않는 머신처럼 틈만 나면 은호를 안고, 물고, 빨아 댔다.
"나…… 너무 힘들어요……."
은호가 애원하듯 우재의 어깨에 매달렸다.
"힘 빼고 가만히 있어요. 다 내가 알아서 할 테니까."
어떻게 힘을 빼고 가만히 있는단 말인가. 이렇게 내내 흥분하게 만들고 있으면서.
"살살 합시다. 천천히."
천천히, 살살 하겠다고 한다고 해서 이 강렬한 자극이 줄어드는 건 아니었다. 은호는 아무리 힘을 빼려 해도 뺄 수가 없는 몸을 우재에게 기댄 채 눈을 감았다. 임신 중 마일드한 행위는 태교에도 도움이 되고 좋다던 의사의 말도 있었지만, 이렇게 많이 해도 괜찮다는 말인지는 여전히 의구심이 들었다. 아니, 우재에게 임신 중 섹스는 안 된다고 말할 것을 그랬나.

우재는 그녀에게 최대한 무리가 가지 않도록 이 흥분을 자제하고 또 자제하고 있건만 좀처럼 컨트롤하기 어려웠다.

"하아…… 우재 씨……."

"느낌 어떤지 말해 줘요. 좋습니까?"

은호를 다시 조심스레 안아 누인 우재가 그녀의 이마를 쓰다듬으며 물었다.

"네…… 좋아요……."

"그런 것 같네요."

그의 손이 천천히 은호의 몸을 매만졌다. 또 다른 자극에 은호가 입술을 깨물며 허리를 움직거렸다.

"어때요. 그럼 이제 유은호 씨 힘드니까 그만할까요?"

우재의 말에 은호가 입술을 꾹 깨물며 그의 목을 더욱 바짝 끌어았다.

"뭐예요. 왜 자꾸 나 놀려요."

우재는 피식 웃으며 그녀의 귓불을 핥았다.

"그럼 유은호 씨가 하자고 해서 계속하는 겁니다."

장난스러운 우재의 말에 은호의 입꼬리가 씨익 말려 올라간다.

은호는 또 한 번의 강렬한 오르가즘을 느끼며 눈을 감았다. 우재는 마지막까지 깊은 쾌감을 느끼는 듯 눈을 질끈 감은 채 그녀의 옆자리에 쓰러졌다. 우재는 지쳐서 가쁜 숨을 내뱉는 은호의 뺨을 사랑스레 쓰다듬었다.

"미안합니다, 유은호 씨 힘들게 해서."

우재의 사과에 은호가 피식 웃으며 눈꺼풀을 떠올렸다.

"힘든 거 알면서 왜 자꾸 힘들게 하는데요?"

"어떡합니까, 나도 내가 자제가 안 되는걸."

풉…… 은호가 다시 한번 웃었다. 천하의 차우재도 자제하지 못하는 게 있었다니.

우재는 웃는 은호를 한참 동안 응시하다 제 품속으로 꼭 끌어안았다. 제 가슴에 폭 안겨 오는 은호의 마른 등을 쓸어내리며 그는 깊은숨을 들이마셨다. 은호를 안고 있을 때 느껴지는 이 달콤하고도 포근한 향기. 우재는 은호의 이 달달한 체향이 너무나 사랑스러웠다. 그는 커다란 손으로 은호의 아랫배를 살짝 매만졌다.

"여기…… 우리 아이가 있단 말이죠……."

혼잣말처럼 속삭이는 그의 음성에, 은호는 살짝 미소를 지었다.

"유은호 씨 닮은 예쁜 딸이면 좋겠는데……."

우재가 다정하게 말해 온다.

"난 우재 씨 닮은 아이면 좋겠어요. 우재 씨처럼 똑똑하고, 잘생기고, 뭐든 다 잘하고, 정직하고, 바르고……."

은호의 말에 우재는 마냥 웃을 수가 없었다. 아직 은호에게 말하지 못한 진실.

'이 두 사람, 친자 관계가 맞다는데요.'

은호가 아버지 기일에 납골당에 가던 날. 그날, 우재가 그녀를 따라가지 못했던 이유였다. 김 비서가 무심하게 내미는 유전자 검사 결과지를 보며 우재는 눈앞이 캄캄해지는 기분이었다. 세정에 대한 미움도, 자신의 딸이라는 아이에 대한 죄책감이 먼저가 아니었다. 어떻게 해야 할지. 어떻게 은호에게 용서를 빌어야 할지. 우재는 어떤 말로도 용서할 수 없을 자신의 실수에 자책하며 괴로워했다.

우재는 천천히 몸을 일으켰다. 은호도 그런 우재를 따라 상체를 일으켰다.

"어디 가요?"

은호의 질문에 우재는 어색한 표정으로 답을 했다.

"할 일이 아직 남았습니다."

"뭐야, 그랬으면 말을 하죠. 바쁜데 내가 우재 씨 방해한 것 같아서 미안하잖아요."

은호가 안쓰러운 듯 우재를 보며 말했다.

"더 자요. 아침 먹을 때 깨워 줄게요."

우재는 은호를 남겨 둔 채, 천천히 홀로 침실을 나섰다.

"하……."

갑갑한 마음에 테라스로 나온 우재는 깊은 한숨을 내쉬었다. 여전히 세정에게선 주기적으로 연락이 오고 있었다. 언제까지 그녀의 연락을 외면할 수 있을지, 불안하고 또 괴로웠다. 어차피 새어머니인 희옥도 다 알고 있는 사실이라면, 분명히 터져 버릴 문제였다. 우재는 가장 먼저 은호에게 사실을 털어놓고, 용서를 구할 생각이었다. 은호가 용서할 수 없다고, 이해할 수 없다고 말한다면 그 역시 받아들일 생각이었다.

다만 가장 큰 걱정은, 은호의 배 속에서 자라고 있을 작은 아이. 유은호와의 사랑의 결실인 그 아이가 걱정이었다. 그래서 그가 더욱더 망설이고 있는지도 몰랐다.

'아이가 되게 귀엽더라고요. 여섯 살 어린애답지 않게 애어른 같은 면도 좀 있는 것 같고.'

솔이라는 아이를 몰래 지켜보고 왔다던 김 비서가 한 말이었다. 피 묻은 자신의 손을 꽉 잡아 주던 고사리 같던 그 손의 감촉이 여전히 손끝에 아릿했다.

"이솔……."

우재는 가만히 아이의 이름을 되뇌어 보았다. 여전히 마음으로는 자신의 아이라 믿을 수 없었지만, 실질적 결과가 자신의 핏줄이라 말하니 아이를 떠올리지 않을 수 없는 것이었다. 계속되는 혼란스러움에 우재는 커다란 두 손으로 얼굴을 깊게 감싸 쥐었다. 하늘엔 검푸른 여명이 밝아 오고 있었다. 그렇게, 폭풍 전야의 마지막 햇살이 어렴풋이 밀려들었다.

* * *

화창한 오후. 할아버지가 뭐든 마음껏 사라며 주신 카드를 들고 은호는 모처럼 백화점 쇼핑을 나왔다. 그녀는 필요한 물건과 옷도 좀 사고, 태어날 아이 용품도 좀 구경할 작정이었다. 그리고 저녁엔 우재와 만나 병원에 함께 아기 심장 소리를 들으러 갈 참이었다.

은호는 여유 있게 시간을 확인했다. 우재와 만나기로 약속한 저녁 시간까지는 아직 충분히 여유가 있었다.

"어머. 안녕하세요."

아기 옷을 구경하며 한참 기분 좋은 상상에 빠져 있던 은호에게 어쩐지 낯익은 여자가 인사를 건네 왔다. 누구더라. 은호가 미간을 찌푸리며 그녀가 누구인지 기억해 내려 애를 썼다.

"아……."

얼마 전 집 앞에서 본 그녀였다. 우재와 남매 같은 사이라고 했던.

"기억하시네요, 은호 씨?"

정확히 자신의 이름까지 기억하고 있는 세정을 보며 은호는 또다시 불길한 느낌을 지울 수가 없었다.

"아…… 누구신지는 기억하는데…… 성함은……."

"이세정이에요."

세정이 웃으며 대답했다. 그런 그녀의 옆에 작은 여자아이가 눈을 깜빡이며 은호를 바라보고 있었다. 은호의 시선이 아이에게 머물자, 세정이 말을 이었다.

"제 딸이에요. 솔아, 인사해야지?"

"안녕하세요."

"아…… 그래, 안녕."

미혼이 아니었나. 워낙에 동안인 데다, 세련된 외모의 그녀이기에 당연히 미혼일 거라 생각했는데. 은호는 어쩐지 조금 경계가 풀어지는 느낌이었다. 더불어 세정에게 민망한 마음이 들어 어색하게 웃었다.

"쇼핑 오셨나 봐요?"

은호가 들고 있는 아기 신발을 보며 세정이 물었다. 천연덕스럽게 웃고 있었지만 세정은 마음이 타들어 갔다. 은호가 진짜 임신을 한 게 맞는 것 같다던 희옥의 말이 정말인 모양이었다. 예상보다 일이 더 어렵게 된 것 같았다. 이럴 줄 알았으면 더 빨리 움직였어야 하는 건데. 왜 항상 이렇게 늦기만 하는 건지 자신의 운명이 원망스러웠다.

"저랑 커피 한잔 안 하실래요? 안 그래도 혼자 쇼핑하는 거 좀 지치는 중이었는데."

세정의 제안에 은호는 가볍게 고개를 끄덕였다. 우재와 친한 동생이라니, 자신도 친하게 지내서 나쁠 게 없다고 생각했기 때문이다.

"실은 제가 한국 돌아온 지 얼마 안 됐거든요."

커피 잔을 움켜쥐며 세정이 살짝 웃으며 말했다.

"그래서 친한 사람도 없고, 아직도 좀 어색하고 그래서요. 이렇게 우연히 지나가다 아는 얼굴 보니 반가워서 커피라도 마시고 싶었어요. 바쁘신데 제가 시간 뺏은 건 아니죠?"

세정의 말에 은호는 손을 내저었다.

"아니에요, 저도 뭐 할 일 없이 돌아다니고 있었는데요 뭐……."

"다행이네요."

"사실 뭐, 우재 씨가 특별히 친한 친구도 없고 집이랑 회사 말고는 특별히 놀러 가는 곳도, 취미 생활도 없는 사람이라…… 세정 씨가 우리 우재 씨랑 친하다니 저도 좀 궁금하고 그랬어요."

은호의 말에 세정이 의미심장하게 웃었다. 그런 세정 옆에는 솔이가 앉아 바나나 주스를 마시며 은호를 빤히 쳐다보았다. 또랑또랑한 아이의 눈망울이 귀여워 은호도 덩달아 웃음이 났다.

"너, 엄마 많이 닮았구나? 엄마 닮아서 되게 이쁘고 귀엽네."

얼마 뒤면, 우재와 자신 사이에도 이런 예쁜 아이가 태어날 거라고 생각하니, 아이를 보는 그녀의 마음도 덩달아 설렜다.

"이모도 예뻐요."

은호의 칭찬을 들은 솔이가 작은 입술을 움직거리며 대꾸를 했다. 솔이도 귀엽게 웃었다.

"꼬마 아가씨, 고맙습니다."

은호는 웃으며 솔이의 머리를 쓰다듬어 주었다.

"이름이…… 솔이라고 했나?"

"네! 이솔이에요!"

"응, 솔아. 이모도 솔이같이 예쁜 딸 있었음 좋겠다."

은호의 말에 세정은 애써 웃으며 요동치는 가슴을 진정해 보았다. 세정의 생각보다 은호는 예쁘고 밝은 여자였다. 차우재가 자기 아닌 다른 여자랑 결혼을 했다고 했을 때, 처음엔 말도 안 된다고 생각했었다. 게다가 차우재가 사랑을 해서 한 결혼이라고? 도무지 믿을 수 없었다. 차우재가 얼마나 어려운 남자인지, 그 닫혀 있는 마음을 열기가 얼마나 어려운지 잘 아는 세정이었기에 한 당연한 생각이었다. 그래서 희옥이 우재와 은호의 사이가 의심된다며 귀띔을 해 주었을 때도 역시나 그럼 그렇지, 하는 자만에 빠져 있었던 것이다. 그런데 은호와 처음 마주하고, 짧은 대화지만 함께 이야기를 나누고 보니 세정은 어쩐지 불안한 마음이 들었다. 자신에게 완전히 닫혀 버린 차우재의 마음과 이렇게나 예쁘고 밝은 유은호. 게다가 아무리 뒷사정은 모른다지만, 이 여자는 지금 임신까지 한 상태다. 과연 아무런 마음도 없이 우재가 이 여자를 안을 수 있었을까? 아니…… 아닐 것이다. 솔이를 무기로 우기고 떼라도 쓴다면 당연히 다시 차우재를 차지할 수 있을 거라 자신했던 그녀의 마음이 순식간에 사그라들고 있었다.

"근데…… 실례지만 임신하셨나 봐요? 아까도 그렇고……."

"아……."

세정의 질문에 은호가 얼굴을 붉히며 고개를 끄덕였다.

"네. 부끄럽지만 너무 좋아요. 우재 씨도 너무 좋아하고……."

세정의 손가락에 잔뜩 힘이 들어갔다.

"그럼 이모 배 속에 아가 있는 거예요?"

입술을 우물우물하며 빨대를 빨고 있던 솔이가 끼어들었다. 은호는 웃으며 고개를 끄덕였다.

"우재 오빠, 행복한 결혼 생활 하고 있는 것 같아서 다행이네요."

세정은 애써 웃으며 태연한 척 말했다.

"사실, 7년 전에 한국 떠나면서 오빠 걱정 되게 많이 했거든요."

"우재 씨랑 정말 많이 친한 사이였나 봐요."

"어릴 때부터…… 원래도 친하긴 했는데 오빠랑 같이 유학 갔을 때 더 많이 친해진 거 같아요. 오죽하면 대현 오빠도…… 아…… 대현 오빠 아시죠? 차우재 유일한 베프."

은호는 어색한 표정으로 고개를 끄덕였다. 왜 이렇게, 왜 자꾸 위화감이 드는지 모를 일이었다. 분명 세정은 다른 남자와 결혼해 아이까지 있는 것 같고, 그저 옛날에 우재와 친했던 이야기를 하는 것뿐일 텐데 왜 자꾸 불안한 기분이 드는 걸까. 임신을 하면 좀 예민해지는 경향이 있다더니, 그 때문일까. 은호는 세정의 이야기를 들으며 흔들리는 제 마음을 다잡아 보고 있었다.

"오빠랑 사는 거 힘들지 않으세요?"

"네?"

"고리타분하고, 일만 좋아하고, 재미라곤 눈곱만큼도 모르는 남자라."

"그런 면이 있긴 하죠, 우재 씨가. 근데……."

"근데…… 그래서 더 매력 있잖아요. 그죠?"

우재 이야기를 하는 내내 세정의 눈빛이 반짝였다. 은호는 그런 세정의 눈빛이 못내 불안했다. 은호는 고개를 숙이고, 시선을 돌리며 주스를 들이켰다.

"근데 은호 씨는…… 우리 오빠랑 어떻게 만나신 거예요? 제가 듣기론 사내 연애를 하셨다던데."

은호의 미묘한 표정 변화를 읽은 것인지 세정이 화제를 돌리며 여우같은 질문을 던졌다.

"네, 제가 일하다가 만났어요."

은호는 어쩐지 마음이 내키지 않아, 간단명료하게 답을 했다. 세정은 '아…….' 하고 고개를 끄덕였다.

Drrrrr.

마음이 불편하던 은호에게 반가운 전화가 걸려왔다. 우재였다.

"잠시만요. 네, 우재 씨."

전화를 받으러 잠깐 자리에서 일어서는 은호의 뒷모습을 세정은 원망 어린 눈빛으로 쏘아보았다. 모든 게 다 유은호 때문인 것만 같다는 말도 안 되는 증오심이 밀려들었다. 유은호만 아니면. 저 여자만 없다면 모든 게 다 순조로울 텐데. 차우재를 다시 돌리는 일 따윈 문제도 아닐 텐데. 세정은 입술을 꾹 눌러 깨물었다.

"엄마, 근데 저 이모 누구야?"

종이에 낙서를 하며 혼자 놀고 있던 솔이가 눈을 동그랗게 뜨고 물었다.
"엄마 친구야?"
"아니……."
세정의 낮은 목소리로 답했다.
"아빠 친구."

* * *

백화점 안에서 걸어 나오는 은호를 보며 우재가 차에서 곧바로 내렸다. 그러곤 차 조수석 문을 열어 은호를 앉히곤 안전벨트까지 매어 주며 다정한 눈빛을 보냈다. 이렇게나 다정한 차우재가 아직도 어색한 은호는 자꾸만 피식 웃음이 났다.
"왜 웃습니까, 요즘 나만 보면."
"그냥. 우재 씨가 이러는 거 나 말고 또 누가 알까 싶어서요."
"최 팀장이랑 같이 나오지 왜 혼자 나왔습니까. 위험하게."
"뭐가 위험해요, 백화점이 위험해요?"
"그래도. 아이도 있는데 불안하지도 않습니까?"
"알고 보면 순 겁쟁이."
은호가 여전히 피식거리며 말했고, 우재도 덩달아 웃음이 터져 버렸다. 두 사람의 차가 천천히 백화점 주차장을 빠져나가 병원을 향해 달렸다. 처음으로 제 아이의 심장 소리를 들을 수 있다는 생각에 우재는 사실 오늘 내내 일이 손에 잡히지 않아 힘든 하루를 보냈다. 이 시간이 되기만을 얼마나 기다렸던가. 우재의 손가락이 움직거리며 핸들을 두드렸다. 이렇게 설레는 마음은 애써 감춰도 절로 드러나 버리고야 만다.

"참. 나 백화점에서 세정 씨 만났어요."

은호의 말에 톡톡, 핸들을 두드리던 우재의 손가락이 일순 멈췄다.

"누구……?"

우재의 미간이 일그러졌다.

"이세정 씨요. 며칠 전에 집에 왔던……."

은호는 단번에 굳어 버리는 우재의 표정을 보며 조금 이상한 느낌을 받았다.

"유은호 씨가 왜 이세정을 만나죠?"

"백화점에서 우연히……."

은호는 갑작스레 날카로운 우재의 목소리가 조금 당황스러웠다.

"딸이랑 같이 쇼핑을 나온 모양이더라고요……."

끼이익. 불현듯 우재가 갓길에 차를 멈춰 세웠다. 갑작스러운 정차에 놀란 은호가 우재를 바라보았다.

"우재 씨……!"

우재는 핸들에 이마를 기대며 눈을 질끈 감았다.

"하…… 미안합니다, 유은호 씨."

우재는 당황스러운 표정을 짓는 은호에게 급하게 사과의 말을 건넸다.

어디 아프기라도 한 걸까. 아님, 너무 피곤한 걸까. 창백해진 우재의 얼굴에 은호는 걱정이 들기 시작했다.

이후로 우재는 아무런 말이 없었다. 병원으로 향하는 내내, 차 안엔 어색한 침묵이 흘렀다. 은호는 어쩐지 기분이 이상했다. 요즈음에 우재는 지나치게 다정하고 따뜻했지만, 문득 갑자기 낯선 사람이 된 것만 같은 느낌을 주었다. 오늘도 그랬다. 한없이 다정하게 만나서, 갑자기 싸늘해지더니 병원에서 아기의 심장 소리를 들은 이후로는 더 아무 말이 없어졌다. 집에 돌아온 은호는 옷을 벗는 우재를 보며 조심스레 말을 걸었다.

"우재 씨."

"네."

"우재 씨는 내가 임신한 게 안 기뻐요?"

은호로서는 그렇게밖에 생각할 수 없는 상황이었다. 은호는 어쩐지 임신을 했다는 말을 한 뒤로 차우재가 조금 이상해진 것 같다고 생각했다.

"무슨 말입니까?"

"요즘 차우재 씨 좀 이상해서요."

우재는 넥타이를 풀며 은호의 눈동자를 정면으로 응시했다. 은호는 어쩐지 괜한 시비를 거는 건 아닐까 조심스러웠지만, 며칠 내내 고민했던 이야기이기에 스스럼없이 말을 꺼내 보기로 했다. 속으로 꽁꽁 감춰 놓고 묻어 두는 건 유은호 스타일이 아니니까.

"나는…… 우리 아이가 생긴 게 너무 꿈만 같고 벅차는데…… 우재 씨 요즘 가끔 보면 무슨 고민 있는 사람처럼 혼자 있고 싶어 하고, 내가 아이 얘기해도 좀 미지근한 표정이고. 지금도 아기 심장 소리 듣고 왔는데, 아무런 반응도 없고……."

"……."

"내가 오해하는 거예요? 아니면, 무슨 다른 고민거리라도 있어요?"

우재의 손을 잡으며 은호가 다정하게 물었다. 싸움을 하려고 하는 질문이 아니었다. 차우재가 지금껏 자신에게 보여 준 변화만으로도 그가 자신을 얼마나 사랑하는지 충분히 느낄 수 있었다. 다만 우재가 무슨 생각을 하고, 그에게 어떤 말 못 할 고민이 있는지 알고 싶을 뿐이었다. 우재에게 힘이 되어 주고 싶었다.

"유은호 씨……."

우재는 무슨 할 말이 있다는 듯 은호의 이름을 불렀다.

"네."

동그랗고 까만 은호의 눈동자. 기다랗게 말린 속눈썹과 예쁜 눈망울. 우재는 한참이나 은호의 눈을 응시했다. 입이 떨어지지 않았다. 사실을 말함으로써 은호가 받게 될 상처, 분노. 그 모든 걸 다 어루만져 줄 수 있을까. 아이를 가진 은호에게 어떻게 말을 꺼내야 가장 충격이 덜할 수 있을까. 아직 해결책도 세워 놓지 않고 덜컥 이런 이야기를 하는 게 과연 맞는 걸까.

"유은호 씨가 우리 아이를 임신해서…… 너무 기쁘고, 좋습니다."

우재는 마른침을 삼키며 말을 했다.

"우재 씨……."

"절대로, 아이가 생긴 게 안 기쁘다거나 미지근하다거나 그런 거 아닙니다. 너무 기뻐서…… 너무 기쁘고 얼떨떨해서……."

우재는 말 대신 그저 은호를 끌어안았다. 허리를 굽혀 고개를 숙이고 그녀의 작은 몸을 꽉 끌어안았다.

"미안합니다…… 너무 바보 같아서."

은호는 왠지 가슴이 뭉클해지는 기분이었다. 예민해진 탓에 자기가 좀 까칠하게 굴었나 싶은 마음도 들었다. 은호는 고개를 저으며 답했다.

"아니에요, 내가 미안해요. 내가 좀…… 예민해져서 그랬나 봐요. 우재 씨도 싱숭생숭한 기분일 텐데…… 나도 실은 이상한 기분이거든요. 엄마가 된다는 거…… 참 묘한 기분인 거 같아요."

은호의 말을 들으며 우재는 눈을 질끈 감았다. 여전히 은호를 속이고 있다는 죄책감이 들었다. 사실을 털어놓는 게 힘들겠지만, 아니, 그게 맞는 건지도 잘 모르겠지만 그래도 은호에게 직접 말을 해야겠다는 결심은 서 있었다.

"유은호 씨."

결국.

우재는 결심한 듯 은호를 불렀다.

"네?"

"내일 저녁에도 우리 같이…… 밖에서 저녁 먹을까요?"

"밖에서요?"

요즘 한창 바쁘다던 김 비서의 말이 떠올라 은호는 눈을 동그랗게 떴다. 우재와 시간을 보낼 수 있어 좋았지만 괜히 자신 때문에 또 며칠 야근을 하게 되는 건 아닐까 걱정스러운 마음이 앞섰다.

"유은호 씨한테 꼭 해야 할 말이 있습니다."

"뭔……데요?"

꼭 해야 할 말. 우재의 뜻밖의 이야기에 은호는 가만히 우재의 표정을 살폈다.

"내일 같이 저녁 먹으면서 얘기하고 싶습니다."

뭘까. 대체 무슨 이야기일까. 우재는 여전히 불안하고 힘겨운 얼굴이었다. 은호는 동그란 눈을 깜빡이며 고개를 끄덕였다.

* * *

"아빠……."

세정은 7년 만에 직접 보는 아빠의 모습에 저도 모르게 눈물을 흘렸다. 솔이는 처음 보는 외할아버지를 보며 예의 바르게 꾸벅 허리를 굽혔다. 세정의 아버지, 그러니까 이원석 회장은 그런 솔이에게서 눈을 떼지 못했다. 그토록 외면했던 아이이건만, 막상 자신의 핏줄이라는 말에 외면하지 못하는 것이다.

"이 아이니?"

세정은 눈물을 훔쳐 닦으며 솔이의 손을 잡았다.

"솔아, 할아버지야. 외할아버지."

"할아버지……?"

생전 처음 보는 할아버지의 모습에 솔이는 조금 당황스러운 듯했지만, 자신을 향해 손을 뻗어 오는 그의 손을 맞잡았다. 고사리 같은 손이 손에 잡히자 이원석 회장은 묘한 표정을 지었다.

"이 어린것을……."

그는 눈에 넣어도 아프지 않을 딸이 이 어린아이를 데리고 타지에서 얼마나 고생을 했을지 마음이 아팠다. 끝까지 아이를 포기하지 않겠다던 딸이 괘씸해 더는 보지 않겠다고 선언을 했지만, 어쩌랴. 핏줄인 것을. 이 회장은 마른침을 삼키며 솔이를 꼭 끌어안았다.

"감사해요, 아빠……."

줄곧 외면만 하던 이 회장이 자신을 만나 주자 세정은 힘이 나는 듯했다. 이건 이 회장도 이제 세정을 도와주겠다는 뜻이었다.

"우재도 알고 있니?"

"네……."

"어디까지 알고 있니."

"오빠 어머님께서 많이 도와주셨어요."

이 회장은 눈을 질끈 감았다. 그도 처음 딸의 임신 소식을 들었을 땐 당연히 아이가 우재의 아이라고 생각했다. 그때 세정은 우재와 연애를 하고 있었으니까. 처녀인 딸이 임신했다는 건 보수적인 이 회장에겐 참을 수 없는 치욕처럼 느껴졌지만, 그래도 모든 걸 받아들이려 했다. 젊은 남녀가 서로 좋아 지내다가 실수를 한 것뿐이니, 행복하게 잘 살면 그만이라고 생각도 했다. 그런데 세정의 대답은 뜻밖이었다. 아이가 우재의 아이가 아니라는 말. 그 말에 이 회장은 기가 막혀 아무 말도 할 수가 없었다. 천하의 재이그룹에서 제 핏줄이 아닌 아이를 임신한 여자를 며느리로 받아줄 리 없었다. 아니, 그래서도 안 되는 일이었다. 그렇기에 이 회장은 끝까지 아이를 지우라 강요했던 것이었다.

아이 아버지가 누구냐 물을 생각도 없었다. 그에게 그건 중요하지도 않은 일이었으니까. 치욕스럽고 기가 막힌 상황에 분노가 치밀었다. 그동안 그렇게나 애지중지 키워 왔던 딸에 대한 배신감이 그의 판단력을 마비시킨 것이었다. 그는 딸을 몰아붙였고, 궁지에 몰린 딸은 도망을 선택했다. 그게 이 회장과 세정의 7년 전 이야기다.

"재이가 그렇게 만만한 곳이 아니야. 지금 당장은 모면했을지 몰라도 언제까지 그 사람들을 속일 수 있을 거라고 생각하냐."
"어머니가 도와주신다고 했어요."
"그 무서운 여자를 믿니?"
"알아요……. 어떤 분이신지……. 목적을 위해선 수단 방법 안 가리시는 분이라는 것도 알아요. 아마 그래서 절 택하신 거겠죠."
"이세정."
겉으론 차갑고 냉정한 사업가였지만, 그는 누구보다도 딸을 걱정했다. 그러나 사랑에 눈이 멀어, 해서는 안 될 일을 하려는 딸을 어떻게 멈춰 세워야 할지 몰랐다.
알고 있었다. 자신이 무슨 말을 해도, 어떤 행동을 해도 세정은 결코 멈추지 않을 거라는 걸. 그렇게 분노하고 외면해도, 기어코 타지에서 아이를 홀로 낳아 키운 세정이었다. 이 회장은 7년 만에 반쪽이 되어 나타난 딸을 보며 가슴이 미어지는 듯했다.
"아빠, 나 그만큼 절박해요……. 시간을 되돌릴 수 있다면 영혼을 팔아서라도 되돌리고 싶은 심정이에요. 떠나지 말걸. 그때 그냥 아빠 말대로 다 지워 버릴걸, 왜 그렇게 미련을 떨었을까."
회장은 옆에 서 있는 솔이의 귀를 꾹 감싸 쥐었다.
"세정아!"
영문을 모르는 솔이는 제 귀를 막는 할아버지를 보며 해맑게 눈을 깜빡였다. 후드득, 세정의 눈에서 눈물방울이 떨어져 내렸다.
"그러니까 저 좀…… 도와주세요. 네? 솔이를 봐서라도……."
이 회장은 깊은 한숨을 내쉬며 미간을 찌푸렸다. 그의 긴 인생에서 지금처럼 힘들고 갑갑했던 순간은 단언컨대 없었다. 엄마 없이 홀로, 애지중지 키운 딸이 이토록 불행한 삶을 살고 있다는 게 그를 절망시키고 있었다.

"못난 놈……!"

그의 입에서 한숨 같은 혼잣말이 튀어나왔다. 그러곤 벌떡 일어나 응접실을 나가 버렸다. 더는 평정심을 잃지 않고 못난 딸의 모습을 지켜볼 자신이 없었다.

"엄마 왜 울어…… 흐앙……."

자꾸 눈물을 흘리는 엄마를 향해 솔이가 폭 달려가 안겼다. 세정은 솔이를 힘껏 끌어안으며 눈물을 쏟아 냈다. 엄마가 왜 우는지 이해하지 못하는 어린 솔은 그저 엄마가 울고 있다는 사실에 저도 눈물이 터져 나왔다.

"솔아, 엄마 안 울어. 응? 울지 마, 그러니까. 뚝."

세정이 솔이를 달래며 애써 웃어 보였다.

"엄마…… 왜 자꾸 울어. 엄마 슬퍼?"

"아니. 안 슬퍼. 너무 좋아서 그래."

"왜 좋은데 울어?"

"원래, 너무너무 좋으면 눈물이 나고 그러는 거야."

엄마의 말을 이해할 수 없다는 듯 솔이가 고개를 갸웃거렸다.

"왜……? 왜 너무너무 좋은데?"

"그냥, 솔이랑 이렇게 한국에 왔고 외할아버지도 만났고…… 이제 아빠도 만날 거라서."

"아빠?"

유독 아빠라는 말에 아이는 눈을 반짝였다. 언제나 아빠에 대한 그리움이 크던 아이였다. 왜 나는 아빠가 없어? 라고 묻던 아이. 세정은 솔이의 등을 토닥이며 속삭였다.

“응, 아빠. 이제 곧 만나자, 아빠랑.”
“정말? 언제요? 언제 만날 건데?”
“금방 만날 거야, 아빠랑. 아빠랑 만나면 엄마랑, 아빠랑, 솔이랑 놀이동산도 가고 맛있는 것도 먹으러 가고 그러자. 응?”
세정이 눈물 맺힌 눈으로 말했다. 이제 그녀에게 무서울 건 아무것도 없는 듯 보였다. 오로지 차우재 하나만으로 모든 목적이 정해진 것이다. 그녀는 몰랐다. 좌절과 분노. 그리움과 후회. 그 모든 감정의 종착역은 광기 어린 집착이었던 것을. 그녀의 집착 가득한 눈동자가 이리저리 흔들렸다.
“이제…… 우리 다시 행복해지자.”

* * *

본부장실 문이 닫힌 걸 확인한 후, 우재는 관지놀이를 꾹꾹 누르며 통화 버튼을 눌렀다. 우재의 한 손에는 김 비서가 가져다준 유전자 검사 결과지가 들려 있었다. 대상자들의 이름은 별표 처리가 되어 가려져 있지만, 자신의 머리카락과 솔이라는 아이의 머리핀에 묻은 유전자를 대조한 결과였다.
[오빠!]
세정이 반가운 목소리로 우재를 불렀다.
“너. 유은호 씨 만났다며?”
우재는 간신히 욱하는 마음을 억누르며 물었다.
[친해져서 나쁠 건 없을 거 같아서.]
“대체 나한테 원하는 게 뭐야?”

잠시 침묵이 흘렀고, 세정의 마른 목소리가 다시 이어졌다.

[나한테 그렇게 차갑게 말하지 마. 말했지? 나 그저 예전의 차우재를 원할 뿐이야.]

"나도 말했을 텐데. 나 네 말 안 믿는다고."

[그래. 믿지 마. 오빠가 믿지 않아도 솔이가 오빠 딸이라는 사실은 변함없으니까.]

"네가 무슨 생각으로 돌아왔는지 모르겠지만 잘 들어, 이세정. 나 7년 전 너 때문에 괴로워하고 힘들어했던 차우재 아니야. 물론 아이 양육비, 아이에 대한 책임, 지라면 질 거야. 근데 거기까지. 딱 거기까지야. 넌 7년 전에 아이가 있다는 걸 나한테 말했어야 했어, 그렇게 말도 없이 날 버리고 떠나야 했을 게 아니라."

[잔인해, 차우재.]

"네가 나한테 했던 짓이 백만 배는 더 잔인해."

[오빠!]

"내 이름 부르지 마. 역겹고 소름 돋으니까."

우재는 쿵, 주먹을 내리치며 입술을 깨물었다.

"유은호 씨한테 솔직하게 말할 생각이야. 7년 전 있었던 일에 대해서. 그리고 솔이에 대해서도 전부 다."

[오빠…….]

우재의 말에 세정은 가슴이 미어지는 것 같았다. 솔직하게 말한다는 건, 어떤 심정일까. 그 비난과 고통, 조롱과 한숨까지 모두 다 견딜 수 있다는 이야기일까. 그 정도로…… 차우재는 그 여자를 좋아한다는 말인 걸까……? 세정은 우재의 마음을 믿을 수가 없었다.

"진심으로 용서를 빌고…… 유은호 씨가 어떤 선택을 하든, 유은호 씨 선택에 맡길 거야. 더불어, 어떤 결과가 있어도 이세정 너한테 내가 다시 돌아가는 일은 없어."

[…….]

"그러니까 이제 그만하자, 우리."

툭. 우재는 넋이 나가 아무 말도 없는 세정의 전화를 끊어 버렸다. 그는 저릿한 가슴을 움켜쥐며 미간을 잔뜩 일그러뜨렸다.

띵동. 은호에게서 온 메시지가 액정에 깜빡거렸다.

—나 오늘은 탕수육 먹고 싶은데. 새콤한 소스가 당겨요.

* * *

모처럼 예쁘게 차려입은 은호가 최 팀장 앞에 서며 조심스레 물었다.

"저 어때요……?"

최 팀장이 웃으며 답을 했다.

"예쁘세요."

그녀의 대답이 마음에 들었는지 은호도 씨익 따라 웃었다. 무슨 할 말이 있다는 건지, 은호는 불길한 예감을 지우고 그저 긍정적인 쪽으로 생각하기로 했다. 서로의 마음을 확인했고 아이를 임신했다. 인생에서 지금보다 더 행복할 수는 없는 순간이기에 그녀는 이 순간을 만끽하기로 한 것이다.

대문 앞에서 대기하고 있던 차를 확인하고, 은호는 또각또각 기분 좋게 걸어갔다. 우재가 데리러 오겠다고 했지만, 굳이 회사에서 이곳까지 왔다 갔다 하는 게 시간 낭비 같아서 은호가 사양한 것이었다. 차 안에 있던 박 기사가 문을 열고 걸어 나왔다.

"안녕하세요, 유은호 씨."

그때. 등 뒤에서 세정의 목소리가 들렸다. 설마설마하는 마음에 은호가 뒤를 돌아보았으나 역시나 세정이었다.

"세정 씨……."

또 어머니께 인사라도 드리기 위해 온 걸까. 은호는 의아한 눈동자로 세정을 응시했다.

"어쩐 일이세요? 어머니 만나러 오신……."

"아뇨. 오늘은 유은호 씨한테 볼일 있어서 왔어요."

"저요?"

세정을 만날 때마다 드는 불길하고 기분 나쁜 예감. 은호는 마른 입술을 움직이며 되물었다.

"네. 유은호 씨가 꼭 알아야 할 사실에 대해서 이야기하고 싶어 왔어요."

"세정 씨……."

"잠깐이면 돼요. 시간 많이 안 뺏을게요. 아무것도 모르고 있는 유은호 씨 인생이 불쌍해서 그러는 거예요."

세정의 무례한 말투에 은호는 저도 모르게 인상을 찌푸렸다.

* * *

"뭐야?"

김 비서의 말에 차명진 회장이 눈을 부릅뜨며 목소리를 높였다.

웬만한 일엔 큰 소리를 내지 않는 회장이기에 김 비서는 절로 움츠러드는 마음을 어쩔 줄 몰라 하고 있었다.

“똑바로 말해! 우재 놈이 뭘 부탁해?”

“아…… 그게 그러니까…….”

“김 비서!”

차명진 회장은 겁을 집어먹은 김 비서를 더욱 윽박질렀다. 김 비서는 혹여나 하는 마음에 우재가 자신에게 친자 확인을 해 줄 것을 부탁한 일에 대해 회장에게 말하고 있는 것이었다. 사실상 자신의 오너는 차우재가 아니라 차명진 회장이었으니까. 게다가 어차피 친자 검사를 의뢰한 병원의 병원장이 차명진 회장의 주치의인 강 박사였다. 회장의 귀에 이 사실이 들어가는 건 시간문제였다.

“저기 그러니까…… 보…… 본부장님께서 머리카락을 직접 주셨고 그걸 가지고…….”

“결과는?”

“친자가 맞는 것으로…….”

김 비서의 기어들어 가는 듯한 대답에 회장이 벌떡 몸을 일으켰다. 김 비서는 저도 모르게 뒷걸음쳤다.

“우재 놈 어딨어! 당장 불러와!”

쩌렁쩌렁. 회장의 고함소리가 온 집안을 울렸다.

김 비서는 쫓겨나듯 방을 빠져나왔다. 회장의 고함 소리에 놀라 쫓아 나온 식구들이 의아한 눈으로 김 비서를 바라보았다. 유일하게 단 한 명. 희옥만 의미 모를 미소를 짓고 있을 뿐이었다. 팔짱을 끼고 닫힌 회장의 방을 응시하고 있던 그녀는 똑똑 문을 두

드렸다.
"우재 놈 말고는 아무도 들어오지 마!"
성난 회장의 답이 들려왔으나 희옥은 개의치 않고 문을 젖혀 열었다. 지켜보던 현석이 엄마를 말리려 팔을 뻗었으나 이미 희옥은 방 안으로 들어서고 있었다.
"아버님."
차명진 회장은 방으로 들어서는 희옥을 무섭게 쏘아보았다.
"들어오지 말란 말 못 들은 게냐?"
"아버님, 고정하시죠."
희옥은 태연한 표정으로 회장을 향해 다가섰다.
"그 아이, 세정이랑 우재 아이예요."
"뭐……?"
희옥의 말에 회장의 얼굴이 일그러졌다.
"우재가 친자 검사를 의뢰한 게 맞고, 그 결과는…… 우재 아이가 맞는 걸로 나왔어요."
"어미 너…… 언제부터 알고 있었냐. 언제부터 알고서도 모르는 척……."
"저도 며칠 전에 알았어요, 아버님. 혼란스럽기도 하고, 어떻게 해야 하나 걱정도 되고 해서…… 준일 씨한테도 말 못 하고 혼자 고민하던 중이었어요."
"하……!"
희옥의 가증스러운 말소리에 회장은 기막히다는 듯 코웃음을 쳤다. 우재에게 혼외자가 있다는 사실에 가장 기뻐할 사람은 다름 아닌 희옥임을 회장이 어찌 모르겠는가. 이럴 줄 알았더라면 빨리 경영권 승계 문제를 해결했어야 했다고, 회장은 후회하고 있었다. 어린 시절부터 속 한 번 안 썩이고 반듯하게 자라 준 우재였다. 언제나 회장의 기대를 200프로 이상 만족시키던 소중한 손자였다. 그런 우재였기에 회장은 우재를 믿고 뻔히 보이는 며느리의 속내에도 그저 안일하게 대처했는지 몰랐다. 회장은 지끈거리는 머리를 부여잡으며 눈을 질끈 감았다.

"어떻게 하실 작정이세요, 아버님?"

희옥는 속내를 드러내며 협박하듯 회장에게 물었다.

"어차피 내쳐 봐야 좋은 소리 못 들을 건데. 그냥 들이시죠. 세정이 정도면…… 솔직히 은호보다 우재한텐 더 좋은 조건이고요. 해성푸드에서도 재이랑 사돈 맺는 거……."

"어미야!"

듣다 못한 차 회장이 소리를 버럭 질렀다.

"감정적으로 생각해서 될 일은 아니잖아요. 어차피 일이 이렇게 된 거, 해결책을 찾아봐야죠. 솔직히 아버님 저 처음에 집에 들이실 때 얼마나 대놓고 구박을 하셨어요? 그래도 결국 이렇게 돼 버릴 거. 그때 일 아버님도 후회하시잖아요."

희옥은 피식 웃으며 말을 이었다.

"우재도 무슨 잘못 있겠어요, 젊은 혈기에 실수할 수도 있지. 차우재라고 실수 한 번도 없겠어요?"

"너……!"

"다만 걱정이네요. 우재 흠결 때문에 우리 재이 이미지가 나빠지는 건 아닐지. 저런 흠결 있는 아이가, 재이 후계자가 된다는 게 가당키나 한 일일지."

차 회장은 얼굴을 찌푸리며 눈을 질끈 감았다. 머릿속이 띵, 하게 울려왔다. 아무래도 희옥이 이제야 숨기고 있던 발톱을 드러낸 듯싶었다. 이 순간을 위해 30년 세월을 숨죽이고 살았다 해도 과언이 아닐 정도로 그녀는 무례한 얼굴로 말을 하고 있었다. 마치, 자길 무시하고 하대한 세상에 대해 복수라도 하려는 듯이.

"우재만 아버님 손주 아니잖아요? 우리 현석이도 아버님 손주예요. 엄연히 재이 핏줄이라고요."

차 회장의 손이 더듬더듬, 책상을 간신히 짚으며 비틀거렸다. 금방이라도 쓰러질 것 같은 얼굴로 그는 희옥을 노려보았다. 혈압이 오른 얼굴은 붉어지고, 팔다리는 후들후들 힘없이 떨리고 있었다. 그럼에도 희옥은 아랑곳하지 않는다.

"아버님, 괜찮으세요?"

되레 그런 회장을 보며 갸륵한 얼굴로 물어 왔을 뿐이다. 차 회장의 몸이 순간 툭, 기울더니 바닥으로 힘없이 쓰러졌다. 쓰러진 회장을 지켜보며 희옥의 입꼬리가 씨익, 말려 올라갔다. 진즉에 이 욕심 많은 노인네부터 손발을 묶었어야 했는데. 가슴속에 맺혀 있던 회한이 밀려들었다.

"할아버지!"

그때, 오고 가는 큰 소리에 호기심을 이기지 못한 현석이 살짝 문을 열었고 문틈 사이로 쓰러진 할아버지를 발견하고 놀라 뛰어 들어왔다.

"할아버지! 여기요! 원 실장님! 119! 119 불러 주세요!"

다급한 현석의 목소리가 분노 가득한 방을 쩌렁쩌렁 울렸다.

* * *

은호는 긴장한 얼굴로 세정과 마주 앉았다. 길에서 할 이야기가 아니라던 세정은 은호를 집 앞 언덕 아래 커피숍으로 끌고 왔고, 이젠 은호도 궁금해졌다. 자신이 알아야 할, 알지 못하고 있어서 가엾다는 말을 들어야 할 이야기가 무엇인지. 은호는 본능적으로 세정을 보며 날을 세웠다.

"우재 씨랑 저녁 약속을 했어요. 근데 제가 좀 늑장을 부리다가 늦었고요. 지금 가더라도 10분은 늦는 시간이에요. 그러니까 간단하게 말씀해 주세요. 무슨 이야기를 하시려고……."

"제 딸 말이에요."

세정은 별안간 딸 이야기를 꺼냈다. 은호는 눈썹을 찡긋거리며 그녀를 응시했다.

"제 딸이 아직 아빠가 누군지 몰라요."

세정이 기다란 손가락을 움직거리며 다리를 꼬았다. 은호는 감출 수 없는 불안감을 애써 눌러 보기 위해 손가락을 꾹 눌러 쥐었다.

"파리에서 있을 때, 언젠가 친구들하고 놀다가 들어와선 왜 나만 아빠가 없냐고 울더라고요. 너무 가슴이 아파서 아니라고 말해 줬어요. 너한테도 아빠가 있다고. 그러니까 울지 말라고."

"세정 씨……."

도대체 무슨 말을 하려고 이런 이야기를 하는 건지. 은호는 아직도 도통 알 수가 없었다.

"재촉하지 마세요. 난 우재 오빠를 만나려고 7년을 기다렸으니까."

"세정 씨……."

은호의 눈에 움직임이 없어지고 있었다. 무슨 소리일까. 차우재를 만나려고 7년을 기다렸다니.

"7년간 그렇게 기다리기만 하다가, 이제야 용기를 냈어요. 저 솔이한테 아빠 찾아 주기 위해 돌아온 거거든요."

"무슨……."

"우재 오빠랑 저, 7년 전에 서로 사랑하던 사이였어요."

간신히 꽉 쥐고 있던 은호의 손가락이 파르르 떨리기 시작했다.

"세……정 씨……?"

은호는 자신이 상상하고 예감하고 있는 말이 제발 세정의 입에서 나오지 않기를 간절히 기도하고 있었다. 내가 너무 못된 상상을 하는 것뿐이라고. 아닐 거라고. 어떻게 이렇게 말도 안 되는 일이 나한테 일어날 수 있겠느냐고.

"우리 솔이. 우재 오빠랑 제 아이고요."

세정의 말이 끝나기가 무섭게, 은호의 귓가에 위잉 하는 이명 소리가 들려왔다. 눈앞이 흐릿해지고 아찔했다. 식은땀이 주르륵, 등을 타고 흘러내렸다. 믿기지 않는 이야기에 은호는 손을 덜덜 떨면서 휴대폰을 집어 들었다.

"자…… 잠깐만요, 저…… 우재 씨한테 전화 좀 하고……."

은호는 간신히 몸을 일으켰다. 아무런 생각도 들지 않았다. 오로지 머릿속엔 차우재 하나뿐이었다. 그에게 전화를 걸고, 그에게 세정의 말을 모두 다 확인하면 된다. 그러면 그건 사실이 아니라고, 말도 안 되는 소리라고 우재가 버럭 소리를 지를 것이다.

은호는 창백한 얼굴로 비틀거리며 걸었다. 말도 안 되는 일이다. 그 조그맣고 귀여웠던 아이가, 차우재의 딸이라고? 이세정과 차우재의……?

'무슨 일이 있어도 날 믿어 줄 수 있습니까?'

순간, 언젠가 우재가 했던 질문이 이명처럼 들려왔다. 왈칵, 눈물이 쏟아져 내리기 시작했다. 아니라고. 결코 그럴 리 없다고 고개를 저어 봐도 자꾸만 눈물이 흘렀다.

커피숍을 간신히 빠져나온 은호는 떨리는 손으로 휴대폰 액정을 눌렀다. 눈물에 흐릿해진 시야. 은호의 손은 통화 버튼도 누르기 힘들 만큼 떨렸다.

[유은호 씨, 나 지금 퇴근했습니다, 나오려는데 손님이 와서 조금 ……]

"우……재…… 씨……."

은호는 간신히 입을 벌려 우재의 이름을 불렀다.

[여보세요?]

그런 은호의 목소리가 잘 들리지 않는지 우재가 목소리를 높였다.

"우재…… 씨……."

[미안한데, 조금 크게 말해 줄래요? 운전 중이어서 잘 안 들리는데.]

"아이……."

은호가 눈을 질끈 감았다. 어지러움이 극에 달해 서 있기조차 힘든 상태. 호흡이 가빠지고 있었다. 뜨겁고 진득한 무언가가 그녀의 다리 사이로 흘러내렸다.

[은호 씨?]

"아이…… 당신 아이……."

[유은호 씨, 무슨 일 있습니까?]

작게 들려오는 은호의 목소리가 심상치 않음을 느낀 우재가 다급하게 물었다. 끼이익. 수화기 너머에선 요란한 브레이크 소리도 들려왔다.

은호는 스르륵, 눈을 감았고 그와 동시에 바닥으로 몸이 기우뚱 쓰러졌다. 탁. 끊어지지 않은 휴대폰만이 차가운 시멘트 바닥 위를 뒹굴 뿐이었다.

[유은호 씨……?]

* * *

우재는 불안함과 초조함에 액셀을 꾹, 깊이 눌러 밟았다. 우우웅 하는 엔진 소리와 함께 차가 빠르게 달리기 시작했다. 은호에게 무슨 일이 있는 게 분명했다. 아주 불길하고도 좋지 않은 예감이 그의 뇌리를 스치고 있었다. 하지만 제발 아니길. 자신의 이 불길함이 그저 기우이기를. 그는 입술을 아프도록 짓누르며 핸들을 움켜쥐었다. 그러곤 급하게 집을 향해 핸들을 돌렸다. 그리고 박 기사에게 전화를 걸었다. 은호가 집에서 출발을 했는지, 아니라면 그녀가 어디 있는지 알기 위함이었다.

[출발하려는데, 손님이 찾아오셔서 잠시 얘기 나누신다고…… 집 앞 커피숍엘 가셨습니다.]

"그래서요? 아직도 안 돌아왔습니까?!"

[네…… 말씀이 길어지시는지…….]

"빨리 가 봐 주세요. 얼른!"

우재는 쥐고 있던 휴대폰을 내던졌다. 이유 모를 불안감이, 알 수 없는 분노가 치밀어 올랐다. 그의 차가 복잡한 도심을 질주하기 시작했다.

* * *

"우재는? 아직 연락 안 되나?"

우재의 아버지, 차준일 사장이 다급한 목소리로 희옥에게 물었다. 희옥은 가볍게 고개를 끄덕였다.

"어디서 뭘 하는지. 김 비서가 한참 전부터 전화를 걸고, 회사에 가보고 했다는데 아직도 연락이 안 된다네요. 에휴……."

"하……."

차준일 사장은 깊은 한숨을 내쉬며 힐끗 뒤를 돌아보았다. 베드엔 산소호흡기와 각종 의료 장비들로 간신히 숨을 쉬고 있는 차명진 회장이 누워 있었다. 갑작스러운 쇼크로 인한 가벼운 뇌출혈이라고 했다. 평소 고혈압을 앓고 있었던 것도 원인이라고 했다.

"아니, 아버지는 대체 갑자기 왜……."

사정을 모르는 차준일 사장은 한숨을 내쉬며 얼굴을 움켜쥐었다. 혹여나 아버지가 잘못되기라도 한다면, 그 커다란 재이그룹을 자기가 이끌어 가야 한다는 생각에 그는 괴로운 마음이었다. 지금 사장 자리로도 충분히 버거운 그였다.

경영, 그룹, CEO. 차준일 사장은 이런 복잡하고 머리 아픈 자리는 애당초 제 것이 아니라고 생각해 왔다. 그래서 나이 든 아버지가 자신에게 자리를 물려주지 않는 게 되레 감사하고 고마웠다. 이렇게 적당히 버티다가 우재가 결혼을 하고 아이를 낳고, 가정을 꾸리고, 안정이 되고 나면 자연스레 아버지가 우재에게 실권을 넘겨주기를. 자신은 그저 편안하고 평화롭게 살고 싶었다. 예전처럼 아무런 걱정도, 욕심도 없이 지내고 싶을 뿐이었다. 그에게 가장 중요한 건 평화로운 삶일 뿐이니 말이다.

"너무 걱정 마요. 아버님, 금방 깨어나실 분이시니까."

희옥이 걱정스러워하는 남편을 보며 가볍게 말했다.

"당신은 알아? 아버님이 갑자기 무슨 충격을 받으셔서 저렇게 쓰러지신 건지."

"우재 때문에 그렇죠 뭐."

"우재? 우재가 왜?"

남들 다 겪는 사춘기 반항도 한 번 하지 않고 자라 온 우재였다. 그런 우재 때문에 아버지가 쓰러졌다고? 준일은 믿을 수 없다는 듯 희옥을 응시했다. 희옥의 말에 아들인 현석도 시선을 돌렸다. 무슨 일이 벌어지고 있는 걸까. 며칠 전, 모든 게 다 제자리로 돌아가게 될 거니까 준비하고 있으라던 엄마의 말이 기억났다.

"세정이 기억해요? 우재랑 7년 전에 좋아 지내던."

별일 아니라는 듯 희옥은 태연한 표정으로 소파에 앉으며 말을 이었고, 차준일은 고개를 끄떡였다. 다만, 제 엄마 입에서 흘러나온 그 믿을 수 없는 이름에 현석의 얼굴이 차갑게 식어 갔다.

"우재 아이를 데리고 왔다나 봐요."

"뭐?"

차준일이 인상을 찌푸리며 소리를 질렀다.
“우재 걔가 그렇게 뒤로 콩깍지 까는 스타일인 줄은 또 몰랐는데…….”
“하……!”
차준일 사장도 어이가 없는 표정을 지으며 고개를 저었다. 기가 막혔다.
“아버님 저만 하신 것도 천만다행이죠. 우재 사고 친 거에 비하면.”
“우재 이놈…….”
차준일 회장은 머리가 지끈거리는지 이마를 짚으며 혼잣말을 내뱉었다.
“현석아, 네가 한번 전화해 볼래? 우재가 도통 전화를 안 받는구나. 내 전화라 안 받는 건지 원.”
희옥이 제 아들을 보며 다정하게 말했다. 그러나 도통 현석에게선 아무런 대답이 없었다.
“현석아.”
멍하니, 넋 나간 표정으로 허공을 응시하고 있는 아들의 얼굴. 파리해진 아들의 얼굴에 희옥의 미간이 설핏 일그러졌다.
“현석아?”
현석은 당황한 듯한, 아니, 겁에 질린 듯한 표정이었다.
“현석아!”
“네…… 네?”
희옥이 목소리를 높이자 그제야 화들짝 놀라며 그녀를 응시했다.

"뭐야, 왜 대답을 안 해? 내 말 들었니?"

"뭐…… 뭐라고 하셨어요?"

영 이상한 현석의 모습을 응시하며 희옥이 고개를 갸웃거렸다.

"뭐에 그렇게 넋이 나갔어. 할아버지 쓰러지신 게 그렇게 걱정되니?"

"아…… 그게……."

"형한테 전화 좀 걸어 봐. 할아버지 쓰러졌는데 얘는 대체 어디서 뭘 하느라고…… 에휴……."

"네."

현석이 벌떡 자리에서 일어나며 급하게 병실을 빠져나갔다. 그러다 병실로 들어오려던 와이프 현정과 부딪히고 말았다.

"어머나!"

쨍그랑, 하는 소리와 함께 현정이 들고 있던 비닐봉지가 바닥으로 나뒹굴었다. 비닐봉지 안에는 유리병 여러 개가 들어 있었다.

"여보……!"

놀란 현정이 남편을 탓하듯 소리를 질렀다.

"미…… 미안……."

이를 지켜보던 이희옥과 차준일도 의아한 눈으로 현석을 응시했다. 현석은 도망치듯 또다시 급하게 병실을 빠져나가 버렸다.

"재가 대체 왜 저래?"

혼잣말을 내뱉으며, 희옥은 고개를 절레절레 저었다.

* * *

"환자분, 정신 좀 드세요?"

병원에 다다를 무렵, 은호는 자신을 부르는 구급대원의 목소리에 스르륵 눈을 떴다. 흐릿한 시야로 보이는 광경. 구급대원이 은호의 몸을 흔들었고, 그녀는 힘없이 눈만 깜빡거렸을 뿐이었다.

"하혈이 있는데, 혹시 임신 중이세요?"

그의 물음에 은호는 고개를 끄덕였다. 밑이 빠지는 것처럼 배가 욱신거리고 아파 왔다. 무언가 잘못됐다는 걸 직감적으로 알 수 있었고, 은호는 다시 눈을 질끈 감았다. 눈물이 그녀의 관자놀이를 타고 흘러내렸다. 구급차는 빠르게 응급실에 도착했다. 아랫배의 강한 통증에 은호는 또다시 정신이 아득해지고 있었다.

* * *

은호가 다시 눈을 떴을 때, 주변은 지나치게 고요했다. 그녀의 기다란 속눈썹이 파르르 떨렸다. 지금 이 순간 머릿속을 스치는 생각은 단 하나였다. 아이. 은호는 반사적으로 힘겹게 몸을 일으켰다.

"사모님……!"

병실 안에서 은호가 깨어나기만을 기다리고 있던 박 기사가 은호가 몸을 일으키는 것을 보고 화들짝 놀랐다.

"박 기사님."

"보…… 본부장님한테 연락드릴게요, 깨어나시면 바로 연락하라고 하셔……."

"아기는요?"

다급한 목소리로 말까지 더듬던 박 기사가 은호의 질문 한마디에 꿀 먹은 벙어리가 되어 버렸다.

"아기는 괜찮죠?"

본능처럼, 은호는 아기의 안부를 물었다. 박 기사는 아무런 대답이 없었다. 은호의 눈동자가 초점도 없이 흐릿해졌다.

"네? 괜찮죠?"

다시 한번 대답을 재촉했으나 그는 여전히 아무런 대답도 하지 못 했다. 내내, 은호의 마음을 괴롭히던 불길한 예감의 정체를 알게 된 것만 같은 순간. 은호의 눈에서 주르륵, 눈물이 흘러내렸다.

"의사 말이…… 원래도 좀 불안정한 상태였는데, 임신 초기라 쉽게 유산이 된 것 같다고…… 하셨습니다."

우는 은호를 차마 보지 못하고, 박 기사가 민망한 시선을 돌리며 말했다.

"하……."

은호의 입에서 짧은 한숨이 터져 나왔다. 그 한숨을 시작으로 눈물이 미칠 듯 치밀어 올랐다. 머리가 깨질 듯 아프고 호흡이 가빠졌다. 은호는 오열하듯 소리를 내어 울었다. 가슴이 미어지는 고통의 시간이 찾아왔다. 덜덜 떨리는 손으로 가슴을 움켜쥐며 울었다. 빛을 보기도 전 사라진 생명이 가엾고 또 억울해서. 이제야 막 심장이 뛰기 시작한 아이인데……. 그 작은 생명체가 무슨 죄가 있어 이렇게 큰 고통을 감내해야 하는 걸까.

드르륵! 병실 문이 다급하게 열렸다. 박 기사의 연락을 받고 급히 뛰어온 우재가 가쁜 숨을 몰아쉬며 은호에게 걸어오고 있었다. 응급실에서 또다시 혼절해 있던 은호를 병실에 뉘어 놓고, 그는 할아버지 또한 뇌출혈로 의식이 없다는 소식에 잠시 할아버지의 병실에 다녀왔던 터였다.

"유…… 유은호 씨."

은호가 쓰러지기 직전 만난 손님이 이세정이었음을 이미 알고 있었다. 그러나 아직, 두 사람의 아이가 유산되었다는 사실은 전혀 모르고 있었다.

"유은호 씨……."

은호는 우재가 들어온 것도 모르고 목놓아 오열했다. 언제나 밝고 명랑하던 은호가 이렇게 소리 내어 우는 모습을 본 적이 있었던가. 우재는 은호가 아프게 우는 모습만으로도 가슴이 찢어지는 것 같은 고통을 느꼈다.

"유은……."

"우리 아이…… 우리 아이……."

우재가 은호의 가녀린 등에 손을 얹자, 그제야 은호가 우재를 응시하며 말했다. 울음 가득한 은호의 입에서 나온 '우리 아이'라는 단어에, 우재의 미간이 불길하게 일그러졌다.

"우리 아이……."

치밀어오르는 눈물 때문에 제대로 말도 잇지 못하는 은호였다. 우재의 커다란 눈동자가 아무 말 없이 서 있던 박 기사에게 향했다. 박 기사는 고개를 푹 숙이며 눈을 질끈 감았다.

"사모님께서 유산을…… 하셨다고 합니다."

털썩. 우재는 하늘이 무너지는 이야기에 그대로 그 자리에 주저앉으며 마른침을 삼켰다. 그제서야 세상을 잃은 듯 울어 대는 은호의 눈물을 알게 된 것이었다. 우재는 눈을 질끈 감으며 얼굴을 두 손으로 감싸 쥐었다. 귓가에 들려오는 은호의 울음소리가 그의 가슴을 갈기갈기 찢어 놓았다.

얼마나 한참을 울었을까. 간신히 잦아드는 은호의 울음소리에 우재도 천천히 고개를 들었다.

그리고 아직도 벌벌 떨고 있는 은호의 어깨를 잡으며 조심스레 그녀의 손을 맞잡으려 할 때였다. 탁. 은호가 우재의 손을 뿌리쳤다. 그 순간 우재는 심장이 툭, 바닥으로 추락하는 듯 아팠다.

"나…… 지금 좀 혼자…… 있고 싶어요."

은호가 시선을 돌리며 간신히 말했다. 눈물로 범벅이 된, 아슬아슬 창백해 보이는 그녀의 얼굴에 우재는 아무런 반박도, 대꾸도 할 수가 없었다. 은호의 어깨 위를 맴돌던 우재의 손이 갈 곳을 잃고 툭 허공에 떨어져 내렸다. 우재는 그대로 말없이, 병실을 걸어 나와야만 했다.

* * *

밤이 지나고, 아침이 밝고, 또다시 어둠이 찾아올 때까지 은호의 병실 안에선 아무런 기척도 들려오지 않았다. 우재는 차마 병실 안으로 들어가지 못한 채 병실 앞 복도 의자에 앉아 망부석이 되어 기다리고 또 기다릴 뿐이었다. 아무런 표정도 없이, 넋 나간 얼굴로 멍하게 허공만 응시하면서.

"들어가 보시죠, 본부장님. 사모님 이제 좀 진정되신 것 같기는 한데……."

그런 우재를 지켜보다 못한 강 박사가 병실을 나서며 우재에게 말했다.
“몸…… 상태…… 괜찮습니까?”
그가 가볍게 고개를 끄덕였다.
“들어가 보세요. 몸보다 마음이 문제인 것 같습니다.”
강 박사가 뚜벅뚜벅, 자리를 떠나자 우재도 천천히 몸을 일으켜 병실 문을 열었다. 문 열리는 소리에도 은호는 아무런 움직임도 없이 죽은 사람처럼 그 자리에 누워 있을 뿐이었다. 우재는 피가 마르는 기분으로 은호에게 다가섰다. 은호는 고개를 반대쪽으로 돌리고 눈을 질끈 감았다.
“유은호 씨.”
낮은 음성이 아프게 은호를 불렀다. 그 목소리에 은호는 눈물이 왈칵 터져 나올 것만 같았지만 애써 입술을 꾹 깨물어 참아 냈다.
“유은호 씨…….”
결국 은호의 어깨가 들썩이기 시작했다. 우재는 그 가녀린 어깨를 꼭 끌어안고 싶은 마음에 눈을 질끈 감았다.
“우리 아이…….”
은호의 울먹거리는 목소리가 들렸다.
“차우재 씨가 이렇게 만든 거예요…….”
“유은호 씨…….”
“아직…… 아직 아무것도 못 해 줬는데…….”
울먹이는 얼굴로 은호가 몸을 일으켰다. 창백하게, 아니 하얗게 질린 얼굴의 은호를 마주하니 우재는 더 가슴이 찢어질 것만 같았다. 은호 말이 맞았다. 가장 참을 수 없는 건 은호를, 그리고 아이를 이렇게 만든 게 자신 때문이라는 생각이었다. 그 생각이, 우재를 절망으로 더더욱 밀어 넣고 있었다.

"물어볼게요. 이세정 씨 말이 전부 사실이에요?"

은호의 목소리가 파르르 떨렸다. 은호는 마지막으로 우재 본인에게 직접 사실 확인을 하고 싶었다. 혹여나 자신이 오해를 하고 있을 수도 있다고. 세정이 그저 질투심에, 못된 마음으로 거짓말을 한 것일 수도 있다고. 제발 사실이 아니길. 모든 게 다, 의심하며 우재를 믿지 못한 자신 때문에 벌어진 일이길 그녀는 간절히 바라고 있었다.

은호의 말에 우재의 눈동자가 이리저리 흔들렸다. 그 흔들리는 눈동자가 무얼 말하고자 하는지, 은호는 불길한 예감에 사로잡혀 눈물만 주르륵 흘렸다.

"사실입니다."

우재가 짧게 답했다. 은호는 떨리는 숨을 내뱉으며 눈을 질끈 감았다. 설마설마했던 일이 모두 다 진실로 밝혀지는 순간, 은호는 하늘이 무너져 내리는 기분이었다.

"이세정이랑 7년 전에 좋은 감정으로 만났고, 세정이가 아이를 가졌던 것도 사실입니다. 그리고 그 아이가……."

말을 하는 우재의 미간이 찡긋거렸다. 가장 아픈 이야기를 은호에게 하는 것 자체가 그에겐 고통이었다.

"그 아이가…… 내 아이라는 것도."

은호는 파르르 떨리는 제 입술을 꾹 눌러 깨물었다.

"변명 같겠지만, 아이가 있다는 걸 나도 얼마 전에야 알았습니다. 그동안 이세정이 7년 전 왜 나를 떠났는지도 모르고 살았으니까."

"……."

"유은호 씨한테는…… 사실대로 다 털어놓으려고 했습니다. 유은호 씨가 날 용서하든 안 하든, 이해하든 못 하든…… 꼭 털어놓고 용서를 구하고 싶었습니다."

우재는 자신이 아닌, 다른 사람을 통해 은호가 이 모든 사실을 알게 됐다는 게 절망스러웠다. 얼마나 기가 막히고, 얼마나 당황스러웠을까. 또 얼마나, 내가 경멸스러웠을까. 우재는 메마른 입술로 말을 이었다.

"미안합니다…… 유은호 씨."

우재의 목소리가 떨리고 있었다. 은호는 아무런 대꾸도, 반응도 없이 그저 초점 없는 눈으로 우재를 응시할 뿐이었다. 뭐가 잘못된 걸까. 어디서부터가 시작이었던 걸까.

"이렇게 아프게 해서…… 이렇게……."

"나한테 언제 말하려고 했는데요?"

은호의 목소리가 그의 말을 끊었다.

"언제까지…… 나 바보 만들려고 그랬어요?"

분명히도, 원망스러운 눈빛이었다.

"은호 씨."

"나는…… 나는요."

은호는 울먹거리는 목소리로 간신히 말을 이었다.

"우재 씨한테 다른 아이가 있다는 사실보다…… 이세정 씨랑 그렇게나 뜨거운 사이였다는 사실보다…… 우재 씨가 그걸 나한테 제일 먼저 말 안 해 줬다는 게…… 더 힘들어요."

"미안해요."

"날 사랑하긴 해요?"

은호의 입술이 파르르 떨렸다. 주르륵 흘러내린 눈물이 그녀의 하얀 턱을 타고 톡, 바닥으로 떨어져 내렸다.

* * *

다음 날, 차명진 회장도 의식을 되찾았다. 강 박사는 가벼운 뇌출혈이긴 했어도 나이가 나이인지라 그에겐 꽤 힘든 치료가 될 거라는 말을 남겼다. 할아버지가 깨어났다는 소식에 달려온 우재는 제 입으로 은호의 유산 소식을 알려야 한다는 생각에 가슴이 미어지는 듯했다.

"아버님, 우재 왔어요."

깨어난 지 반나절. 조금 정신을 차린 차명진 회장은 우재가 왔다는 말에 몸을 움직여 상체를 일으켰다. 양옆에서 희옥과 현정이 차 회장을 부축해 도왔다.

"회장님."

우재는 아직 제 할아버지가 쓰러진 이유를 정확히 알지 못하고 있었다. 차명진 회장은 아직 흐릿한 눈을 치켜뜨며 힘겹게 입을 열었다.

"너…… 대체 뭐 하는 놈이냐."

처음, 다짜고짜 흘러나온 이야기에 우재의 굳어 있던 얼굴도 움찔했다. 그런 우재를 응시하며, 차 회장은 옆에 서 있던 현정에게 손을 내밀었다. 현정이 차 회장의 손에 하얀 종이 몇 장을 쥐여 주었다.

"이거."

차 회장이 힘없이 우재를 향해 종이들을 집어 던졌다. 우재는 제 발밑으로 우수수 떨어진 종이들을 천천히 집어 올렸다. 자신이 의뢰했던, 자신이 김 비서를 통해 받아봤었던 유전자 검사 결과지였다.

"이게 대체 뭐냐? 어?"

종이를 확인한 우재가 눈을 질끈 감으며 입술을 깨물었다.

"할아버지."

"당장 새아가 데려오너라!"

차명진 회장이 무서운 얼굴로 버럭 소리를 질렀다.

"어서 새아가 데려와! 이 늙은이가 무릎이라도 꿇고 빌면 새아가 마음이 조금이나마 위로가 되겠지!"

"할아버지……."

"어서!"

또다시 회장의 얼굴이 붉으락푸르락했다. 뒤에서 지켜보던 차준일도 놀라 제 아버지의 팔을 잡고 말리듯 말했다.

"아버지, 진정하세요. 또 혈압 올라요."

"대체 뭐 하는 놈이기에, 제 핏줄이 있는지 없는지조차 모르고 살아? 세정이. 그래. 이세정이 그 아이도 데려오너라. 내 그 아이한테 직접 확인해 봐야겠다!"

"아버지, 고정하세요, 네? 우재 너 이놈! 얼른 할아버지께 잘못했다고 빌지 않고 뭐 해!"

차준일 사장이 우재를 노려보며 호통을 쳤다. 그러나 회장의 분노는 점점 더 커져 가고 있었다. 모든 걸 인정하듯, 아무런 말이 없는 손자의 얼굴을 보니 더욱 그랬다.

"죄송합니다, 회장님."

우재는 아무런 변명도 하지 않을 작정이었다. 무슨 변명을 해도 할아버지의 충격을 덜 수 없고, 그의 분노를 잠재울 수 없다는 걸 잘 알고 있었다.

"아버님 이렇게 쓰러지신 거, 우재 너 때문이라는 건 알고 있는 거니?"

옆에 있던 희옥이 말을 거들었다. 우재의 얼굴이 그녀를 향해 일그러졌다.

"이제 이 일을 어떡할 거니? 혹시라도 밖으로 말 새어 나가면 그게 회사엔 제일 큰 문제 같은데. 경영본부장이 이런 구설에 휘말린다는 거. 그게 어디 작은 일이니?"

회장은 또다시 머리가 지끈거리는지 이마를 짚으며 눈을 감고 있었다.

"세정이 집으로 들여. 네 아이도."

"새어머니!"

희옥의 말에 우재가 눈을 부릅뜨고 그녀를 불렀다. 이마를 짚고 있던 차 회장도 희옥을 응시했다.

"어미야!"

"아이 네 밑으로 이름 올리는 것부터 하자. 해성푸드 이 회장이랑은 이미 얘기 끝났어. 세정이를 당장은 재이 사람으로 인정할 순 없겠지만……."

"그 입 다물지 못해!"

결국 회장이 다시 소리를 버럭 질렀다.

"어디서 그 오만방자한 입을 나불거리는 게야! 며느리로 받아들여 주니 이젠 하늘 무서운 걸 모르고 날뛰는구나! 천박한 것!"
차 회장은 이젠 노골적으로 본색을 드러내는 희옥을 향해 호통을 쳤다.
"아버님…… 어떻게 그런 말씀을……."
희옥은 기가 막히다는 듯 회장을 원망하는 눈빛으로 응시했다. 그녀의 눈빛에 준일도 가세했다.
"아버지, 말씀이 좀 심하셨어요."
"닥치거라, 이 못난 놈!"
준일은 회장의 한마디에 더는 아무런 말도 못 하고 그저 자신의 와이프 희옥의 어깨를 끌어당겼을 뿐이었다.
"세정이 그 아이가 우리 우재 아이를 낳았든 안 낳았든, 내 손주며느리는 유은호 그 아이뿐이니까 어미 너 다시 한번 이런 이야기 입 밖에 올리면 내 가만두지 않겠다!"
"그럼 아이는 어쩌실 셈이세요?"
그러나 희옥도 지지 않고 맞섰다.
"이 검사, 제대로 한 것 맞냐? 확실히 그 아이가 네 아이가 맞아?"
회장이 잔뜩 화가 난 얼굴로 우재를 다그쳤다. 우재는 아무런 말없이 가만 고개를 숙일 뿐이었다.
"정말 그 아이가 우재 네 아이가 맞다면, 내 증손주이기도 하니 그 아이를 모른 척 놔둘 수는 없겠지."
차 회장의 말에 우재는 마른 입술을 꾹 깨물며 숨을 삼켰다.
"하지만 그렇다 해도, 혼외자는 혼외자일 뿐이다! 할아비로서는 책임을 다하겠지만 재이 식구로서는 받아들일 수 없다는 말이야."

"하…… 아버님."

희옥은 예상치 못한 회장의 강력한 반응에 기막힌 듯 인상을 찌푸렸다. 이건 희옥이 원한 방향이 아니었다. 세정을 앞세워 우재를 흔들고, 솔이를 내세워 우재를 쓰러뜨리는 것. 그게 희옥의 목표였던 것이다. 그런데 세정을 내치고, 솔이를 적당히 숨겨 가리겠다니. 이렇게 되면 세정을 불러온 의미도, 그녀를 앞세운 의미도 모두 다 퇴색돼 버리고 만다. 희옥은 붉은 손톱을 꾹 말아쥐며 입술을 깨물었다.

"그러니까 일단 이세정이, 그 아이 내 앞에 데려다 놔!"

회장의 한마디에 모두가 잠잠해졌다. 그 잠잠한 분위기 속에서 홀로 불안한 표정을 짓고 있던 한 사람, 현석이 다급히 병실을 빠져나가고 있었다.

* * *

또각또각. 가느다란 구두 굽이 병원 복도를 울렸다. 문득, 차 회장의 병실을 나서던 현석이 자신을 향해 다가오는 누군가의 모습에 소스라치게 놀랐다. 세정이었다. 그 옆에는 제 엄마의 손을 쥔 솔이도 함께였다. 놀란 현석이 세정의 팔을 거칠게 잡아채며 그녀를 무자비하게 끌고 걷기 시작했다.

"왜 이래, 이거 놔!"

강제로 자신의 엄마를 끌고 가려는 현석의 행동에 놀란 솔이도 소리 내어 울기 시작했다.

"애 울잖아!"

현석은 복도 끝 비상구 안으로 들어서고 나서야 세정의 팔을 놓아주었다.

"으아아앙!"

솔이는 울음을 그치지 않고 울어 댔다.

"너 미쳤어? 네가 여기가 어디라고 나타나, 게다가…… 하."

현석은 초조한 눈빛으로 솔이를 내려다보며 말을 끊었다. 세정은 현석을 경멸하는 듯한 눈빛으로 쏘아보았다.

"쓰레기 새끼……."

세정의 입에서 욕지기가 흘러나왔다.

"처음 보는데…… 그 말밖에 할 말이 없니?"

솔이에 대한 이야기였다.

"솔아, 울지 마. 엄마 괜찮아. 아저씨가 엄마랑 할 말 있어서 그런 거야. 괜찮아. 괜찮아. 착하지?"

세정은 잠시 허리를 굽혀 울고 있는 솔이를 달랬다. 그럼에도 솔이는 쉽사리 울음을 그치지 않았다. 아무래도 현석의 행동에 적잖이 놀란 듯싶었다.

"대체 너 어쩌자고…… 무…… 무슨 속셈이야?"

잔뜩 당황을 한 것인지 현석은 말까지 더듬었다.

"속셈? 애 있는 데서 말 그렇게밖에 못 해?"

"말장난하지 마. 나 지금 심각해!"

"너만 심각해? 나도 심각해!"

"이세정!"

“왜. 너도 알았잖아. 결국 이렇게 될 거라는 거. 다 각오하고 그 날 밤 그렇게 날…….”

“닥쳐!”

쿵, 현석이 세정의 얼굴 바로 옆 벽을 내리쳤다. 세정은 눈을 질끈 감았고, 이 모습을 다 지켜본 솔이는 더욱 소리를 내어 울기 시작했다.

“엄마아…… 으아아앙……!”

“하…… 시끄러워 죽겠네 정말!”

분노한 현석이 솔이를 응시하며 소리를 버럭 지렀다. 공포를 느낀 솔이 잔뜩 겁을 먹은 얼굴로 제 엄마의 다리를 꼭 붙잡았다. 세정은 그런 솔이의 머리를 부드럽게 쓰다듬으며 꼭 제 품으로 안았다.

“다신 한국 안 돌아오겠다고 했잖아. 그 조건으로 난 이 아이 낳는 거 허락한 거였어. 근데 대체 무슨 속셈으로 돌아온 거냐고!”

“정신 차려, 차현석. 내가 아니라 너희 엄마한테 가서 그 속셈 물어봐.”

“뭐?”

“그리고 약속? 난 너랑 그런 약속 같은 거 한 적 없어. 혹시 우리 아빠랑 그런 약속 한 거니? 내가 한 약속은 단 하나야, 평생 무덤까지 그날 일 말하지 않기로 한 거. 그거 딱 하나.”

“이세정!”

“그러니까 제발 걱정하지 마. 앞으로도 그 약속만큼은 목숨 걸고 지킬 생각이니까.”

“그러다가 혹시라도 누가 알게 되면!”

"어떻게 알아, 설마하니 너랑 내 사이 의심하는 사람이 있기나 하겠어?"

"하……! 여유로우시네."

"이미 시작됐어. 너희 엄마랑 나, 거래 시작한 지 오래라고. 너랑 나도 이제 같은 운명이야. 그러니까 병신같이 이렇게 징징대지 좀 마!"

세정이 입술을 질근 깨물며 그를 비난한다.

"뭐?"

현석이 그녀의 팔을 꽉 움켜쥐었다.

"이거 놔! 너희 할아버지가 당장 오라고 해서 온 거야."

세정은 거세게 현석의 손을 내치곤 그를 노려보았다. 그리고 안고 있던 솔이를 데리고 비상구 계단을 빠져나갔다. 세정이 사라지자 현석은 제 머리를 손으로 감싸 쥐어뜯고는 버럭 욕지기를 내뱉었다. 초조하고 불안해서 미칠 지경이었다. 이세정이 제 눈앞에 나타난 것만으로도, 그 아이가, 아니, 자신의 아이가 눈앞에서 알짱거리는 것만으로도 그는 미쳐 버릴 것 같은 마음이었다. 그나마도 지키고 있던, 쥐고 있던 모든 걸 한 번에 잃을 것만 같은 초조함 때문에.

"으아아악!"

비상구 계단에 그의 비명이 요란하게 울려 퍼졌다.

10. 이걸로 계약 파기

“인사해야지, 할아버지한테.”

세정은 일부러 솔이를 앞세워 병실로 들어섰다. 떨리는 손을 감추고, 흔들리는 눈빛을 피하며 그녀는 애써 태연한 모습을 보이려 노력하는 중이었다.

차명진 회장은 자신을 향해 다가와 꾸벅 인사를 하는 작은 솔이를 보면서도 차마 아무런 대꾸조차 하지 못하고 있었다.

“현정아, 아이 좀 데리고 나가 있거라.”

회장의 말에 현정이 솔이의 손을 잡았다. 세정은 따라가도 괜찮다는 듯 솔이를 보며 웃었고, 솔이는 그제야 현정을 따라 병실을 나섰다.

"단도직입적으로 물으마. 저 아이, 정말 우리 우재 아이가 확실한 거냐?"

"네, 회장님."

우재가 이미 한 유전자 검사 결과를 확인했을 텐데도 다시 묻는 회장의 말에 세정은 어쩐지 심장이 쪼그라드는 기분이었다. 치밀한 차명진 회장 성격상, 두 번이고 세 번이고 확인하고 또 확인하려 들 것이라던 희옥의 말이 떠올랐다. 그때마다 희옥이 도와주긴 하겠지만 그래도 세정은 여간 속이 타는 게 아니었다.

"그래. 간이 배 밖으로 나오지 않고서야 뻔한 거짓말을 하진 않겠지."

세정은 마른침을 삼켰다.

"할아비로서, 아이는 책임지고 내가 보살피마."

"회장님……."

"다만, 거기까지다. 네가 알아 둬야 할 게 있구나. 난 널 우리 집에 들일 생각도, 아이 이름을 우재 밑에 올릴 생각도 전혀 없다."

"회장님!"

뜻밖의 이야기에 세정의 눈이 한없이 흔들리기 시작했다. 힐끗 옆에 선 희옥을 응시해 보았지만, 희옥도 심각한 표정으로 그녀를 마주 보고 있을 뿐이었다. 이야기가 달랐다. 약속이 달랐다. 이건 세정이 원하는 결말이 아니었다.

"왜. 싫으냐? 딸이 애비 없는 게 그렇게 억울하냐? 아님, 재이에서 널 받아들이지 않는다는 게 억울한 게냐?"

"그런 게 아니에요. 전 단지……."

"단지 뭐. 그럼 네가 원하는 걸 얘기해 보려무나."

세정은 입술을 달싹였다.

"우재 오빠를…… 사랑해요."

세정의 말에 회장이 '하…….' 하고 헛웃음을 터뜨렸다.

"우재는. 우리 우재도 널 사랑한다던?"

아무런 대답도 할 수 없는 그녀. 차명진 회장은 굳은 표정으로 세정을 응시했다. 그 얼굴이 꼭, 화난 우재의 얼굴과도 닮아 있었다.

"아이 앞세워 우재를, 우리 재이를 어떻게 해보려 했던 생각이면 지금이라도 그만두는 게 좋아. 물론 너 혼자 그런 생각을 했으리라고 생각진 않는다."

회장은 옆에 선 희옥에게 들으란 듯 말했다.

"어릴 때부터 우재랑 친하게 지내던 널, 내가 모르지 않아. 세정이 넌 그렇게 악랄하고 못된 아이가 아니다, 그렇지 않니?"

"회장님……."

"네가 원하는 걸 뭐든지 해 주마. 해성의 뒤를 봐 달라면 봐주고, 너와 네 아이의 평생을 책임지라면 내 이름을 걸고 약속하마. 그런데 단 하나. 차우재만은 안 돼."

세정의 눈망울이 점점 더 붉어졌다. 뭐든 다 가능하지만 차우재만은 안 된다는 차 회장의 냉정한 한마디가 그녀의 가슴에 비수를 꽂았다.

"똑똑한 아이니, 내 말 다 알아들었겠지?"

세정은 떨리는 입술을 깨물며 고개를 툭, 바닥으로 떨구었다.

* * *

우재는 하루 종일 아무 일도 하지 못하고 책상에 멍하니 앉아만 있었다.

은호를. 너무나 사랑해 마지않는 유은호의 마음을……. 어떻게 어루만져 줘야 할까. 은호에게 용서받을 수 없는 죄를 진 그는 점점 더, 그녀에게 용서를 빌 자신마저 없어지는 기분이었다.

"본부장님."

벌써 몇 번째 우재를 부른 김 비서가 곤혹스러운 표정으로 우재를 응시했다. 그제야 우재가 힐끗 고개를 돌렸다.

"이사회 참석하실 시간입니다."

"아……."

우재는 하루 종일 아무 생각도, 아무 일도 하지 않고 있느라 온통 넋이 빠진 상태였다. 이런 우재의 모습은 단언컨대 한 번도 본 적이 없는 김 비서였다. 이토록 흔들리는 차우재라니. 그는 모든 게 다 제대로 우재를 보좌하지 못한 자신의 탓인 것만 같아 마음이 좋지 않았다.

"가죠."

김 비서의 말에 우재가 몸을 일으켰다. 그때, 핸드폰 벨이 울렸다. 세정이임을 확인한 우재의 미간이 일그러졌다.

[나야.]

세정은 담담한 목소리였다.

[할아버님 만났어. 나보고…… 오빠 포기하라고 하시더라.]

바람 빠지는 소리를 내며 세정은 피식 자조하듯 웃고 있었다.

[당신 손주 며느리는 오직 유은호 하나뿐이라고. 나한테 꿈도 꾸지 말라고 경고하셨어. 어찌나 무섭던지……. 아버님이 왜 그렇게 할아버지를 무서워하셨는지 알 것 같더라.]

"……."

[근데 오빠.]

우재의 입술이 굳게 닫혔다.

[나 오빠 포기 안 해.]

세정의 목소리는 굳은 결심을 한 듯 당당하고 흔들림이 없었다.

[이 정도로 오빠 포기할 것 같았으면 애초에 한국에 오지도 않았어. 재이그룹 손 주며느리? 우리 솔이한테 돌아갈 재이그룹 지분? 고작 그딴 거 바랐으면 여기서 '네, 감사합니다. 그럼 돈으로 보상하세요.' 하고 뒤돌아섰겠지. 근데 그런 거 아니잖아. 솔이 우리 딸이고, 난 아직도 오빠를…….]

"이세정."

우재는 단호한 목소리로 세정을 불렀다.

"네가 무슨 말을 해도 나 안 흔들려. 나, 그 사람…… 유은호 씨 많이 사랑해. 네가 생각하고 있는 것보다 훨씬. 더. 많이."

[오빠…….]

"그러니까 제발 그만하자. 이런다고 달라지는 거 아무것도 없으니까."

우재는 치밀어 오르는 분노를 간신히 억누르며 전화를 끊어 버렸다. 그의 손끝이 부르르 떨리고 있었다.

* * *

벌써 며칠째. 은호는 우재와의 만남을 거부하고 있었다. 그가 밉고 원망스러워서가 아니었다. 그저 우재를 볼 자신이 없었다. 그 얼굴을 보면 세정의 얼굴이 떠오를 것 같았고, 그 작은 아이 솔이가 떠오를 것 같았다. 그리고 종국엔 빛을 보기도 전에 사라져 버린 자신의 어린아이까지 떠올라 버릴 것만 같았다.

견딜 수 있을까. 아니, 견딜 수 없을 것이다.

은호는 시도 때도 없이 흐르는 눈물을 닦아 내며 몸을 일으켰다. 수없이 고민하고 수없이 생각해 보았다. 차우재와의 이 관계가 도대체 어디서부터 어떻게 잘못된 것인지에 대해. 아무래도 처음부터, 첫 단추부터 모든 게 잘못된 것임이 틀림없었다.

원하지 않던 갑작스러운 결혼. 말도 되지 않는, 기막힌 결혼 계약. 그리고 사랑 없이 시작된 신혼 생활까지……. 무엇 하나 잘못되지 않은 부분을 찾을 수가 없을 정도였다. 처음부터 뒤틀어진 인연이었으니 결국 이 사달이 난 것일 터였다.

우재에겐 이 모든 게 당신 탓이라고 독설을 퍼부었지만, 실상 원인은 자신에게 있다고 자책했다. 며칠간, 복잡하고 깨질 것 같은 머리를 부여잡고 생각해서 내린 결론은 의외로 단순했다. 이 모든 상황에서 벗어나고 도망치는 것. 잠시 멀리 떠나 조금 더 마음을 진정하고 고민하는 것이 옳다고 생각했다.

은호는 손등에 꽂혀 있던 링거를 불쑥 빼고 미리 챙겨 놓았던 옷으로 갈아입었다. 그리고 아무도 몰래 병원을 빠져나왔다.

당분간, 아니 어쩌면 꽤 오랫동안 엄마와도 만날 수 없을 것 같다는 생각에 엄마가 입원해 있는 병원으로 향했다. 병원으로 향하는 길에 은호는 우재에게 메시지를 보냈다.

—조금만 더…… 생각할 시간을 줘요.

다친 마음을 스스로 보호하기 위한, 일종의 보호 본능이었다. 비겁하게 도망치고, 겁쟁이처럼 뒷걸음치는 거냐 물어도 은호는 상관없었다. 지금은 도무지 우재의 얼굴을 마주할 자신이 없었다. 아니, 그 누구의 말도 듣고 싶지 않을 뿐이었다.

병원 앞에 다다르자, 휴대폰 벨이 울렸다. 역시나 우재였다. 은호는 눈을 질끈 감으며 전원 버튼을 눌러 버렸다. 파르르, 엄지손가락이 떨려 왔다.

엄마의 병실 앞. 아마도 엄마는 잠들어 있을 시간이기에 그녀는 조용히 병실 문을 열었다. 그런데 놀랍게도, 엄마의 곁에 석현이 앉아 살포시 눈을 감은 채 잠들어 있었다. 은호가 멈칫하며 다시 병실을 나가려 하자 석현이 그녀를 불렀다.

"누나."

그날 그 사건 이후로 처음 마주친 것이다. 은호는 마른침을 삼키며 그를 돌아보았다. 석현은 반가운 얼굴을 감추지 못하며 은호를 따라 나왔다.

"지호가 부탁을 해서요. 간병하시는 분이 상을 당하셔서 오늘 하루 자리를 비우셨어요. 지호는 내일 경기 때문에 훈련 중이고…… 그렇다고 누나한테 전화하기도 그렇다고 부탁을…… 하더라고요."

"고마워…… 항상."

은호는 작은 목소리로 말했다. 그런 은호의 얼굴을 살피는 석현의 표정이 심상치 않게 굳어 갔다. 누가 보아도 파리해진 그녀의 얼굴. 초점 없이 흔들리는 눈빛과 핏기 하나 없는 창백함.

"누나."

은호는 석현의 시선을 피하며 고개를 숙였다.

"무슨 일이에요?"

점차 붉어지는 은호의 눈망울을 보며 석현이 저도 모르게 미간을 찌푸렸다. 석현의 커다란 손이 은호의 어깨를 부드럽게 쥐었다.

"나 봐요. 왜 울어요. 무슨 일이에요?"

불길한 예감이 석현의 뇌리를 스쳤다. 세상 가장 씩씩한 여자인 유은호가 울고 있다. 분명 무슨 큰일이 그녀에게 일어난 게 틀림없었다. 석현의 다그침에 은호의 마른 입술이 달싹이며 결국 울음을 토해 냈다. 석현은 말없이, 서럽게 우는 은호의 어깨를 끌어안았다. 석현의 품에서 은호는 겨우 참고 있던 눈물을 힘겹게 토해 내며 울었다.

"하…… 석현아…… 나 어떡해야 할지 모르겠어…… 뭐가…… 맞고 뭐가 틀린 건지……."

은호의 몸이 파르르 떨렸다. 이런 일조차 석현에게 미안한 일이 될 수 있음을, 은호도 알고 있었지만 지금으로선 아무 생각도 나질 않았다. 그저 눈앞이 너무 캄캄하고 막막해서. 꼭 막다른 낭떠러지 앞에 서 있는 기분이어서. 그녀는 어쩔 줄을 몰라 허둥대고 있었다.

"대체…… 무슨 일인지 나한테 말해요, 네?"

며칠 새, 가슴 아프도록 말라 버린 은호의 몸이었다.

"누나, 무슨……."

"석현아."

은호는 석현의 팔을 꼭 잡아 쥐며 말했다.

“나 좀…… 멀리 데려다줄래?”
한참을 울던 은호가 석현을 올려다보며 말했다. 슬프고, 공허하고, 텅 빈 눈빛. 석현은 처음 보는 은호의 표정에 혼란스러우면서도 입술을 꾹 깨물며 고개를 끄덕였다.
“멀리.”

* * *

“하!”
은호에게 건 전화가 맥없이 끊겨 버렸다. 다시 전화를 걸자, 이미 전화기는 꺼져 있는 상태. 우재는 미칠 것 같은 기분으로 은호의 병실을 향해 달렸다.
갑작스러운 은호의 메시지.
−조금만 더…… 생각할 시간을 줘요.
대체 이 메시지를 어떻게 받아들여야 할까. 우재는 직감적으로 은호가 무언가 자신이 모르는 결심을 하고 있었음을 알 수 있었다. 그래서 더 불안했다.
병실 문을 열어젖혔다. 아니나 다를까 비어 있는 침대. 우재는 눈앞이 캄캄해지는 마음을 다잡으며 김 비서에게 전화를 걸었다.
“김 비서님, 유은호 씨 위치 좀 파악해 주세요!”
[네?]
영문을 모르고 받은 전화이기에 김 비서는 당황한 목소리로 되물었다.
“유은호 씨가 사라졌습니다. 빨리…… 빨리 좀요!”

우재는 버럭 소리를 지르며 성큼성큼, 병실 밖을 빠르게 걸어 나갔다. 혹여나 은호가 아직 병원 근처에 있지는 않을지, 주변부터 샅샅이 뒤져 볼 생각이었다. 손발이 부르르 떨리고 머리가 어지러웠다. 온몸에서 식은땀이 쏟아져 내렸다. 유은호가 사라졌다는, 아니, 자신에게서 도망쳐 버렸다는 생각만으로도 그는 얼굴이 파리하게 질려 가고 있었다.

7년 전, 이세정이 그에게 안긴 트라우마. 그 트라우마로 인한 공포감이 밀려들고 있는 것이었다. 그는 흐릿해지는 눈꺼풀을 간신히 떠올리며 걷고 또 걸었다. 병원 주변에서부터 병원과 이어지는 큰 도로, 그녀가 있을 만한 커피숍과 골목부터 샅샅이 뒤졌다. 그러다 문득, 은호의 어머니를 떠올렸다. 아무리 은호가 도망치고 싶었을지라도 어머니를 외면하고 갈 그녀가 아니었다.

우재는 다급하게 은호의 동생, 지호에게 전화를 걸었다. 지호 또한 우재의 전화에 적잖이 당황한 반응이었다. 자신이 방금 전 어머니의 병원에 도착했고, 지금 어머니와 함께 있는데 누나는 다녀가지 않았다는 것이었다.

[뭡니까, 대체. 우리 누나한테 무슨 일 있어요?]

이상함을 직감한 지호가 목소리를 높였다. 우재는 허망함에 눈을 질끈 감았다.

"유은호 씨 혹시라도 거기 가거나 연락이 되면……."

[무슨 일이냐고요!]

"미…… 미안합니다. 일단 은호 씨부터 찾고…… 찾고 다 말씀드리겠습니다. 미안합니다."

우재는 다급하게 전화를 끊었다. 금세 김 비서에게서 연락이 왔다. 은호가 어머니의 병원에 들렀다 나가는 걸 본 직원이 있고, CCTV를 확인한 결과 신석현과 함께 나가 택시를 타고 사라졌다는 것이었다. 그는 최종적으로 은호의 행선지를 문자로 보내왔다.

성수동의 어느 주택. 우재는 황급히 그곳을 찾아 갔다. 허름한 주택을 훑어보며 급하게 벨을 눌렀다. 한참만에야, 중년의 여자가 당황스러운 표정으로 문을 열었다.

"누구시죠?"

낯선 여자의 얼굴에, 우재는 숨을 헐떡이며 마른침을 삼켰다.

"혹시……."

그녀는 땀을 뻘뻘 흘리는 우재의 얼굴을 한참 들여다보더니 미간을 찌푸렸다.

"은호 남편인가요?"

그녀의 입에서 흘러나온 은호의 이름에 우재는 망설임 없이 대답했다.

"들어오세요."

그녀를 따라, 우재는 떨리는 마음으로 집 안에 들어섰다. 작은 마당은 오랜 시간, 사람의 손이 닿지 않은 것인지 무성한 잡초들로 엉망이었고 집 안도 어쩐지 썰렁하기 그지없었다. 낡고 오래된 집 안, 닫혀 있는 방문을 열어 보이며 그녀가 속삭였다.

"들어가 보세요. 은호, 여기 있어요."

작은 방 침대. 핏기 없이 누워 있는 은호를 보며 우재는 저도 모르게 두 주먹을 불끈 쥐었다. 잠들어 있는 은호의 뺨에 우재가 따뜻한 손을 대자, 그녀가 스르륵 눈을 떴다.

"우재…… 씨."

꿈일까. 아님, 정말 차우재인가. 은호는 전혀 예상하지 못했던 우재의 모습에 눈을 동그랗게 뜨며 몸을 일으켰다.

"우재 씨……."

우재는 단번에 그녀의 가녀린 어깨를 확 끌어당겨 안았다. 그제야 우재의 입술에서 안도의 한숨이 새어나왔다. 불안하고 초조하게 떨리던 손가락이 안정을 되찾으며 몇 번이고 은호의 등과 머리를 쓰다듬었다.

"하…… 유은호 씨."

우재는 눈을 질끈 감고 은호의 이름을 불렀다. 그 절박하고 떨리는 목소리가 은호의 귓가에 고스란히 울려 퍼졌다. 은호의 가슴도 덜컥거리며 요동쳤다.

"괜찮습니까?"

오히려 자신이 우재에게 되묻고 싶은 말이었다. 처음 보는 우재의 얼굴. 사색이 되어 불안에 떠는 얼굴. 언제나 자신감 넘치고 당당하던, 아무것도 두려울 것 없을 것 같던 그의 모습은 오간 데 없었다. 금방이라도 쓰러질 것 같은 차우재의 어깨에 은호의 작은 손가락이 가지런히 올려졌다.

"우재 씨."

"유은호 씨, 그 생각. 같이 합시다."

생각할 시간이 필요하다던 은호의 이야기를 말하는 것이었다. 우재의 눈동자가 은호를 향하고 있었다.

"무슨 일이 있어도 나 믿어 준다고 했죠?"

"우재 씨……."

"그럼 나한테서 도망가지 마요. 혼자서 사라지지 마요. 나도 약속하죠. 유은호 씨 절대로 혼자 두지 않겠습니다. 절대로 혼자 아파하게 두지 않아요."

우재의 목소리에는 힘이 있었다. 은호의 눈동자에서 주르륵 눈물이 흘러내렸다.

"고작 나 하나 믿고 여기까지 온 유은호 씨가, 지금 어떤 기분일지…… 어떤 참담한 마음일지 잘 압니다. 핑계처럼 들릴 수 있겠지만 나도 이게 다 무슨 일인지, 절망스럽고 또 당황스러운데 유은호 씨는 오죽할까요."

우재가 은호의 손을 꼭 쥐어 잡았다.

"미안합니다. 아프게 해서 미안해요. 우리 아이한테도…… 유은호 씨한테도 말로 다 할 수 없을 만큼 미안하고 또 미안합니다. 내가 정신없고 당황스럽다고 유은호 씨 혼자 아파하게 놓아둔 거…… 나 혼자 괴로워하고 고민한 거. 다 미안해요. 이제부터 하나씩 하나씩, 다 유은호 씨랑 같이 해결하고 싶습니다. 그러니까…… 그러니까 제발…… 나한테서 도망가지만 말아 줘요."

우재의 마지막 목소리가 흔들리고 있었다. 애원하듯 은호를 향하는 그의 커다란 눈망울이 붉어졌다. 우재의 가장 약하고 흔들리는 얼굴을 봐버린 은호의 가슴은 갈기갈기 찢기는 것만 같았다.

"우재 씨……."

은호의 손이 우재의 목을 끌어안았다. 우재는 눈을 질끈 감으며 은호의 가느다란 허리를 당겼다. 그러곤 그녀의 납작한 배를 쓰다듬고 또 쓰다듬었다. 마치 사죄하듯이. 빛 한 번 보지 못하고 사라진 작은 생명에 대한 미안함과 절망감이 그의 손을 덜덜 떨리게 하고 있는 듯했다.

* * *

달칵, 방문을 기어코 열어 본 석현의 얼굴이 차갑게 굳었다. 이모님으로부터 은호의 남편이 와 있다는 말은 들었지만, 방문을 열지 않을 수는 없었다. 작은 침대 위에 서로를 꼭 껴안고 잠들어 있는 우재와 은호.

뭘까. 방금 전까지 유은호는 세상 가장 절망스러운 곳에 있는 여자처럼 울었는데. 그녀에게 이 절망감을 안겨 준 차우재를 마주치면 멱살을 잡고 힘껏 그녀 대신 분풀이라도 해 줄 마음이었는데. 서로를 꼭 껴안은 채로, 비집고 들어갈 틈도 없는 모습으로 잠들어 있는 두 사람.

석현은 불현듯 이 두 사람 사이엔 아무런 틈도 없다는 것을 깨달았다. 은호를 아무리 위로하고 보듬으려 해도 자신은 할 수 없었던 그 일을, 우재는 단번에 해내 버린 것이었다. 석현의 손이 털썩, 힘없이 아래로 떨어졌다. 그는 그렇게 어둠 속에서, 한참이나 두 사람의 모습을 지켜본 뒤에야 문을 닫을 수 있었다.

"가니?"

중년의 여자, 그러니까 은호의 이모는 석현의 인기척에 현관으로 걸어 나왔다. 아무런 말없이 석현은 그저 고개를 끄덕이며 현관 문고리를 잡았다. 그의 등 뒤에서 이모가 작은 목소리로 말했다.

"고맙다, 석현아."

마치, 홀로 돌아서는 석현을 위로하려는 듯이.

* * *

먼저 눈을 뜬 은호는 가만히 우재의 잠든 얼굴을 응시했다. 깊게 감긴 눈, 오뚝한 콧날. 날렵한 턱선. 이토록 잘생긴 우재를 닮은 아이를 낳고 싶었다. 강한 척해도 마음은 누구보다 따뜻하고 여린, 착한 차우재의 아이를 낳고 싶었다. 모든 게 다 욕심이었나. 은호는 눈물을 흘리며 조심스레 우재의 입술에 자신의 입술을 포개었다. 잠시 잊고 있던 우재의 따뜻한 온기가 입술을 통해 전해졌다.

"사랑해요."

저도 모르게 흘러나온 작은 고백에 은호의 가슴이 더욱 울컥했다. 이렇게 사랑하는데, 이제야 서로의 마음을 알게 됐는데. 어쩌자고 이런 믿기지 않는 일들이 생겨 버린 건지.

"나도 사랑합니다, 유은호 씨."

은호의 떨리는 어깨가 우재의 품속에 쏙 들어가 안겼다. 우재는 몇 번이고 그녀의 어깨를 달래듯 쓸어내렸다. 어둠 속에서 우재의 눈동자가 반짝 빛을 냈다. 그러곤 오랜 시간, 혼자서만 묻어 왔던 이야기를 시작했다.

"세정이랑은 아주 어린 시절부터 가끔 봤던 사이였습니다."

부드럽게 따스하게 울리는, 그렇지만 담담하게 말하는 우재의 목소리에 귀를 기울이며 은호는 살포시 눈을 감았다.

"난 아주 어릴 때부터 어떻게 해서든 아버지를 대신해, 할아버지 마음에 드는 후계자로 커야 한다는 압박감을 심하게 느끼면서 자랐습니다. 한눈 한 번 팔지 않고, 아무것도 돌아보지 않고 달렸습니다. 다행인지 불행인지, 모든 게 다 내가 원하는 대로 됐고 실패나 좌절 같은 건 전혀 모르고 살아왔습니다. 세정이가 7년 전에 그렇게 사라지기 전까진."

"……."

"학업, 일, 그리고 성공. 이 세 가지 외엔 전혀 관심도 없던 내 일상에 어느 날 이세정이라는 아이가 자연스레 스며들었습니다. 어릴 때부터 봐 왔던 친한 동생이라고 생각만 했던 세정이가, 어느 날 갑자기 나를 좋아한다며 고백을 했습니다. 좋아한다, 사랑한다, 그런 감정이 뭔지도 잘 몰랐던 나는…… 그저 그 익숙함과 친밀한 감정이 '사랑'이라고 느꼈습니다. 세정이 정도면, 내 곁을 내줘도 괜찮겠구나. 아, 이런 게 혹시 사랑일지도 모르겠구나 하고요."

"……."

"그래서 그때까지 한 번도 누군가에게 열지 않았던 마음을, 세정이한테는 조금 열어 보여 주기 시작했습니다. 그럴수록 세정이는 더 적극적으로 다가왔고, 나도 어쩌면 그럭저럭 남들처럼 연애를 하고, 결혼을 하고. 평범한 삶을 살 수 있을지도 모르겠다는 희망을 가졌던 것 같습니다. 그걸 이뤄 줄 사람이 세정이라고 생각했으니까요. 겉으론 완벽해 보였을지 몰라도, 온통 결핍투성이었던 나를, 세정이가 도와줄 수 있을 거라고 판단했습니다. 그렇게 혼자서 미래를 꿈꾸고, 혼자서 계획을 세웠습니다. 그런데 7년 전 어느 날, 이세정은 나한테 아무런 말도 없이 사라졌습니다. 연락도 되지 않고, 아무리 찾아도 볼 수가 없었죠. 며칠 뒤에야 세정이가 파리로 떠났다는 소식을 들었습니다. 가장 믿고 있던 사람이 나한테 작별 인사 한마디도 없이 사라졌다는…… 그 말도 안 되는 이야기를 들었을 때 나는 처음으로 좌절감, 절망감, 실패감을 느꼈습니다. 처음엔 기다리고 또 기다렸죠. 돌아올지도 모른다는 생각에. 그러다 나중엔 분노로, 그리고 원망으로 바뀌더군요. 그때야 알았습니다. 내가 세정이에게 가졌던 감정은 진짜 사랑이 아니었다는 걸. 세정이와의 관계도 내 삶에 있어 그저 이뤄 내야 할 목표에 지나지 않았다는 걸."

"……."

"모르겠습니다. 세정이가 내 아이를 가졌다는 게 난 아직도 믿어지지 않거든요."

자기 눈으로 검사 결과를 확인했지만 우재는 여전히 도통 그녀의 말을 믿을 수가 없었다.

"세정이는 나에게 아이를 데리고 그렇게 사라졌던 이유도, 다시 아이를 데리고 나타난 이유도 무엇 하나 명확하게 설명하지 못해요."

"그럼 이제…… 어떻게 할 생각이에요?"

은호는 가장 묻고 싶었던 이야기를 물었다.

"30년 넘게, 내 인생의 목표는 오직 재이그룹 하나였습니다."

우재는 은호의 동그란 눈을 바라다보며 나지막이 속삭였다.

"할아버지 뒤를 이어 이 그룹의 오너가 되는 거. 그걸 위해 살아왔죠."

"……."

"그런데…… 유은호 씨가 이 이야기를 믿을진 모르겠지만 말입니다. 내 30년 목표를 유은호 씨가 송두리째 뒤흔들어 놨습니다."

"차우재 씨……."

"내 남은 인생의 목표는, 유은호 씨뿐입니다."

진솔하게 말해 오는 고백에, 은호는 제 아랫입술을 꾹 눌러 물었다.
“모든 걸 다 잃어도 좋습니다. 유은호 씨만 지킬 수 있다면.”
“…….”
“나는, 그렇게 할 생각입니다.”

* * *

“김 비서님.”
이른 새벽, 우재는 은호가 다시 깊은 잠에 빠진 것을 확인하고 홀로 나와 전화를 걸었다.
“지난번 부탁드린 아이 유전자 말입니다.”
[네, 본부장님.]
“다시 좀 부탁드려도 될까요?”
[아…… 그럼, 지난번 주신 머리카락은 다시 주실…….]
“아니요. 이번엔 그 아이 머리카락만 저한테 좀 가져다주실 수 있으십니까?”
다시 한번. 우재는 이 믿을 수 없는 사실을 몇 번이고 다시 확인할 생각이었다. 설마, 자신이 한때 믿었던 이세정이 거짓말을 할 리는 없지 않겠나, 생각하면서도 무작정 단 한 번의 결과를 믿을 수는 없다고 판단한 것이었다. 그만큼이나 간절히, 우재는 자신의 상황을 믿고 싶지 않았다. 현실부정이라 한다 해도 어쩔 수 없었다.
[아, 이번엔 제가 본부장님께 가져다 드리면 되나요?]
“네.”

위기 상황을 해결하려면 뭐든 확실히, 한 치의 오차도 없이. 30년 넘게 홀로 모든 걸 일궈 온 차우재만의 특징이기도 했다. 원인과 상황 파악을 정확히 해야 최선의 해결책을 낼 수 있다는 걸 그는 잘 알고 있었다.

* * *

희옥과 마주 앉은 세정은 분을 이기지 못하는 얼굴로 손을 떨고 있었다. 처음, 그저 솔이를 앞세우면 모든 게 다 끝이라고 생각했던 자신의 생각이 완전히 잘못된 것이었음을 깨달은 것이었다. 세정이 가장 참을 수 없는 건, 차우재의 마음이 완전히 닫혀버렸다는 것이다.

본능적으로 알고 있었다. 우재를 다시 되돌릴 수 없다는 것을. 그럼에도 그녀는 차우재를 잡고 놓을 수가 없다. 끝까지…… 무슨 수를 써서라도 그를 꼭 제 것으로 돌려놓고 싶었다.

희옥도 세정 못지않게 표정이 밝지는 않았다. 다리를 꼬고 앉은 그녀는 세정을 보며 웬 명함 한 장을 내밀었다.

"매거진 K…… 김미진 기자……."

명함을 받아 든 세정이 되묻듯 희옥을 응시했다.

"그 기자, 차우재랑 유은호 결혼 발표를 가장 처음 보도한 기자다."

"네?……."

"처음부터 이상했어. 차우재가 왜 갑자기 뜬금없이 안내 데스크 계약직 직원이었던 유은호를 데리고 나타나서 결혼을 하겠다고 그 난리를 피우는 건지. 너 그렇게 떠나고 여자라곤 관심도 없던 놈이, 갑자기 웬 근본도 없는 여자애랑 결혼하겠다고 하는 게 말이 되니? 사랑? 웃기고 있네. 차우재가?"
희옥은 한쪽 입꼬리만 픽 올리며 독기에 찬 눈으로 말했다.
"그래서 꽤 오랜 시간 동안 내가 그 기자한테 공을 좀 들였다. 그 기자 본인도 뭐, 좀 이상하다고 느낀 점이 한두 가지가 아니었는지 나중엔 오히려 제가 더 적극적이더구나."
세정의 미간이 찌푸려졌다. 희옥이 대체 무슨 말을 하려는 건지, 세정은 그 말의 행간을 살피는 중이었다.
"유은호가 안내 데스크에서 함께 일하던 동료들, 가족 또 차우재 주변 사람들까지 다 샅샅이 찾아다니면서 두 사람에 대해 물었지만, 그 기사가 나가기 전까지 아무도 두 사람이 그렇게 깊은 사이였는지……. 아니, 두 사람이 서로 알고 지내던 사이었는지조차 몰랐던 모양이야."
"……."
"아무래도 이상하지 않니? 아무리 완벽히 비밀 연애를 했다손 치더라도, 그렇게까지 갑작스러울 수가 있을까. 게다가 결혼 후에 유은호 엄마는 수십 차례 미뤄졌던 수술을 곧바로 받았고, 야구를 한다던 남동생도 하필이면 재이 마린즈에 입단을 해서 활약 중이라더구나. 이렇게 엄청난 우연이 있을 수가 있을까?"
세정의 눈동자가 동그랗게 부풀어 올랐다. 처음부터 희옥은 우재와 은호의 결혼을 진짜 결혼이라고 생각지 않았다고 말했다. 수상한 점이 너무 많다고. 아무리 생각해도 이상하다고. 뜨겁게 사랑해서 결혼했다는 부부가 어떻게 함께 침실을 쓰지 않을 수 있겠느냐고.

“그래도 뭐, 어쩔 수 있니. 의심은 가지만 물증이 없는걸. 그러다 어제 김미진 기자한테서 전화가 왔다. 흥미로운 사실을 알아냈다고.”

“흥미……로운 사실요?”

“은호랑 함께 일하던 안내 데스크 여직원, 장선정. 그리고 유은호 후임으로 일하는 김민희. 김민희한테서 아주 유의미한 정보를 얻은 모양이야.”

“정보……라뇨?”

“아무래도…….”

희옥이 피식, 입꼬리를 올리며 웃었다.

“두 사람이 계약 결혼을 한 것 같다고.”

“네?”

“이게 사실이면, 어딘가에 두 사람이 작성한 계약서가 존재하지 않겠느냐고.”

전혀 예상치도 못한 이야기에 세정의 눈도 번뜩였다.

“그 기자한테는 미리 네 얘기 해 뒀다. 자세한 얘기는 직접 들으려무나. 나는 세정이 네가 그 계약서, 찾아낼 수 있을 것 같다는 생각이 드는데.”

“어…… 어머니.”

세정이 꼬옥, 두 주먹을 쥐며 희옥을 응시했다.

“너. 할 수 있겠니?”

* * *

"우재 씨, 밥 먹어요."

우재는 김 비서와의 전화를 끊고 멍하니 창밖을 응시하고 서 있었다. 어느새 일어난 건지 은호가 그런 우재에게 가까이 다가오며 손을 잡았다. 주방엔 우재에게 문을 열어 주었던 은호의 이모가 두 사람을 보며 빙그레 웃고 있었다.

"잘 잤어요? 한숨도 못 잔 것 같긴 하지만……."

이모의 말에 우재가 아무런 대답도 못 하고 은호를 응시했다. 은호가 살짝 웃으며 속삭였다.

"이모예요. 오랫동안 해외에 계시느라, 우리 결혼식에는 못 오셨어요."

그제야 우재가 아차 하는 얼굴로 고개를 꾸벅 숙였다.

"처음 뵙겠습니다. 차우재라고 합니다."

이모는 빙긋 웃으며 고개를 끄덕였다.

"알아요. 언니한테도 얘기 많이 들었고, 은호한테도 얘기 많이 들어서 잘 알아요. 일단 먹으면서 얘기합시다."

우재와 은호는 식탁 앞에 앉았다. 은호를 위해 끓은 미역국 한 그릇과 소박한 밑반찬들이 가득한 식탁.

"유산한 것도, 출산한 거랑 똑같이 몸에 무리가 갔을 거야. 충분히 쉬고, 충분히 조리해야 해."

이모의 말에 은호는 목이 콱 메는 듯 마른침을 삼켰고, 우재는 그런 은호의 손을 식탁 밑으로 꼭 부여잡았다.

"차우재 씨."

이모는 나긋한 음성으로, 그러나 꽤 단호한 얼굴로 우재를 불렀다.

“사실 나는 은호 이모라고 말하기도 뭐한 사람이에요. 어려서부터 사고뭉치에, 언제나 의젓하고 책임감 있는 언니랑 달리 난 내가 하고 싶은 대로 하고 살았거든요. 언제나 내가 친 사고의 수습은 언니…… 그러니까 은호 엄마가 다 해 줬고, 난 지금 이날까지도 천방지축으로 살고 있어요. 결혼도 안 하고, 돈도 없는 주제에 다른 나라 여기저기 돌아다니면서 선교하고, 봉사하고. 그냥 내 만족을 위해 내 인생을 살아온 사람이거든요. 그래서 조카가 결혼을 한다고 했을 때도, 형부에게 일이 생겼을 때도, 심지어 언니가 죽을병에 걸려 힘들어한다는 말을 들었을 때도 남 일처럼 듣기만 했어요.”

“이모…….”

말은 이렇게 해도 언제나 가장 힘든 순간, 자신에게 힘이 되어 준 이모이기에 은호는 고개를 저었다.

“그래서 내가 이렇게 조카사위한테 뭐라 말할 자격이 있나 싶기도 하지만, 그래도 차우재 씨보다 인생을 아주 조금 더 산 사람으로서 말한다고 생각해 줘요.”

말랐지만 강단 있는 그녀는 온화한 얼굴로 우재를 응시했다.

“우리 은호 사랑해서 결혼한 거 아니라는 거 알아요.”

은호는 아마도 지호가 모든 걸 말했을지도 모른다고 생각했다. 지호는 여전히 은호가 자신과 엄마를 위해 희생해 결혼했다고 생각하니 말이다.

“그래서 처음에 은호 결혼 이야기 들었을 땐, 한숨만 나왔죠. 돈 많고 힘 많은 차우재 씨가, 우리 착한 은호 이용하고 가차 없이 내치는 건 아닐까. 그래서 결국 우리 은호 또 한번 상처받는 건 아닐까. 그럼 난, 이 아이를 어떻게 위로해야 할까."

"……."

"근데, 여기까지 은호 찾아온 차우재 씨 얼굴, 직접 보는 순간 다 알겠더군요. 차우재 씨가 우리 은호, 정말로 사랑하고 있다는 거."

"이모."

"30년 가까이 전 세계를 떠돌이처럼 떠돌아다니면서 얻은 유일한 능력이에요. 이젠 사람 얼굴만 봐도 진심을 알 수 있죠. 지금 차우재 씨처럼."

이모는 만족스러운 표정으로 두 사람을 응시하며 웃었다.

"유산을 할 만큼 충격적인 사건이, 두 사람 사이에 있었던 것 같은데. 그게 뭔진 몰라도 오히려 그 일이 두 사람 마음을 더 뜨겁게 해 주지 않을까, 뭐 그런 생각도 들고요."

"믿어 주셔서 감사합니다."

우재는 마음속 깊은 곳에서 우러나는 인사를 건넸다. 맞잡은 은호의 손가락이 꿈틀거렸다.

"하나만 부탁할게요. 우리 은호, 끝까지 사랑해 줘요."

그녀의 말에 우재는 묵직하게 대답했다.

"네. 물론입니다."

우재가 답을 하자 그녀가 웃으며 은호를 응시했다.

"시집 잘 갔네, 우리 조카."

"이모……."

"얼른 먹자. 다 식겠다."

* * *

당장 우재와 은호를 불러오라는 회장의 말에, 김 비서는 아무런 대답도 못 하고 우물쭈물 서 있었다.

"내 말 못 들었나? 뭐 하고 섰어? 어서 가서 당장 두 사람 데려오라니까?"

차명진 회장의 목소리가 높아져 갔다. 김 비서는 곤란하다는 듯 얼굴을 찌푸리며 한숨을 내뱉었다.

"김 비서!"

결국 회장이 버럭 화를 냈다.

"회…… 회장님, 저 그게 사실은……."

김 비서의 알 수 없는 표정에 회장의 표정이 급격히 굳어졌다. 또 무슨 일이 있는 게 분명했다.

"그게 저……."

"빨리 말해!"

"유은호 씨가 사라졌습니다."

차명진 회장의 눈이 둥그렇게 부풀어 올랐다. 쓰고 있던 안경을 벗어 던지며 그는 김 비서를 향해 얼굴을 찌푸렸다.

"뭐라고?"

"유…… 유은호 씨가 사라져 버렸……습니다."

김 비서는 말끝을 흐리며 눈을 질끈 감았다. 갈수록 꼬이는 상황에 면목이 없었다.

"새아가가 왜? 어디로 사라졌다는 거야? 앞 뒷말 다 잘라먹고 제대로 말 안 할 건가!"

"그게…… 저…… 사실은……."

"김 비서!"

드르륵. 때마침, 병실 문이 열렸다. 병실 안으로 들어서는 두 사람을 보며 김 비서의 눈동자가 동그랗게 커졌다. 은호와 우재였다.

"찾으셨습니까?"

우재는 은호의 손을 꼭 잡은 채 할아버지 앞으로 다가섰다. 차 회장은 답답한 얼굴로 제 손자를 응시했다. 하고 싶은 말이 차고 넘쳤지만 그 옆에 서 있는 은호 때문에 그는 말을 아끼는 듯 보였다.

"새아가, 미안하지만 우재랑 할 말이 있으니 잠시……."

"할아버지."

여전히 창백한 얼굴이지만, 단단한 눈빛으로 은호가 차 회장을 보며 말했다.

"저 다 알아요. 무슨 말씀 하시려는지."

차 회장의 시선이 우재를 향했다. 그가 눈을 질끈 감으며 머리를 부여잡았다.

"미안하구나……. 내 새아가 너한테 면목이 없다."

"그리고 할아버지."

은호는 입술을 달싹이며 떨리는 목소리로 말을 이었다.

"저희 아이…… 유산했어요."

할아버지의 눈동자가 놀라움으로 커다래졌다. 여전히 불안정한 할아버지에게 또다시 충격을 안겨 주는 건 아닐까 걱정했지만, 은호와 우재는 그저 솔직하게 모든 걸 다 털어놓기로 결심했다. 우재가 은호의 떨리는 손을 꽉 잡았다. 담담하게 말하려 노력했지만 은호의 가슴이 슬픔으로 요동쳤다.

잠시 침묵을 지키던 차 회장이 은호를 향해 손을 뻗었다. 은호는 우재와 잡고 있던 손을 놓고 차 회장의 손을 맞잡았다. 차 회장이 고개를 떨구며 눈을 질끈 감았다.

"수고했다. 그리고…… 미안하고, 또 미안하다, 아가."

무소불위의 차명진 회장이 고개를 숙여 진심으로 사죄를 하고 있었다. 쓸쓸한 그의 목소리에 은호는 애써 웃으며 고개를 저었다. 병실 안은 쓸쓸하고, 또 고요했다.

* * *

은호의 몸이 완전히 회복될 때까지, 두 사람은 일산의 저택에서 머물기로 했다. 유산으로 인해 두 아이들이 누군가의 구설에 오르는 것도, 다른 식구들로부터 스트레스를 받는 것도 걱정스러웠던 회장의 배려였다. 일산의 집은 아주 오래전, 우재의 어머니와 아버지가 잠시 신혼 생활을 즐기던 곳이기도 했다. 물론 지금은 빈집인 상태였지만.

"많이 낡은 집인데…… 괜찮습니까?"

우재가 은호의 표정을 살피며 물었다. 은호는 가볍게 미소를 지으며 고개를 끄덕였다.

"이따가 할아버지께서 강 박사님 보내신다고 했으니까 그때까지 누워서 좀……."

걱정스러운 얼굴로 자신을 보는 우재에게, 은호는 말없이 폭 안기며 허리를 감싸 안았다. 갑작스러운 은호의 포옹. 우재의 손이 허공에 머물다가 곧 그녀의 등을 쓸어내렸다.

"미안해요. 불안하게 해서."

은호가 작은 목소리로 속삭였다. 미안하다는 그 말에 우재는 가슴 깊은 곳에서 무언가 쿡쿡 찔러 오는 통증을 느꼈다.

"유은호 씨."

"알아요. 우재 씨가 지금 나한테 얼마나 미안해하고 있는지…… 우재 씨도 얼마나 당황스럽고 기가 막힌 상황인지. 그러면서도 내 상처가 더 아픈 것 같아서 외면하고 도망치려고 했던 것 같아요. 미안해요."

은호가 까치발을 들어 우재의 입술에 쪽, 입을 맞췄다. 짧게 닿았다 떨어진 은호의 감촉에 우재는 가슴이 먹먹해졌다.

"우재 씨 말대로 같이 해요, 이제 전부 다. 우리, 부부잖아요."

예쁘게 웃는 은호를 보며 우재는 고개를 가만히 끄덕였다. 이토록 자신을 온전히 믿어 주는 은호가 너무나 고맙고 사랑스러웠다.

우재는 은호를 안고 침실에 누였다. 잠이 들 때까지 그녀 곁에 앉아 조용히 머리를 쓰다듬으며 은호를 바라보고 또 바라보았다. 조용한 정적, 부드러운 공기 속에서 그녀는 편안히 깊은 잠에 빠져들고 있었다.

Rrrrrr.

우재의 휴대폰이 울렸다. 김 비서였다. 우재는 잠든 은호의 얼굴을 살피며 황급히 집을 나섰다.

"어쩌실 생각이세요?"

김 비서가 아이의 머리카락이 든 봉지를 건네며 걱정스럽게 물었다.

"하나 묻겠습니다."

"혹시나 내가 김 비서한테 지난번 검사 부탁드렸을 때, 그때 다른 사람한테 이 일 이야기한 적 있습니까?"

"네?"

우재의 경직된 목소리에 김 비서가 말끝을 흐렸다. 말을 하려고 한 건 아니지만, 친한 친구와 병원에서 통화를 하며 이 일에 대해 떠든 사실은 있었다.

"있나 보군요."

당황하는 김 비서의 얼굴을 보며 우재가 예상했다는 듯 고개를 끄덕였다.

"그럼 오늘은, 누구한테 말했습니까?"

"아뇨, 아뇨. 오늘은 급하게 뛰어오느라 누구한테 말할……."

"그럼 됐습니다. 가보시죠."

"본부장님."

"김 비서님을 의심하는 게 아닙니다. 그냥 뭐든, 확실히 하는 게 좋을 것 같아서요. 워낙 일이 정신이 없이 흘러가다 보니, 저도 좀 정신없이 부탁을 드린 것 같군요."

하기야. 지난 며칠간은, 모든 일에 철두철미한 차우재답지 않은 모습이긴 했다. 어딘가 넋이 나가고 얼이 나간 듯한 얼굴. 그런데 이제야 우재의 표정이 돌아오고 있었다. 차갑고 냉철하지만 빛나는 그의 눈동자가 그가 '차우재'임을 증명하려는 듯했다.

"부탁드린 김에, 하나 더 부탁드리겠습니다."

"……."

"이세정. 그리고 그 아이에게 사람 좀 붙여 주세요."

"네……?"

지금껏 단 한 번도 불법적인 일을, 그리고 이토록 의문스러운 일을 시킨 적 없던 우재이기에 김 비서는 조금 의아한 표정을 지었다.

“어떤 걸…… 알고 싶으신 건지…….”

“그냥요. 그냥, 뭘 하고 다니고, 누굴 만나고, 어떻게 지내는지. 사소한 것 하나까지도 그냥 다 알려 주시면 됩니다.”

우재의 말에 김 비서는 고개를 끄덕였다.

“알겠습니다.”

우재와 같은 명령을 내렸던 차 회장의 말을 떠올리면서.

* * *

꿈을 꾸었다. 꿈속에서, 아이를 만났다. 아직 얼굴도 보지 못한 아이가 환하게 웃으며 자신을 향해 손을 뻗기에 은호는 그 손을 잡으려 했다. 그러나 그 순간, 주위가 암흑으로 변하며 아이는 사라지고 없었다. 홀로 남은 그곳에서 은호는 한 번도 경험해 보지 못한 두려움을 느꼈다.

“은호 씨, 유은호 씨……!”

땀을 뻘뻘 흘리며 신음을 흘리고 있는 은호. 우재는 걱정스러운 얼굴로 은호를 흔들어 깨웠다. 강 박사가 꽂아 주고 간 링거가 은호의 손등에 연결되어 힘없이 흔들렸다.

“괜찮습니까?”

간신히 은호가 눈꺼풀을 떠올리자 우재는 그녀의 손을 꽉 잡으며 몇 번이고 되물었다. 그제야 모든 것이 꿈이었음을 알아 버린 은호가 가만히 고개를 끄덕였다.

"나쁜 꿈을…… 꿨어요."

"강 박사님, 부를까요? 어디 안 좋은 데가……."

"괜찮아요. 그냥 무서운 꿈을 꿔서 그래요."

걱정스러워하는 우재에게 은호는 별것 아니라는 듯 희미한 미소를 지으며 대답했다.

"안아 줄래요?"

은호가 제 옆자리를 가리키며 물었고, 우재는 망설임 없이 그녀 옆자리에 몸을 뉘었다. 그러곤 은호의 젖은 몸을 꼭 끌어안으며 그녀를 안심시키기 위해 노력했다.

"우재 씨."

"네……."

"우재 씨 아이…… 솔이……."

은호의 입에서 흘러나온 아이의 이름에 우재는 마른침을 삼켰다.

"솔이가 정말 우재 씨 아이가 맞다면…… 아이를 외면할 수는 없을 것 같아요."

"유은호 씨."

우재가 은호의 얼굴을 내려다보며 그녀를 불렀다. 무슨 이런 아픈 말을 아무렇지도 않게 하는지, 은호는 씁쓸하게 웃었다.

"그래야 우리 아이한테도……."

은호의 목소리가 멈칫, 하고야 말았다.

"네. 유은호 씨 말대로, 진짜 그 아이가 내 아이가 맞다면 외면하지는 않을 생각입니다. 충분히 행복하게 자랄 수 있도록 최대한 모든 지원을 할 겁니다."

"잘 생각했어요."
은호는 저도 모르게 마음을 추스르고 있었던 것이다. 자신을 만나기도 한참 전에 생겨 버린 아이. 그리고 사랑하는 남자의 핏줄. 비록 솔이가 자신의 아이는 아니지만 아무에게도 상처를 주고 싶지 않은 은호였다.
"그렇다 해도, 나와 유은호 씨 사이에 그 아이를 두진 않을 겁니다."
우재의 말투는 단호했다.
"존재도 모르는 아이였고, 원치도 않았던 아이입니다. 행동에 대한 책임은 지겠지만, 그 책임 때문에 유은호 씨를 아프게 하거나 상처받게 만들진 않을 거라는 말입니다."
"……."
"물론, 그것도 정말 그 아이가 내 아이일 때의 이야기지만 말입니다."
의미심장한 목소리에 은호가 미간을 찡긋거렸다.
"무슨 뜻이에요? 내 아이일 때의 이야기라니?"
땀에 젖은 머리칼이 스르륵, 볼을 타고 흘러내렸다.
"세정이에게 사람을 좀 붙였습니다. 새어머니와 세정이가 꽤나 자주 만나고, 이야기를 나눈다고 합니다."
"무슨……."
"세정이 혼자 결정해서 한국으로 돌아온 것 같지는 않다는 말입니다."
"네……?"
"새어머니와 세정이, 우리 결혼을 처음 인터뷰했던 기자에게 자꾸 접촉해서 뭔가를 캐내려는 것 같기도 하고요."
"우재 씨."
"단 한 번, 얼렁뚱땅 마친 유전자 검사 결과. 그걸 믿기엔 너무 의아하고 이해할 수 없는 점들이 많습니다."
"그럼……."
"네. 몇 번이고 재검사해야죠. 그 아이가 내 아이라는 확신이 설 때까지."
우재는 은호의 손등을 매만지며 다시 그녀의 몸을 안았다.
"조금 더 자요. 악몽 안 꾸도록, 잠들 때까지 내가 옆에 있겠습니다."
우재의 부드러운 목소리에 은호의 눈꼬리에서 똑, 하고 작은 눈물방울이 흘러내렸다.
"우재 씨, 나, 안아 줄래요?"
이미 우재의 손은 은호의 몸을 꼭 끌어안은 상태였다. 그녀의 말뜻을 알아듣지 못한 우재가 머뭇거리자 은호가 망설임 없이 우재의 입술에 키스를 하기 시작했다.
"느끼고 싶어요, 우재 씨 따뜻한 체온."
입술 새로 작게 새어 나오는 뜨거운 숨결. 은호의 진심 어린 목소리에, 이번엔 우재가 은호의 입술을 거칠게 덮쳤다. 뜨거운 혀가 은호의 입속으로 말려 들어왔다. 고른 치열을 훑고, 부드러운 잇몸과 말캉한 혀를 휘감으며 그녀의 입속 구석구석을 핥고 또 핥았다. 그의 뜨거운 손은 어느새 은호의 얇은 슬립 위를 매만지고 있었다.
"하……."

한참의 키스 후, 우재의 몸이 은호를 완전히 누이고 그 위로 조심스레 올랐다. 우재는 은호의 손등에 꽂힌 링거를 응시하며 나지막이 물었다.

"안 아프겠습니까……? 유은호 씨 아직……."

"네. 우재 씨가 안아 주면…… 나…… 다 나을 수 있을 것 같아요."

은호는 우재의 뺨에 제 작은 손을 올리며 미소 지었다.

"나, 상관없어요. 우재 씨가 나 만나기 전에 어떤 사람이었든, 어떤 일을 겪었든. 설령 솔이 그 아이가 우재 씨 아이라고 해도. 나 괜찮을 수 있을 것 같아요."

예쁘게 웃는 은호의 얼굴을 보며, 우재는 허리를 굽혀 다시금 은호의 입술에 깊게 키스를 시작했다. 달큼하고 부드러운 느낌이 두 사람을 사로잡았다. 모든 시간과 공간이 멈춰 버린 듯, 지금 이 순간 둘은 서로의 입술에 집중했다.

* * *

오랜만의 행위에 은호가 놀란 표정으로 허리를 휘자 곧바로 우재는 그녀의 목덜미에 키스를 퍼부었다. 혹여나 은호가 아픔을 느끼지는 않을지, 걱정스럽고 또 걱정스러웠지만 그 걱정이 무색하게도 우재의 욕정은 뜨겁게 불타오르고 있었다.

"아프면 말해요. 아프면 그만……."

"아뇨…… 안 아파요. 좋아서…… 좋아서 그래요. 그러니까 계속 안아 줘요."

은호도 마찬가지였다. 우재의 손길이 닿는 몸 구석구석이 타오를 뜻 뜨거웠다. 우재의 몸이 천천히 안으로 밀려들었다. 맞잡은 두 사람의 손바닥도 땀으로 흥건하게 젖어갔다. 은호의 입술에서 계속해 야릇한 소리가 흘러나오자, 우재도 점점 더 흥분이 고조되었다.

"하…… 미안합니다. 내가 너무 흥분해서……."

오늘따라 더욱더 조심스러운 우재의 모습에, 기어코 은호의 웃음이 터져 버리고 말았다. 그녀는 고개를 저었다.

"흥분해서 그런 거예요. 너무 좋아서. 아프면 아프다고 얘기할 테니까…… 멈추지 말아요, 네?"

살짝 붉어진 얼굴로 우재에게 말을 하는 은호. 그는 더 이상 참지 못하겠는지, 살짝 일어난 은호의 허리를 바짝 끌어안았다. 은호의 손가락이 파르르 떨리며 우재의 굵은 팔을 꽉 움켜쥐었다. 은호는 눈앞이 하얗게 변하는 것 같았다. 동시에 우재의 입술이 자신의 입술을 집어삼킬 듯 덮쳤다. 은호가 받은 숨을 내뱉으며 우재의 몸 위로 쓰러져 내렸다.

우재는 가볍기만 한 그녀를 번쩍 안아 들어 다시 그녀가 편하도록 침대 위에 눕혔다. 땀에 젖은 머리칼에서 똑, 하고 땀방울이 흘러내려 은호의 볼을 타고 흘렀다. 우재의 손가락이 재빠르게 은호의 볼을 문지르듯 닦아 냈다. 은호의 입꼬리가 슬며시 말려 올라갔다.

"나 이제 많이 괜찮아졌어요. 아까 강 박사님도 편히 쉬기만 하면 좋아질 거라고 하셨잖아요. 그러니까 우재 씨 이렇게 전전긍긍, 걱정하지 않아도 돼요. 우재 씨 회사 일로 바쁜데 나까지 보태고 싶지 않아요."
어떻게 걱정을 않을 수 있겠는가. 무엇보다 소중한 사랑의 결실, 너무나도 안타까운 일을 경험한 그녀인데. 우재는 닦아 낸 볼에 쪽 하고 입술을 맞추며 속삭였다.
"회사는 당분간 출근하지 않을 생각입니다. 유은호 씨 완전히 몸 회복할 때까지."
"우재 씨……."
은호가 눈을 동그랗게 뜨며 우재를 올려다보았다. 회사를 출근하지 않겠다니. 이게 차우재에게 있을 수 있는 일이란 말인가. 그녀는 고개를 저었다.
"아뇨, 아니에요. 우재 씨 바쁜 거 내가 아는데, 출근 못 하면……."
"안 바쁩니다."
그러자 우재도 덩달아 고개를 저었다.
"나한테 유은호 씨 일보다 급한 일은 없습니다."
"우재 씨."
은호는 여전히 의아스러운 얼굴로 우재를 응시했다. 아니, 그 눈빛은 걱정에 가까웠다.
"우재 씨한테 회사 일이 얼마나 중요하고 소중한지 잘 알아요. 그러니까 나 때문에 괜히 그럴 필요……."
"아니요. 유은호 씨 때문 아닙니다. 나 때문입니다. 내가 유은호 씨 걱정이 돼서 견딜 수가 없어서 그러는 겁니다."
우재는 은호의 머리칼을 쓸어 넘기며 속삭였다.
"그러니까 나, 유은호 씨 옆에 있게 해 주십시오."

* * *

"괘씸한 것!"

먼저 말문을 튼 건 차 회장이었다. 회장이 자신을 불렀을 때, 우재도 대략 짐작은 하고 있었다. 자신이 방금 전 받아 본 결과와 같은 결과를 할아버지도 보았을 것이라는 걸. 자신의 비서인 김 비서가, 차 회장의 사람이라는 걸 가장 잘 알고 있는 우재였다. 그래서 일부러, 자신이 직접 할 수도 있는 일을 김 비서를 통해 한 것이었다. 우재는 자연스럽게 모든 정보를 차 회장과 공유하고 싶었다.

"어디서 이런 말도 안 되는 거짓말을……!"

차 회장은 결과지를 꽉 움켜쥐며 구겨 버렸다. 정말로 진노한 듯, 그의 얼굴이 붉으락푸르락 달아올랐다.

"천벌을 받을 놈 같으니라고!"

우재는 혹여나 또다시 불행한 일이 생길까 싶어, 문밖에 강 박사를 대기시켜 놓고 오는 길이었다. 차 회장이 구겨진 종이를 우재에게 내밀었다. 솔이와 우재의 유전자가 전혀 다르다는 내용의 검사 결과지. 결과지는 한 장이 아니었다. 검사 업체도, 병원도 다 다른 대여섯 장의 결과지였다. 우재는 다시 한번 내용을 내려다보며, 가만히 말을 아꼈다.

"어디 감히 나랑 재이그룹을 속일 수 있다고 생각한 건지 모르겠구나!"

"할아버지."

"아무래도 세정이 행동이 의심스러워서. 아니지, 아무래도 네가 그런 무책임한 짓을 할 리가 없는 놈이지 않니!"

"……."

"그래서 내 다시 여기저기 의뢰를 했다. 너, 대체 처음에 어디서 어떻게 검사를 받은 게냐?"

할아버지의 말에 우재는 가만히 고개를 떨구었다. 그러고 보면 처음 그 잘못된 결과 때문에 이 모든 일이 벌어졌다고 해도 과언은 아니었다. 그 잘못된 사실을 진실로 받아들였던 그 순간, 이 모든 끔찍한 일이 시작된 것이었으니까.

우재는 눈을 질끈 감았다. 당황스러움에, 혼란스러움에 가려졌던 진실. 그 거짓에 상처받은 사람이 너무나 많았다. 역시나 그중 가장 마음 아픈 것은 은호였다.

"처음부터 이런 일이 있었으면 이 할아비한테 상의를 했어야지!"

"죄송합니다, 할아버지."

우재는 고개를 꾸벅 숙였다.

지금껏 아무도 믿지 않았던, 스스로만을 확신했던 차우재의 처음이자 마지막 실수였다.

"새아가 몸은, 좀 나아졌니?"

한숨을 내쉬던 차 회장이 은호의 안부를 물었고, 우재는 그저 가볍게 괜찮다고 답을 했다.

"후. 이제 어쩔 셈이냐. 나랑 너 그리고 우리 재이를 농락한 이세정, 어떻게 할 생각이야? 나는 도무지 용서할 수가 없구나! 감히 나를 속이고도 무사히 제가 원하는 걸 얻어낼 수 있다고 생각한 이 괘씸한 아이, 용서할 수가 없다! 게다가 그 때문에 새아가가…… 아이를……! 하……! 천인공노할 인간 같으니!"

차 회장은 말하면서도 기가 막힌 지 말을 채 잇지 못하고 눈을 질끈 감았다. 이 때문에 일어난 모든 상황이 믿어지지 않는 듯했다.

"할아버지."

우재는 착잡한 심정으로 할아버지를 불렀다.

"당분간은, 아무것도 모르는 걸로 해 주십시오."

"뭐?"

차 회장의 얼굴이 꿈틀거렸다.

"세정이 혼자 이 무서운 일을 했다고 생각하지 않습니다."

"뭐라고?"

"처음 제가 유전자 검사를 의뢰했을 때 조작된 결과지가 왔죠. 아무리 세정이가 악랄하다고 해도, 그렇게까지 악랄하지는 않습니다. 혼자서 할 수 있는 일도 아니고요."

"짚이는 데가 있는 모양이로구나."

"당분간 모르는 척, 지켜볼 생각입니다. 할아버지께서 허락만 해 주신다면, 김 비서를 통해서 조금 더 깊숙이 어떻게 된 일인지 알아보고 싶은데……."

차 회장은 고개를 끄덕였다. 물론 아무렇지 않은 척했지만 김 비서의 일을 자신에게 말하는 우재의 이야기에 차 회장은 다시 한번 제 손자에게 놀라고 있었다. 할아버지가 일부러 김 비서를 자신에게 심어 놓았음을, 김 비서가 차 회장의 사람임을 이미 알고 있는 우재에게 놀라는 것이었다. 어느 정도 눈치를 채고는 있을 거라 생각했지만 이토록 강단 있게 자신에게 도움을 요청해 오는 우재의 모습도 그는 놀라웠다. 누군가에게 도와 달라 말하는 법이 없는 차우재였다. 심지어 아버지에게도, 할아버지인 자신에게도 절대 도움을 요청하거나 그들의 힘을 이용하지 않았다.
"그래."
그런 우재임을 알기에 차 회장은 모든 걸 손자에게 맡겨 보기로 결심했다. 그는 이 혼란스러운 상황을 분명 우재가 잘 해결해 낼 수 있을 것이라 믿었다.
"지켜보자꾸나. 진짜 목적이 뭔지."

* * *

도대체 왜 세정이 자신에게 거짓말을 한 걸까. 자신의 아이도 아닌 아이를 데리고 다시 나타나, 어쩌자고 이런 말도 안 되는 거짓말을 한 걸까. 우재가 아는 이세정은, 사람으로서 최소한의 도리와 부끄러움을 아는 상식이 있는 사람이었다. 7년 만에 그녀가 이렇게 바뀌어 버린 이유. 그게 대체 뭘까. 그게 뭐길래 과거의 짧은 추억마저도 이토록 빛바래게 만들어 버리는 걸까.
세정이 오기를 기다리며, 우재는 휴대폰 액정을 뚫어져라 응시했다. 아이와 자신이 친자 관계일 확률은 0.00024%라는 결과 요약이었다. 이토록 금세 탄로 날 거짓을, 왜 세정은 목숨을 걸어가며 뻔뻔히 늘어놓은 걸까.
우재는 눈을 질끈 감았다. 그 가벼운 거짓말 한마디에 모든 게 엉망이 되어 버린 지금 이 상황이 너무나 화가 났다. 그 거짓말 한마디로 누구보다 아픈 상처를 입은 은호에게 너무나 미안하고 면목이 없어서 그는 도무지 참을 수가 없었다.

"오빠!"

세정은 반가운 표정으로 우재를 향해 뛰어왔다. 어쩐 일인지 솔이와 함께가 아닌 혼자 온 모양이었다.

"많이 기다렸지. 솔이, 영어 선생님 좀 만나느라……."

"앉아."

구구절절 늦은 이유를 늘어놓으려는 세정에게 우재는 차가운 목소리로 명령했다. 민망해진 세정이 어색하게 고개를 끄덕이며 우재와 마주 앉았다.

"뭐 마실래. 커피? 주스……?"

"전화로 했던 말, 무슨 뜻이지?"

무 자르듯 세정의 말을 잘라버리고, 본론을 묻는 우재의 날카로운 목소리. 세정은 마른침을 삼키며 애써 웃어 보였다.

"말 그대로야. 나랑 오빠 그리고 유은호 씨를 위해서라도 빨리 오빠가 이 상황을 받아들여 줬음 한다는 거."

그녀의 대답에 우재의 미간이 일그러졌다.

"우리 솔이, 상처 많은 아이고 더 이상 아이한테 나 상처 주고 싶지 않아. 유은호 씨도 마찬가지일 거라고 생각하고. 그러니까 오빠가 모든 걸 다 정리하고, 나랑 솔이 더 기다리지 않게 했음 좋겠어."

더 이상 우재의 마음이 자신에게 없다는 것을, 세정도 모르지 않았다. 그러므로 시간이 흐르면 흐를수록, 모든 게 다 자신에게 불리해질 것임을, 그녀는 잘 알고 있었다.

"내가 좀 더 기다리라고 하면? 지금 네 말투, 굉장히 협박처럼 들리는데. 내 착각인가?"

우재가 차갑게 되묻자, 세정은 망설이듯 고개를 끄덕였다.

"응. 협박이야. 나 좀 봐 달라고. 나 이렇게까지 오빠를 아직도 사랑해. 그러니까 나랑 우리 솔이 좀……."

"새어머니가 네 귀국, 많이 도운 것 같던데. 두 사람이 언제부터 그렇게 친했지?"

갑작스레 흘러나온 희옥의 이야기에 세정은 움찔했다.

"아니다. 7년 전엔 오히려 새어머니는 너랑 나 교제하는 것조차 못마땅해 하셨는데. 기억나?"

예상치 못한 우재의 질문에 세정은 망설이듯 입술을 달싹였다.

"새어머니랑 너. 대체 무슨 꿍꿍이야?"

"오빠……."

아마도 세정의 입에서 대답이 나올 때까지 우재는 그녀를 포기하지 않을 것이다. 누구보다 집요하게 물고 늘어지는 우재를 잘 알기에 세정은 잠시 마음을 가라앉혔다. 어차피 자신이 꺼내지 않으면 희옥이 꺼낼 이야기이기에 그녀는 자신이 조금이라도 우재를 먼저 설득할 수 있기를 바라며 입을 열었다.

"나 다 알아."

"뭘?"

"은호 씨랑 오빠 결혼."

설마설마했던 이야기가 흘러나올 것 같은 예감에 우재는 세정을 뚫어져라 응시했다.

"다 들었어."

"그러게, 뭘?"

"두 사람, 사랑해서 결혼한 거 아니라고."
"하."
세정의 말에 우재가 헛웃음을 지으며 피식 고개를 돌려 버렸다. 자신을 조롱하고, 무시하는 듯한 우재의 반응과 표정. 세정은 두 손을 꾹 움켜쥐며 입술을 깨물었다. 초라하고 또, 초라한 기분에도 그녀는 멈추지 못 했다. 지금 그녀는 차우재를 되찾을 생각뿐이었다.
"오빠 결혼 간절히 원하시는 할아버지 때문에, 두 사람 억지로 사랑도 없이……."
"누가 그러는데?"
우재의 표정이 다시 싸늘하게 굳어지며 그녀를 향했다.
"계약 결혼."
세정의 입에서 기어코 그 말이 나왔을 때, 우재는 심장이 쿵 하고 아래로 떨어져 내리는 듯했지만 애써 태연한 척 아무런 표정 변화도 없이 그녀를 노려볼 뿐이었다.
"오빠는 유은호 씨 사정 어려운 거 해결해 주고, 유은호 씨는 오빠랑 결혼해서 무난히 재이그룹 후계자 될 수 있도록 돕는 거. 그게 두 사람 계약 조건 아니었어?"
"재밌네."
우재는 애써 태연한 표정, 포커페이스의 얼굴로 차갑게 고개를 끄덕였다.
"무슨 대단한 얘기를 할지 기대한 것치곤, 좀 시시하지만."
"아닌 척하지 마. 다 알고 하는 얘기니까."
"너야말로 아는 척하지 마. 계약 결혼? 그 말도 안 되는 이야기하려고 나 불러냈어?"

"오빠."

"잘 들어, 이세정. 아이 핑계로, 아이 볼모 삼아서 새어머니랑 함께 재이 뒤흔들어 보려고 하지 마. 그러면 내가 아니라 회장님께서 먼저 너 가만 안 두고 보실 테니까."

"……."

"이렇게까지 해서 네가 얻는 게 뭐야? 아이, 회장님께서 끝까지 책임지신다 약속했고, 나도 그러겠다고 약속할 수 있어. 네가 이 판을 깨지만 않는다면 네 요구, 그게 뭐든 다 받아들일 준비가 됐다는 뜻이야."

"몇 번을 말해! 난 오빠를……!"

"나도 몇 번이고 말했어. 내 마음, 유은호 씨 하나로 꽉 차 있다고. 너 따위 생각할 겨를 없다고."

우재의 잔인한 대꾸에, 세정의 얼굴이 금방이라도 울 것처럼 바들거렸다. 너 따위. 너 따위라니. 세정은 귀로 듣고도 믿을 수 없는 우재의 차가운 목소리가 악몽 같기만 했다.

"이 말 같지도 않은 헛소리를 다 들어 줄 만큼 나, 너한테 많이 참아 줬다고 생각하는데."

우재는 이제야 세정과 새어머니의 계획을 알 것 같았다. 아이를 볼모로 우재를 흔들고, 은호와의 계약 결혼 이야기를 퍼뜨려 재이 전체를 뒤집어 흔들려는 계획. 이 악랄한 계획에 우재는 진절머리가 날 지경이었다.

"확실히 해 두자. 이 모든 제안, 거부한 건 너. 이세정 너야."

우재는 더는 대화를 할 가치도 없다는 듯 자리에서 벌떡 일어났다.

"협박이라니까, 제대로 협박하는 얘기 듣고 가!"

그러다 악에 받친 듯 세정이 덩달아 벌떡 일어서며 소리를 내질렀다. 그녀의 붉어진 얼굴이 파르르 떨리고 있었다.

"나도 마지막 경고야. 제대로 나랑 우리 아이, 솔이한테 사과해! 그리고 유은호 씨 더 이상 괴롭히지 말고 놔줘. 그렇지 않으면 유은호 씨도 더 험한 꼴 겪게 될 거니까."

"무슨 뜻이야?"

"그 기자랑 얘기 끝냈어. 오빠가 계속 이런 식으로 나랑 우리 아이 모욕 준다면 나도 가만있지 않겠다는 뜻이야. 오빠랑 유은호. 계약 결혼, 세상에 알려져도 상관없다면 좋을 대로 해. 친자식 모르는 척하고, 한 여자 인생 망친 패륜 그룹 재이의 후계자가 돼도 좋다면……."

쿵! 우재의 주먹이 테이블을 거세게 내리쳤다. 그 덕에 테이블 다리 한쪽이 요란한 소리를 내며 우지끈 부러져 버렸다. 겁에 질린, 아니 악에 받친 세정의 붉은 눈동자가 우재를 향했다.

"그래. 네 마음대로 해."

우재는 낮고 굵은 목소리로 읊조렸다. 그렇게 미련도 없이 사라져 버린 우재의 뒷모습을 응시하며, 세정은 털썩 의자에 쓰러지듯 내려앉았다. 눈을 질끈 감았다. 이제는 정말 파국이라는 걸, 그녀도 잘 알고 있는 듯했다.

* * *

세정을 만나고 돌아온 우재는 착잡한 마음으로 서재 문을 열었다. 당분간 은호와 함께 단둘이, 일산에서 지낸다던 우재가 등장하자 최 팀장이 조금 의아한 표정을 지었지만 우재는 그런 그녀의 모습이 보이지 않는다는 듯 그저 서재 안으로 들어설 뿐이었다.

우재는 서재 가장 안쪽 책장, 숨겨진 그 책상의 고리를 당겨 열었다. 그러자 숨어 있던 작은 금고 하나가 나타났다. 우재는 긴 비밀번호를 누르고, 금고를 열었다. 금고에는 우재가 평소 보물처럼 아끼던 앨범 하나, 그리고 하얀색 서류 봉투가 하나 들어 있었다. 우재는 망설임 없이 서류 봉투를 꺼내 들었다. 계약서. 은호와 처음 결혼 이야기를 하던 날 만들었던 계약서다. 우재는 다시 계약서를 봉투 안으로 밀어 넣었다.

"본부장님, 잠시만요."

그 서류 봉투를 들고, 우재가 집을 급하게 나서려는데 최 팀장이 다급하게 그를 불렀다.

"이거…… 사모님 좋아하시는 음식인데…… 몸 회복하는 데 좋은 음식도 좀 준비했고요."

그녀는 보자기에 쌓인 반찬 통을 우재에게 내밀었다.

"괜찮으시면 제가 가서 회복하시는 동안 도와 드리고 싶지만…… 회장님께서 두 분 외에는 절대 일산 집에 드나들지 말라고 엄명을 하셔서요."

"아…… 네. 그렇군요."

"사모님은…… 괜찮으시죠?"

진심 어린 최 팀장의 걱정에, 우재는 고개를 끄덕였다.

"나이는 어리지만, 속은 깊은 분이에요. 그건 저보다 본부장님이 더 잘 아실 거라고 생각하지만…… 그래도 어쩐지 걱정이 돼서요. 처음엔 저도 사모님께서 솔직하게 마음에 있는 말 다 시원히 하시는 분이라 생각했지만 점점 더 그 깊은 속을 모르겠다는 생각이 드네요. 아픈 거, 상처받은 거 다 감추고 언제나 웃기만 하시는 분이시잖아요."

그녀의 반찬 통을 받아들며 우재가 말을 했다.

"그럼 같이 가시죠. 최 팀장님 같이 가시면, 유은호 씨 많이 반가워할 것 같은데."

따뜻한 목소리였다. 어린 우재부터 지금의 차우재까지 쭉 보아왔던 그녀로서는 생소한 목소리. 누굴 배려하고, 누굴 생각해 주는 차우재가 아니었기에 처음 겪는 차우재의 배려였다. 확실히, 우재는 변해 있었다. 이 모든 게 단언컨대 은호 덕분이라고 생각하며, 그녀는 고개를 끄덕였다.

* * *

"근데 이건 왜……."

낮에 우재의 전화를 받고, 은호는 조금 당황하지 않을 수 없었다. 갑자기 우재가 자신과 쓴 결혼 계약서를 준비해 놓으라고 말했기 때문이었다. 우재에게 준비한 자신의 계약서를 내밀며 은호는 눈을 동그랗게 뜨고 그의 표정을 살폈다. 우재의 손에도 같은 계약서가 들려 있었다. 두 부의 결혼 계약서. 두 사람의 서명이 선명하게 기록된 계약서다.

"갑과 을은 다음의 조항들을 포함한 내용으로 이 결혼 계약에 동의한다. 하나. 갑과 을은 타인에게 이 계약에 관한 비밀을 유지해야 한다. 둘. 갑과 을은 혼인 관계를 유지하기 위한 생활에 최선을 다해야 한다. 셋. 그럼에도 불구하고 갑과 을은 각자의 사생활에 간섭하지 않는다. 넷. 아이는 가능한 한 빨리 가지도록 노력한다. 따라서 을의 배란일에 맞춰 주기적인 성관계를 한다. 단, 갑과 을 중 한 명이 원하지 않을 시에는 강제로 관계를 할 수 없다. 다섯. 서로의 사회적 지위를 생각하여 계약이 유지되는 기간 동안에는 스캔들에 휘말리지 않도록 주의한다. 특히, 외도 등의 사유로 상대방의 명예에 해를 끼쳤다고 판단되면 상대방은 언제든 계약을 파기할 수 있다. 여섯. 갑과 을 중 한 명이 위 모든 사항 중 하나를 어겼을 시, 상대방의 의사에 따라 계약을 파기할 수 있다. 일곱. 갑과 을은 서로 합의에 의해서도 이 계약을 파기할 수 있다. 여덟. 계약 파기 시, 양육권, 위자료 등을 포함한 모든 문제는 을이 원하는 대로 처리한다."

갑작스레 계약서 내용을 쭉 읽어 내려가는 우재의 목소리에 은호는 마른침을 삼켰다. 이 계약서를 잡고 서명하던 일이 엊그제 일 같은데, 너무나 생소하고 낯설게 느껴지는 내용이었다.

"합의에 의해서도 이 계약을 파기할 수 있다."

우재는 은호의 얼굴을 보며 다시 한번 일곱 번째 조항을 읽었다.

"유은호 씨는 어떻습니까? 나는 이 계약, 지금 당장 파기해 버리고 싶은데."

"네……?"

"처음엔 계약으로 시작한 결혼이지만, 지금은 아니니까요. 유은호 씨를 사랑해서 유은호 씨랑 함께 있고 싶고, 이 결혼을 깨고 싶지 않은 겁니다. 그럼 이런 종이 계약서, 아무런 의미도 없으니. 유은호 씨는 어떻게 생각합니까?"

"저도 이 계약이 아무런 의미가 없다고는 생각……."

"그렇군요."

"우…… 우재 씨……!"

은호의 계약서와 자신의 계약서를 겹쳐 든 우재가, 불현듯 라이터 불을 종이 끄트머리에 붙였다. 빨간 불이 종이 끝에서부터 타들어 갔다. 우재는 타들어 가는 계약서들을 장식용 항아리 안에 툭 던져 버렸다. 두 사람의 결혼 계약서는 그렇게 순식간에 까만 잿더미로 변해 버리고 말았다.

"그럼 우리 계약, 이걸로 파기하는 겁니다."

예상치 못한 우재의 행동에 은호의 눈동자엔 여전히 어리둥절함이 가득했다. 자신의 말대로 아무런 의미도 없는 계약서를 갑자기 태워 버리는 이유가 뭘까.

"우재 씨…… 갑자기…… 왜……."

"예상한 대로, 세정이랑 새어머니가 우리 계약을 알아채고 이걸 빌미로 협박을 하려 드는 것 같습니다."

"네?"

우재의 말에 은호의 눈동자가 터질 듯 부풀어 올랐다.

"대…… 대체 왜요? 대체 왜 그렇게까지……."

"그 두 사람, 지금 가지고 싶은 것, 원하는 것 하나만 보고 있습니다."

"하…… 그러면……."

"하고 싶은 대로 어디 해보라고 했어요. 난 두 사람이 말하는 대로 들어주고 협상해 주고 싶은 마음 하나도 없으니까."
"우재 씨! 그래도 그건……."
은호의 걱정 어린 표정에 우재가 와락 그녀를 끌어안았다.

11. 처음 그 순간부터, 사랑

무언가 말을 하려던 은호의 목소리도 점차 잦아들고 있었다. 쿵쿵쿵, 일정하게 뛰는 우재의 심장 소리가 그녀의 불안함을 잠식했다.

"그 아이. 솔이. 유전자 검사를 다시 했습니다."

"우재 씨."

나긋한 목소리와는 달리, 너무나 당황스러운 이야기에 은호가 우재의 품에서 떨어져 나가며 눈을 동그랗게 떴다.

"설마……."

은호의 질문에 답하듯 우재가 고개를 끄덕였다. 기가 막힌 은호의 입에서 바람 빠지는 소리가 터져 나왔다. 거짓말이라니. 이 모든 게 다 거짓말이었다니. 그 거짓말 때문에 아무런 죄도 없는 아이가 흔적도 없이 사라져 버렸다니. 은호의 눈에 눈물방울이 그렁그렁 차올랐다. 억울하고 화나는 마음이 그녀의 가슴속을 지잉, 지잉 울렸다.

"그럼 우리 아이…… 우리 아이 불쌍해서……."

울기 시작하는 은호를 우재는 다시금 꼭 감싸 안았다. 떨리는 그녀의 어깨를 안고 있으려니 우재의 가슴도 찢어지는 듯 아려왔다. 무슨 말을 해야 할지, 무슨 말을 해야 그녀의 슬픔에 조금이나마 위로가 될지. 우재는 오로지 은호의 걱정뿐이었다. 말을 잃은 우재는 한참이나 은호를 안은 채 아무런 말도 하지 못했다. 어떤 말을 해도 그녀의 슬픔을 잠재우고, 그녀에게 용서를 구할 수 있을지 알 수 없었기 때문이었다.

"그럼 이제…… 어떻게 할 거예요?"

한참을 울먹이던 은호가 문득 고개를 들어 젖은 눈으로 우재를 바라보았다. 우재는 은호의 젖은 볼을 엄지손가락으로 닦아 내며 작게 답했다.

"본인들이 저지른 일에 대한 책임, 지게 할 겁니다."

"하……."

은호는 여전히 기막힌 듯 떨리는 한숨을 내뱉었다.

"당분간 모르는 척하고 있을 생각입니다."

"할아버님은요……? 할아버님은……."

"알고 계십니다. 많이 진노하셨고, 흥분하셨지만 제가 부탁드렸습니다. 당분간 모르는 척 지켜봐 달라고."

"하…… 우재 씨……."

"아이를 들이밀어도 꼼짝 않으니, 이번엔 우리 계약 이야기로 협박을 할 생각인 것 같습니다."

"그것도 할아버님 알고 계세요?"

"아니요."

은호의 불안한 입술이 파르르 떨렸다.

"모두 다 밝혀진대도 상관없습니다. 증거도 없는 계약 결혼 얘기보다, 친자가 아닌 아이를 들이밀어 하는 협박에 사람들은 더 관심을 가질 테니까요."

"그래도 그런 이야기라면 재이에 피해가 갈 거고, 할아버지께서도 많이 충격 받으실 거예요."

"유은호 씨."

"우재 씨."

"남들이 뭐라 하건 상관없습니다. 내가 지금 유은호 씨를 사랑하고, 유은호 씨도 나를 사랑한다는 거. 그거 하나만은 확실한 진실이니까요."

은호의 머리칼을 쓰다듬으며, 우재는 불안해하는 그녀를 달래고 또 진정시켰다.

"생각하는 거, 고민하는 거. 이제 같이 하자고 했죠?"

은호가 떨리는 목소리로 우재에게 물었고 우재는 고개를 끄덕였다.

"정말로, 나랑 같이해요. 그거."

"유은호 씨."

"그 사람들, 절대로 용서하고 싶지 않아요. 자기들이 지금 무슨 짓을 저질렀는지, 똑똑히 알게 해 줄 생각이에요. 나도 우리 아기한테…… 더 미안해지고 싶지 않으니까."

완전히 타 재가 된 계약서. 오래된 장식용 항아리 입구에서 뿌연 연기가 한 자락 새어 나오고 있었다. 두 사람의 결혼 계약이 그렇게 파기되었음을 알리려는 듯.

우재는 마저 떨어지는 은호의 눈물을 닦아 내며 그녀의 몸을 안아 올렸다. 그러자 가볍게 우재의 허벅지에 은호의 다리가 감겼다. 은호는 고개를 숙여 우재에게 입을 맞췄다.

우재의 호흡이 점차 더 거칠어졌다. 우는 은호를 위로하려는 듯, 그녀의 텅 빈 마음을 보듬으려는 듯 우재는 그렇게 정성스레 은호의 몸을 애무하고 또 애무했다. 테이블 위에 앉은 은호가 그의 허리에 다리를 감았다.

"하……."

누가 먼저랄 것도 없이 서로의 목덜미와 입술, 그리고 턱선과 얼굴을 핥고 빨았다. 본능에만 충실한 이 순간을 충분히 만끽하려는 듯, 두 사람은 서로의 몸을 위로했다.

"하…… 우재 씨……."

달뜬 목소리로 은호가 우재의 이름을 부르자, 우재는 야릇한 시선으로 그녀를 보았다. 은호는 차가운 테이블 위에 완전히 몸을 맡긴 채 그를 받아들였다. 아마도 우재를 향해 활짝 열린 마음이 강한 쾌감을 동반하는 것 같았다. 두 사람의 몸이 한 방향으로 흔들렸다. 참으로 고요하고도 성스러운 몸짓이었다.

* * *

"일어나셨습니까?"

은호는 제 앞에 서 있는 최 팀장의 모습에 몇 번이고 눈을 비비며 확인했다.

"최 팀장님……?"

"요즘 두 분 늦잠 주무신다고, 본부장님께서 좀 늦게 와 달라고 하셨는데…… 제가 너무 일찍 온 것 같아 죄송스럽네요."

최 팀장의 농담에 은호가 환하게 웃었다. 어느새 은호의 뒤로 우재도 걸어 나오고 있었다.

"오래된 집이라 제가 신경을 써 준비를 했는데…… 역시나 조금 불편한 점이 많은 곳이네요. 죄송해요, 사모님."

"무슨 말씀이세요, 너무 조용하고 아기자기한 곳이라 본가보다 더 좋은 것 같다고 생각하고 있었는데!"

은호가 손을 내저었다.

"몸은 좀 괜찮으세요?"

자연스레 식탁에 앉는 우재와 은호에게 최 팀장은 아침 내내 끓인 삼계탕을 내밀며 물었다. 은호는 웃으며 고개를 끄덕였다.

"걱정 많이 했어요."

"알아요."

두 사람의 이야기를 들으며, 우재는 은호의 앞접시에 커다란 닭다리 하나를 올려 주었다. 생전 처음 보는 우재의 모습에 최 팀장은 기어코 픽 웃음이 터지고야 말았다. 그 시선을 느낀 건지, 우재가 멋쩍은 표정으로 고개를 돌렸다.

"오늘도 계속 집에서 휴식하실 계획이세요?"
최 팀장의 질문에 은호가 살짝 고개를 저었다.
"아뇨, 오늘은 좀 밖에 나갔다 오려고요."
"어딜 갑니까?"
우재가 은호를 보며 말을 가로챘다. 분명 어젯밤 밤새 두런두런 얘기를 할 때는 아무 얘기도 없었는데, 하는 표정이었다.
"엄마 병원에요. 안 가 본 지 너무 오래됐어요. 계속 연락은 했는데…… 그래도 많이 걱정하시는 것 같아서 한번 가 봐야 할 거 같아요. 임신한 것도, 유산한 것도 다 모르고 계시지만."
은호가 씁쓸히 웃었다.
"그럼 나랑 같이 가죠."
"네……?"
"어머니 뵈러, 같이 갑시다."
은호의 눈이 동그래졌다.
"오랜만에 인사드리러."

* * *

"어머니가…… 어떤 꽃을 좋아하십니까?"
어색한 표정으로 우재가 차를 세웠다.
"네?"
차가 멈춰 선 곳은 병원 앞 어느 꽃집.
"장모님께서 꽃 좋아한다고, 유은호 씨가 그렇게 말했던 것 같은데……."

"네. 그렇긴 한데……."

말이 떨어지기가 무섭게 우재가 툭, 차 문을 열고 내렸다. 그러곤 은호가 앉은 조수석 문을 활짝 열어 주었다. 은호의 입가에 미소가 가득 번졌다.

"우리 엄마, 장미 좋아하세요. 당신처럼 초라하지 않고 언제나 화려하게 예쁘다고."

은호의 대답에 우재가 알겠다는 듯 고개를 끄덕였다. 그러고는 쭈뼛쭈뼛, 어색한 발걸음으로 꽃집에 들어가 장미꽃 한 바구니를 주문했다. 은호의 손을 꼭 쥔 채로. 피식피식, 은호는 자꾸만 웃음이 새어 나왔다. 차우재가 이곳까지 따라왔다는 사실도, 제 엄마 마음에 들어 보려 전전긍긍하는 모습도 모두 다 귀엽고 사랑스러웠다.

두 사람이 병실에 들어서자 갑작스러운 딸 내외의 방문에 놀란 은호의 엄마는 벌떡 몸을 일으켰다.

"아…… 아니 연락도 없이……."

"몸은 괜찮으십니까?"

"차 서방 바쁜데 뭐 하러 데리고 왔어, 너는……."

은호를 탓하듯 어머니가 잔뜩 미안한 표정으로 말했다.

"아닙니다, 그동안 제가 자주 찾아뵙지 못해 죄송했습니다."

"찾아와야만 꼭 그게 정성인가? 정작 내 딸은 몇 날 며칠 아무런 연락도 없는데, 차 서방 자네는 꼭 직접 사람 보내 내 상태 확인하고 체크하고……."

어머니의 말에 은호가 우재를 돌아보았다. 지금껏 뒤로 조용히 우재가 제 어머니를 챙기고 있음은 어렴풋하게 알고 있었지만, 이토록 신경을 쓰고 있는지는 정말 몰랐다. 은호의 감동한 눈동자가 우재를 뚫어져라 응시했다.

"아무튼 고맙네, 언제나."

"아닙니다."

"내 딸 사랑해 줘서."

"엄마는…… 왜 자꾸 이 사람만 보면 맨날 울어요."

은호가 엄마에게 휴지를 건네며 타박을 했다.

"그러게. 주책이지. 차 서방이 우리 집 복덩이라 그래."

그녀는 감격스러운 얼굴로 눈물을 닦아 냈다.

"성희한테 얘기 들었어. 두 사람이 며칠 전에 자기한테 와서 인사를 다녀갔다고."

은호의 이모 이야기였다. 아마도 은호의 이모는 제 언니에게 아무런 말도 않은 듯했다. 은호와 우재는 조금 안심한 얼굴로 어머니의 말을 들었다.

"퇴원은…… 언제 가능하대요?"

수술후 거의 완벽히 회복된 상태였다. 의사가 조만간 퇴원이 가능하다는 말도 했었다. 은호는 그 떨리는 질문을 조심스레 던졌고, 엄마는 소녀처럼 웃으며 답했다.

"다음 주말쯤엔 충분히 가능하다는구나."

빨간 장미꽃에 코를 묻으며 웃는 엄마. 은호는 가슴 한구석이 찡하게 아파 와 눈물을 흘렸다. 그토록 기다리고 기다리던 엄마의 퇴원. 늦었지만 이제라도 안정을 되찾은 엄마의 건강이 너무나도 소중했다.

우재의 커다란 손이 은호의 작은 손을 꼭 감싸 쥐었다. 은호의 휘어진 눈동자도 우재를 향했다.

* * *

"너 미쳤어?"

세정이 방으로 들어서자마자 현석이 목소리를 높여 그녀를 몰아붙였다. 그럼에도 그녀의 표정은 정작 태연하고 천연덕스러웠다. 그는 그녀의 기막힌 얼굴에 다시 한번 자신이 보았던 인터넷 뉴스를 확인했다.

[황태자의 계약 결혼?

얼마 전 세기의 사랑으로 일컬어졌던 J그룹의 유력 후계자, C 경영본부장과 Y 씨가 실은 연애결혼이 아닌 계약 결혼을 한 게 아니냐는 의혹이 확산되고 있다…….]

비록 이니셜로 범벅된 찌라시에 가까운 기사였지만, 누가 보아도 이것이 재이그룹의 차우재와 유은호의 이야기를 한다는 것을 모르진 않을 것이다. 기사엔 두 사람의 계약에 관한 이야기는 물론, 우재의 숨겨진 혼외자 이야기까지 거론되고 있었다.

"이거 놔!"

현석이 거세게 세정의 손목을 그러쥐었다.

"엄마가…… 우리 엄마가 이딴 거 하라고 했어?"

"몰라서 물어?"

세정도 앙칼지게 맞서며 그의 손을 뿌리쳤다.

"너…… 너…… 미쳤구나."

현석은 당황스러움에 머리를 쥐어뜯었다. 욕지기도 함께 내뱉으면서.

그는 할아버지 차명진 회장이 얼마나 잔인하고 철두철미한 사람인지 잘 알고 있었다. 아무리 계략에 능한 제 엄마라 해도 이런 말도 안 되는 거짓말은 애당초 오래가지 않을 것임을 본능적으로 인지했다.

"뭘 이렇게 겁내? 따지고 보면 차현석 너랑 나, 공범이야. 네 엄마까지도."

"이세정!"

"네 엄마랑 나. 지금 도박하는 거야. 재이그룹이랑 차우재 상대로."

"당연히! 엄…… 엄마는, 아무것도 모르시니까……. 그 아이가 내 아이라는 거 전혀 모르고 계시니까! 너는 아니잖아!"

현석이 새빨개진 얼굴로 소리를 질렀다. 쩌렁쩌렁 울리는 그의 목소리에도 세정은 눈 하나 깜짝 하지 않았다. 이미 갈 데까지 가버린 그녀의 마음엔 그 어떤 두려움도 남아 있지 않았다.

"대체 언제까지 할아버지 속일 수 있을 거라 생각해? 차우재가 그렇게 바보인 줄 알아?"

"알아, 다들 곧 눈치챌지도 모르지."

"이세정!"

"그렇게 만만한 사람들이었으면 지금 재이가 이렇게 대단한 그룹으로 성장하지도 않았을 테니까."

"망하려면 너 혼자 망해! 자폭을 하려면 너 혼자 하라고! 대체 왜 나까지……!"

"응. 너라서 그래."

"뭐라고?"

"내 마지막 방어 수단. 그게 차현석 너라서 할 수 있는 짓이라고."

세정은 차가운 미소를 띠며 현석을 노려보았다. 단 한순간이었다. 악마처럼 자신을 꼬드기며 반강제로 자신을 안았던 현석의 욕망. 그 잊고 싶은 욕망의 순간을 세정은 지금도 똑똑히 기억하고 있었다.

본처의 자식이 아니라는 열등감. 현석은 언제나 우재가 가진 모든 것을 열망해 왔다. 간절히 원하고 바라도 결코 그가 가질 수 없었던 차우재의 자리. 아무리 노력하고 바둥거려도 그는 그저 첩의 자식, 차준일의 혼외자라는 타이틀을 지울 수 없었다.

명예, 권력, 돈. 어떤 방면에서도 차우재가 가진 걸 뺏을 수 없었던 그는 늘 좌절할 수밖에 없었다. 그러던 어느 날, 세정과 손을 잡고 나타난 우재의 모습을 보며 그는 결심했다. 차우재에게서 이세정을 빼앗자고. 그게 자신이 차우재에게서 빼앗을 수 있는 유일한 무언가라는 직감을 한 것이었다. 못난 열등감이 한 여자의 인생은 물론이고, 미래의 자신까지도 망쳐 버리게 되리라는 걸 전혀 예상도 하지 못한 채. 어린 날의 차현석은 그저 못난 열등감과 욕망에 젖어 돌이킬 수 없는 실수를 저지르고 말았다.

"뭐……?"

세정의 말에 적잖이 충격을 받은 듯, 현석의 얼굴이 일그러졌다.

"우리 솔이. 차우재의 아이는 아니지만 차현석의 아이인 건 사실이니까."

"이세정……!"

"어찌 됐건 재이그룹 핏줄이라는 건 변하지 않잖아."
"너…… 너 대체 원하는 게 뭐야!"
당황한 현석이 어버버 더듬으며 말했다.
"갑자기…… 왜 이제야 다들 이렇게 내가 원하는 거에 관심들이 많으신지."
현석의 분노에 세정은 조롱하듯 작게 읊조렸다.
"누굴 구걸하는 거지 취급들을 하나."
피식, 씁쓸한 헛웃음을 터뜨리면서.
"신경 끄시죠, 차현석 전략실장님. 이제부터 내가 원하는 건, 내 스스로 얻을 거니까."
세정은 여전히 탐욕 가득한 현석의 눈을 똑바로 노려보며 또박또박 말했다.

* * *

은호는 심각한 표정으로 전화를 받는 우재의 등을 꼭 끌어안았다.
"네, 지금 들어가겠습니다."
할아버지의 전화였다. 이세정, 그녀가 예고하던 기사가 뜬 지 한 시간만의 일이었다. 다행히 김 비서와 홍보실의 재빠른 대처로 기사 원본은 이미 삭제되고 없는 상태였지만 증권가 찌라시를 중심으로 SNS에서는 이미 꽤 공공연한 가십거리로 소비되고 있었다. 벌써 은호와 우재의 핸드폰에는 수많은 기자들의 연락이 빗발쳤다.

"나도 같이 가요."
전화를 끊는 우재를 보며 은호가 작게 속삭였다.
"걱정 말고 유은호 씨는 쉬고 있……."
"뭐든 같이 하기로 했잖아요."
은호가 더욱 꽉 우재의 등을 끌어안았다. 우재는 등 뒤에서 따뜻하게 저를 안아오는 은호의 작은 손을 감싸 쥐고 쓰다듬었다. 그러다 문득 뒤를 돌아 은호의 까만 눈동자를 응시했다.
"난 처음부터 유은호 씨를 사랑해서 결혼한 겁니다."
우재의 말에 은호가 고개를 끄덕였다. 말 맞추는 건 걱정 말라는 듯이.
"누구보다 밝게 웃는 유은호 씨 미소가 좋았습니다."
다시 한번 은호는 고개를 끄덕였다. 우재는 계속해서 말을 이었다.
"천사 같다는 생각을 했고요."
은호는 고개를 끄덕이면서도 어쩐지 진지하기만 한 우재의 눈에서 시선을 떼지 못했다.
"말도 안 되는 수모를 당하고도 전혀 기죽지 않고, 오히려 당당하고 프로페셔널하게 제 할 일을 하는 유은호 씨 모습이 좋았습니다. 예쁘고 또 사랑스러웠습니다. 마치 진흙 속에서 반짝거리며 빛나는 진주 같다고 생각했어요."
"우재 씨……."
그제야 우재의 이 모든 이야기가 말을 맞추기 위한 이야기가 아닌, 진짜 차우재의 진심임을 눈치챘다.
"그래서 생각했습니다. 이 여자라면 결혼을 해도 괜찮겠다고."

“…….”

“내가 얼마나 계산적인 사람인지. 얼마나 철저한 사람인지, 유은호 씨는 잘 알 겁니다. 그런 내가 충동적으로 유은호 씨에게 결혼하자고 말했습니다. 물론 그땐 우연이라고, 그저 스쳐 지날 운명일 뿐이라고. 이 순간을 모면할 계책일 뿐이라고 생각했습니다.”

“우재 씨.”

“그런데 이제 와 생각해 보니까, 나는 그날, 그 순간. 유은호 씨를 발견했던 그 순간부터 유은호 씨를 사랑했던 것 같습니다.”

가슴 뭉클한 우재의 고백에 은호는 웃으며 울었다.

“그러니까 우리는…… 처음 그 순간부터 사랑한 겁니다.”

차우재가 은호를 보며 따뜻한 미소를 지었다. 은호는 그런 우재의 말을 모두 다 알아들었다는 듯 고개를 세차게 끄덕였다.

* * *

우재는 차분한 표정으로 할아버지 앞에 섰다. 할아버지 또한, 회사 홍보실이 들썩일 만큼 큰일이 난 것 치고는 꽤 여유로운 표정이었다.

“그래. 이게 도통 다 무슨 소리인지 모르겠다만, 해결책은 가지고 왔겠지.”

그는 일부러 이 기사의 내용이 사실이냐 묻지 않는 듯했다. 우재는 고개를 끄덕이며 말했다.

“지금 대부분 기사들은 전부 삭제된 상태입니다. 다만 SNS 중심으로 재유통되고 있는 것까지는 달리 막을 방법이 없어서, 더 퍼져 나갈 경우 대책에 대해서는 홍보실과 논의 중에 있습니다. 그리고 언론사 최초 제보자, 누군지 확보했습니다."

"그래?"

차명진 회장은 미간을 찌푸리며 우재를 응시했다.

"누구야. 누가 이런 말도 안 되는 소설을 써서 퍼뜨렸어?!"

회장의 팔에 꽂은 링거병이 이리저리 흔들렸다. 은호는 우재 옆에 가만히 서서, 회장의 눈치를 살폈다. 혹여나 또 그가 충격을 받아 쓰러지기라도 하는 건 아닐지 걱정스러웠다.

"할아버님, 일단 고정하시고…… 우재 씨가 잘 수습하고 있으니 너무 걱정 안 하셔도 될 것 같아요."

"새아가. 이리 오렴."

차명진 회장은 도리어 은호에게 손을 뻗으며 안쓰러운 눈길로 그녀를 응시했다. 은호가 그의 손을 맞잡자 그는 깊은 한숨을 내쉬었다.

"내 너한테 미안한 게 많구나. 우리 집에 와서 고생만 하고, 이렇게 속만 끓이게 했으니…… 내가 사돈댁 볼 면이 없어."

세정의 등장과 솔이의 존재. 그리고 그 때문에 은호가 유산을 하게 된 것에 대해 그는 진심으로 죄스러워 하는 얼굴이었다.

"이 모든 게, 내 부덕의 소치야."

"할아버님, 무슨 말씀을……."

당황한 은호가 아니라며 고개를 저었다.

"알고 있다. 너희 두 사람, 내 고집 때문에 결혼했다는 거."

은호의 눈이 동그래졌다. 우재의 시선도 놀란 듯 차명진 회장을 향했다. 차명진 회장도 모두 다 알고 있었던 것이다. 두 사람이 진짜로 계약 결혼을 한 것이라는 걸.

"회장님."

놀란 우재가 할아버지를 불렀다. 차명진은 씁쓸하게 웃으며 고개를 끄덕였다.

"너희들이 이 욕심 많은 늙은이를 용서해 줬으면 좋겠구나."

우재는 저도 모르게 깊은 한숨을 내쉬었다. 할아버지가 왜 아무것도 모르고 계실 거라 생각했던 걸까. 누구보다도 모든 걸 다 알고 계시는 분이건만. 새어머니도, 이세정도 한 번쯤 의심했던 두 사람의 결혼이었다. 지금 와 따져 생각해 보면, 차명진 회장이 계약 결혼 사실을 모르고 있었다는 게 더 이상한 일이다.

"내가 원망스럽니."

차명진 회장은 은호를 보며 조용히 물었다. 은호는 고개를 절레절레 저었다.

"아니요. 전혀 그렇지 않아요……."

"나를 원망하고, 네 인생 책임지라고 욕을 한다고 해도 괜찮아. 전부 다 내 잘못이고 내 업보이니까. 너에겐 미안하지만, 우재 녀석이 좀 더 사람답게, 행복하게 살았으면 해서 그랬다……. 억지로라도 누군가와 함께 생활을 하고, 살을 부딪고 살다 보면 이 녀석한테도 '진짜 감정'이라는 게 생기겠지 하는 막연한 기대였어. 그런데 우재가 널 처음 데려왔을 때, 네 눈빛을 보고 알았지. 정말 밝고 착한 아이라는 걸. 조금 더 알아보니 너란 아이, 정말 누구보다 예쁜 아이더구나. 그래서 내심 더 기대가 컸는지도 몰라. 너희 두 사람이, 진짜 사랑에 빠지기를…… 날마다 기도하고 또 바랐어. 이건 진심이야. 너희들이 진짜 행복하기를 바랐다는 거 말이다."

"할아버지……."

은호의 눈망울에 그렁그렁 눈물이 차올랐다. 손자를 아끼고 사랑하는 할아버지의 진심이 느껴져서였다. 차명진 회장은 고해성사를 하듯 은호에게 진심으로 사과하고 용서를 구하고 있었다.

"그렇게 널 우재 옆에 끌어 앉혀 놓고는…… 행복하게는커녕 이런 아픔만 주었으니…… 내가 제일 큰 죄인이야. 은호 네가 더 이상 못 참고 떠난다 해도 내가 할 말이 없지. 네가 우리 집에 들어와서 겪은 고생, 아픔들. 내 어떤 식으로든 평생 보상하도록 노력하마."

차 회장은 눈을 질끈 감으며 회한의 눈물을 흘리고 있었다. 이를 지켜보던 우재도, 전혀 예상치 못한 할아버지의 고백에 아무런 말도 없이 그저 침묵을 지킬 뿐이었다.

"할아버님."

은호가 흐르는 눈물을 손등으로 쓰윽 닦아 내며 말했다.

"저희, 이젠 진짜로 서로를 사랑하고 있어요."

은호의 작은 목소리에 차명진 회장이 눈을 번쩍 뜨며 은호를 응시했다.

"맞아요. 처음엔 그냥 계약이었어요. 우재 씨도, 저도 이 순간만 모면하자는 계약이었을 뿐이었어요."

눈에선 아직도 눈물이 똑, 흘러내리고 있었지만 은호는 애써 웃어 보이며 말을 이었다.

"그런데…… 지금은 아니에요. 지금은 우재 씨랑 저. 진심이에요, 할아버님."

절대 흔들리지 않을 것 같아 보였던 차명진 회장의 눈빛이 흔들렸다. 감격으로 가득 벅차오른 눈빛이다.

"진심이냐?"

차명진 회장이 이번엔 우재를 올려다보며 되물었다. 가만히 침묵을 지키던 우재도 고개를 끄덕이며 대답했다.

"네. 이젠 진심으로 유은호 씨를 사랑합니다."

우재의 올곧은 대답에 그의 입가에 미소가 어렸다.

"그러니까 할아버님 이런 말씀 안 하셔도 돼요. 결혼하기로 한 것도, 이렇게 사랑하기로 한 것도, 처음부터 전부 다 저희 선택이었어요."

은호는 예쁘게 웃으며 차명진 회장에게 말했다.

회장은 그제야 고개를 끄덕이며 모든 마음의 짐을 다 내려놓았다.

* * *

"정말 괜찮겠어요?"

차고에 차를 주차하는 우재를 보며 은호가 걱정스러운 듯 물었다. 회사 일이 무언가 바쁘게 돌아가는지, 김 비서에게 벌써 몇 번째 전화가 걸려오고 있었다.

"뭐가 말입니까?"

"회사 일 말이에요. 뭔가 바쁜 일이 많은 것 같은데, 나 괜찮으니까 우재 씨 그냥 출근해서 일하는 게……."

"유은호 씨는 나보다 회사 일이 더 중요합니까?"
주차를 마친 우재가 조금 굳은 얼굴로 은호에게 물었다.
"아뇨, 그런 게 아니라…… 분명히 우재 씨 회사 일 신경 쓰느라 혼란스러울 텐데 나 때문에 괜히 아닌 척할 필요 없다는 뜻이에요."
"네. 회사 일 신경 쓰이는 건 맞습니다."
우재가 순순히 고개를 끄덕이며 은호의 말을 인정했다.
"그럼 난 괜찮으니까……."
"그런데 회사 일보다 유은호 씨가 더 신경이 쓰입니다."
"……."
"그래서 당분간은 유은호 씨 옆에 계속 있을 생각이라고 말했고 말입니다."
은호는 조금 불안한 눈빛으로 우재를 바라보며 작은 한숨을 내쉬었다.
우재가 은호를 향해 손을 뻗었다. 그리고 그녀의 어깨를 스르륵, 따뜻하게 감싸 안았다. 갑작스러운 포옹에 은호의 심장이 콩닥콩닥, 뛰어 댔다. 그와 동시에 꼬르륵, 은호의 배에서 원망스러운 소리도 함께 흘러나왔다. 우재가 몸을 떼어 내며 은호의 얼굴을 살폈다.
"유은호 씨, 배고픕니까?"
은호가 민망한 듯 어색하게 웃으며 고개를 끄덕였다. 그도 그럴 것이, 그놈의 스캔들 기사 때문에 아침부터 지금까지 한 끼도 제대로 먹지 못했다.
"먹고 싶은 거 말해요. 내가 최 팀장한테 전달해 놓……."

"최 팀장님 오늘 하루 휴가 내셨어요. 집에 갑자기 일이 있으시다고."

은호의 말에 우재가 심각한 표정을 지었다.

"그럼, 다시 나가서 레스토랑으로 갈까요?"

"아뇨."

잠시 고민에 빠졌던 은호가 씨익 웃었다.

"그럼……."

"우리 그때 먹었던 김치말이 국수 먹으러 안 갈래요?"

"네?"

그때 먹었던 김치말이 국수라면, 첫 데이트를 할 때 갔던 단골 포장마차를 말하는 듯했다. 갑갑했다던 그때의 은호 말이 떠올라 우재는 조금 불안한 눈빛으로 그녀를 응시했다.

"또…… 갑갑합니까?"

혹여나 자신이 은호에게 무언가 실수를 하고 있는 건 아닐지, 그녀가 또 혼자서 전전긍긍 속앓이를 하고 있는 건 아닌지……. 우재의 의기소침한 질문에 은호는 절레절레 고개를 저었다.

"아뇨. 그냥, 오랜만에 이모 국수가 당겨서요. 우재 씨는 그때 먹은 국수 별로였어요?"

사실 그때 그 국수가 어떤 맛이었는지조차 기억이 잘 나지 않았다. 워낙에 그때의 은호에게 집중을 하고 있었기 때문에.

"아뇨. 맛있었습니다. 유은호 씨 먹고 싶으면, 그리로 가죠."

우재가 망설임 없이 다시 시동 버튼을 누르려 하자, 은호가 고개를 저으며 그의 손을 잡았다.

"차 타지 말고, 우리 걸어갈래요?"

"네?"
"버스 타고, 지하철 타고. 그때처럼 데이트하듯이."
택시도 아닌 버스에, 지하철이라. 우재에겐 생소한 교통수단이었다. 그땐 회사 앞이라 곧장 걸어서만 갔지만 이번엔 그곳까지 버스나 지하철을 타야만 한다.
"그러죠."
그러나 차마 제대로 버스, 지하철을 타본 적 없다는 말을 할 수가 없었던 우재는 태연한 척 고개를 끄덕였다. 은호는 씽긋 웃으며 먼저 차에서 내렸고 우재도 그런 은호를 따라 운전석에서 내렸다. 은호가 강아지처럼 웃으며 다가와 우재의 손을 잡았다. 순간 우재의 심장이 쿵쿵 소리를 내며 빠른 속도로 뛰었다.
"예쁩니다, 유은호 씨."
그러곤 저도 모르게 뱉어 버린 속마음. 우재의 투박한 고백에 은호가 더 환하게 웃었다.
"얼른 가요. 맛있는 거 먹으러."
은호가 멍해진 우재의 손을 살짝 잡아당기며 말했다.

* * *

버스 정류장에 나란히 앉아 버스를 기다리는 두 사람. 은호는 우재와 이런 시간을 즐길 수 있다는 것이 신기한 듯 내내 예쁜 미소를 짓고 있었다. 은호의 미소 덕에 우재도 잠시 모든 걱정을 내려놓고 그녀에게 집중하는 행복한 시간을 보냈다.
"어, 온다."

240번 버스가 다가오자 은호가 벌떡 일어나며 우재의 손을 잡아끌었다. 은호의 손길에 덩달아 일어선 우재는 어색한 표정으로 지갑을 꺼내 들었다. 다행히 은호가 먼저 버스에 오르고, 은호를 따라 우재도 어색하게 신용카드를 단말기에 찍었다.

버스에 오르는 것까지는 무사히 성공. 우재는 어쩐지 진땀을 흘렸다.

버스는 만원이었다. 발 디딜 틈 없이 꽉 찬 버스. 은호는 익숙하게 사람들 사이사이를 잘 헤치고 빈 공간 한구석에 자리를 잡은 뒤 우재에게 손짓을 했다.

우재도 겨우 은호를 따라 그녀 곁에 섰다. 정신없고 복잡한 만원버스가 처음인 우재는 불편한 몸짓으로 주위를 두리번거렸다. 앉을 자리는커녕 은호가 편하게 서 있을 공간도 없는 게 그는 마음에 들지 않았다. 아직 제대로 몸을 회복도 못 한 은호가 불편하게 서 있는 걸 보니 기분이 좋지 않은 것이었다. 택시를 탔다면 편하게 앉혀서 갈 수 있었을 텐데. 그는 무작정 은호가 원하는 것이라 해서 버스 타는 걸 동의했던 자신을 자책했다.

툭. 그때, 누군가 버스 움직임에 밀려 은호의 어깨를 가방으로 밀쳤다. 그 덕에 은호의 몸이 살짝 기우뚱하며 쓰러지자, 놀란 우재가 반사적으로 그녀의 어깨를 감싸 안았다. 우재의 미간이 살짝 일그러지며 가방의 주인을 응시했다.

"우…… 우재 씨."

우재의 표정을 읽었는지 은호가 우재에게 고개를 저었다. 우재는 은호의 제 품으로 바짝 끌어당겨 안았다. 그리고 그녀의 작은 손을 자신의 허리에 올려 주며 속삭였다.

"여기 꽉 잡으십시오."

어쩐지 조금 불쾌한 듯한 우재의 표정. 은호는 고개를 끄덕이며 그를 올려다보았다. 그러자 참고 있던 우재가 살짝 고개를 숙이며, 작은 목소리로 은호에게 물었다.

"안 힘듭니까?"

"우재 씨 힘들어요?"

괜히 익숙지 않은 버스를 타자고 했나. 은호가 우재의 굳은 얼굴을 살피며 되물었다.

"네. 힘듭니다. 유은호 씨 이렇게 휘청거리는 거 보고 있으려니 좀 많이 힘들군요."

끼이익. 급정거와 급출발을 반복하는 버스 덕에 은호의 얇은 몸이 이리저리로 휘청거렸다. 그때마다 우재는 은호의 몸을 꽉 끌어안으며 그녀가 넘어지지 않도록 온 신경을 곤두세웠다.

은호는 문득 슬며시 웃음이 나왔다. 차우재가 자기 때문에 이런 만원 버스를 탔다는 사실도, 버스를 탄 이유가 김치말이 국수를 먹으러 가기 위해서라는 사실도.

"왜 웃습니까?"

잔뜩 긴장해 있었던 버스에서 내리며, 은호는 급기야 웃음이 터져 버렸다.

"그거 알아요? 우재 씨 가끔 이렇게 엄청 귀여운 구석 있는 거."

"네?"

생전 처음 들어 보는 '귀엽다'는 말에 우재가 기막힌 표정을 지었다.

"솔직히 말해 봐요. 우재 씨 버스 처음 타 봤죠?"

은호의 정곡을 찌르는 질문에 우재는 저도 모르게 당황한 표정으로 시선을 피했다. 어색하게 웃으며 다른 곳만 보고 있는 우재의 모습이 귀엽다는 듯 은호는 그의 팔에 매달려 계속해서 질문을 이어 갔다.

"말해 봐요. 네? 처음 맞죠?"

"하…… 처음은 무슨…… 유은호 씨 지금 날 바보 취급 하는데……."

"에이, 딱 보니까 처음이네."

"하, 아니라니까요?"

계속되는 은호의 약 올림에 우재는 벌게진 얼굴로 버럭 했다. 까르르, 그 처음 보는 얼굴이 재밌는지 은호의 입가에 또다시 웃음이 터졌다.

"이러려고 버스 타고 오자고 했습니까?"

속내를 들켜 억울한 우재가 툴툴거렸다.

"네. 나도 우재 씨 만나서 처음 하고 처음 겪는 거 많았잖아요. 전부 다 좋은 경험만은 아니었지만 그래도 행복하고 즐거웠어요. 그래서 우재 씨도 그동안 안 해 봤던 거, 처음 해 보는 것들 경험하게 해 주고 싶었어요. 재미없는 차우재 인생에 작은 돌을 던지는 심정이랄까."

청산유수 같은 은호의 말이었다. 은호는 우재의 팔에 매달리며 예쁘게 웃었고, 결국 우재의 입가에도 미소가 번져 나갔다.

빵! 그때 뒤에서 다가오는 차 한 대가 은호 옆을 위험하게 스쳐 지났다. 놀란 우재가 또다시 본능적으로 은호를 끌어안았다.

"엄마!"

은호가 눈을 동그랗게 뜨고 우재 품에 안겨 그를 올려다보았다. 우재의 표정은 정말 화가 나 있었다. 빠르게 스쳐 지나는 차의 번호판을 외우려는 듯 무서운 눈빛으로 그 차를 노려보았다.

"진짜 위험한 것투성이네……."

혼잣말처럼 중얼거리는 우재의 목소리.

"유은호 씨 나 없었을 때는 대체 어떻게 다녔습니까? 이렇게 위험한데."

우재는 은호를 자리를 안쪽으로 바꿔 세우며 그녀의 어깨를 꼭 감싸 쥔 채 걸었다. 은호도 우재의 이런 과잉보호가 싫지 않은 듯 싱긋 웃었다.

"안되겠습니다. 앞으로 유은호 씨 절대 혼자서는 버스 타지 말고, 이런 좁은 골목도 걷지 않는 게 좋겠습니다."

"네? 픕…… 그런 게 어딨어요."

"여기 있습니다."

"하나도 안 위험해요, 우재 씨가 안절부절못하니까 그렇게 보이는 거지."

"위험합니다. 유은호 씨 내 눈에 안 보이는 거 자체가 위험하다고요, 나한텐."

투덕투덕하는 사이, 두 사람은 어느새 포장마차에 도착했다. 주인 이모는 반가운 표정으로 은호를 맞았고, 그 옆에 멀뚱히 선 우재에게도 반가운 인사를 건넸다.

"그렇게 맛있습니까?"

"네. 우재 씨는 왜 안 먹어요, 얼른 먹어요."

우재는 자기 건 먹지도 않고 은호 먹는 것만 바라보고 있었다.

은호가 이토록 맛있게 먹는 걸 보면서, 이 포장마차 이모를 스카우트해야 하나 진지하게 고민하고 있었기 때문이었다. 최 팀장에게 제안을 넣으라고 해야 할까.

"내 것도 더 먹어요."

우재는 은호의 그릇에 자신의 국수를 덜어 주며 말했다. 그러곤 잘 먹는 은호를 사랑스럽게 응시하며 저도 모르게 그녀의 앞머리를 쓰다듬었다.

"아…… 배불러요."

한참 정신없이 먹던 은호가 이젠 배가 찼는지 배를 두드리며 씨익 웃었다.

"많이 먹었습니까?"

"네. 근데 우재 씨는 많이 못 먹은 것 같은데."

"괜찮습니다. 난 유은호 씨 먹는 거만 봐도 배부르니까."

이렇게나 스윗하고 달콤한 말을 하면서도 이렇게나 잘생길 수 있다니. 은호는 또다시 가슴이 콩닥거림을 자각하며 우재의 손길을 느끼고 있었다.

"맛있긴 한데, 난 유은호 씨가 만들어 줬던 음식이 더 맛있는 것 같습니다."

포장마차를 나서며, 소감을 묻는 은호에게 우재는 이번에도 달달한 멘트를 날렸다. 은호가 씨익 얼굴을 붉히며 그의 팔에 팔짱을 꼈다. 가까이 닿는 은호의 향기가 좋아 우재도 절로 미소가 났다.

"음식 만드는 거. 요리하는 거 정말 좋습니까?"

"네. 사실은, 요리사가 되는 게 꿈이었어요."

우재는 언제나 음식 얘기, 요리 얘기가 나오면 눈을 반짝거리는 은호임을 알고 있었다. 실제로 은호가 한 음식 모두, 까다로운 자신의 입에도 모두 다 맛있었다.

"꿈?"

우재가 되묻자 은호가 아련한 표정으로 고개를 끄덕였다.

"아님, 요리연구가라도 되는 게 꿈이었어요. 내가 만든 음식, 누군가가 맛있게 먹으면서 행복해하는 게 참 좋았어요. 어릴 때부터 아픈 엄마 대신해서 동생이랑 동생 친구들 데려다 맛있는 거 해 먹이고, 또 그 애들이 맛있게 먹는 거 보면 나까지 행복해지는 느낌이었거든요. 아, 누구든 맛있는 음식 앞에서 화낼 사람은 없겠구나…… 뭐 그런 생각도 들었고요. 그래서 꼭 이다음에 어른이 되면 맛있는 음식으로 사람들 행복하게 해 줘야지. 그럼 나도 행복해지겠지."

처음 듣는 은호의 꿈 이야기에 우재의 시선이 진지하게 은호를 향했다.

"그런데 왜…… 포기했습니까. 대학도 식품영양학과 나온 걸로 아는데……."

우재의 질문에 은호가 피식 웃었다.

"으이구, 도련님. 귀하게만 자라셔서 세상 물정을 영 모르시네."

어쩐지 은호의 표정이 씁쓸해 보였다면 그건 착각일까.

"하루 벌어 하루 먹고살기도 힘들었는데, 꿈은 무슨……. 꿈꾼다고 다 이룰 수 있나요. 꿈꾸는 것도 사치였던 때였는데……."

어려운 집안 형편. 아픈 엄마를 위해, 전도유망한 동생의 장래를 위해. 자신의 꿈마저 포기해야 했던 착한 은호의 아픔이 고스란히 전해져, 우재는 목구멍이 따끔거렸다.
"그럼 지금이라도 이루면 되겠군요."
문득 우재가 발걸음을 멈추며 은호를 내려다보았다.
"네?"
은호도 덩달아 걸음을 멈추며 우재를 올려다보았다.
"그땐 가족을 위해서 유은호 씨 꿈을 포기했으니까 이제라도 그 꿈을 이루면 되는 거 아닙니까."
"에이…… 지금 제가 어떻게……."
은호가 말도 안 된다는 듯 피식 웃으며 손을 내저었다.
"지금이라도 뭐 어떻습니까. 그렇게 좋아하고 원하는 일이었으면 그냥 하면 되는 거지."
"에…… 이……."
어두운 골목. 주홍빛 가로등 불만이 두 사람 머리 위를 비추고 있는 작은 골목이었다. 우재의 표정을 살피던 은호가 눈썹을 찡긋거리며 조심스레 다시 입술을 열었다.
"정……말…… 괜찮을까요?"
은호의 소심한 질문에 우재는 고개를 강하게 끄덕였다.
"지금이라도…… 다시 시작하면 내가 좋아하는 일 할 수 있을까요?"
"물론이죠."
은호의 눈동자가 초롱초롱하게 빛났다. 은호의 이런 빛나는 눈동자, 참으로 오랜만이라는 생각에 우재도 덩달아 가슴이 뛰었다.
"내일부터 당장 시작할 수 있게 최 팀장에게 얘기해 놓겠습니다."

은호가 함박웃음을 지으며 우재의 허리를 양손으로 꽉 끌어안았다. 우재는 갑작스레 자신의 품에 안긴 은호의 머리를 부드럽게 쓰다듬으며 저도 모르게 미소를 지었다.

"고마워요, 우재 씨."

은호는, 평생 이룰 수 없는 꿈이라고 생각했던 일을 할 수 있다고 말해 주는 우재가 너무나 고마웠다.

우재와 은호는 골목길을 따라 이야기하며 걷다 보니 어느 작은 놀이터에 도착했다. 어두컴컴해진 놀이터는 가로등 두어 개만이 켜진 상태. 그 어둠을 틈타, 우재가 은호의 손을 살짝 스치듯 잡으려던 그때였다.

"우재 씨, 우재 씨!"

갑자기 은호가 우재의 팔을 다급하게 잡았다. 은호가 가리킨 곳을 따라 시선을 옮기니 놀이터 한구석, 교복을 입은 고등학생들 여러 명이 한 학생을 둘러싸고 괴롭히는 장면이 눈에 들어왔다. 다소 어두웠지만 상황은 분명했다. 여러 명의 아이들 중 한 명이 둘러싸인 아이를 손으로 밀치자 아이는 힘없이 쓰러지듯 바닥에 주저앉았다. 곧 다른 아이들의 발길질이 이어졌다.

"쟤들 지금……."

"여기 위험하니까 빨리 가죠."

우재가 은호의 말을 끊었다. 자신의 일이 아닌 타인의 일에 관심을 가지고 끼어드는 것. 그건 차우재가 가장 싫어하는 일 중 하나였다. 우재는 누군지도 모르는, 처음 보는 사람 일에 끼어들고 싶지 않았다. 특히나 은호와 함께 있는 상황에, 이렇게 위험한 곳에서는 더더욱 그랬다. 그러나 상황 파악이 확실해진 은호는 저도 모르게 인상을 찌푸리며 빠른 걸음으로 그들을 향해 걸었다. 우재가 뭐라 말할 새도 없이, 성큼성큼. 은호의 돌발 행동에 놀란 우재는 손을 뻗어 은호를 붙잡아 세우려 했지만 이미 은호는 학생들을 향해 대뜸 소리를 지른 뒤였다.

"거기! 지금 뭐 하는 거예요?"

은호의 목소리에 무리를 지어 있던 학생들이 은호를 돌아보았다. 교복을 입었다곤 하지만 저보다 덩치가 훨씬 큰 고등학교 남학생들이었다.

"경찰에 신고하기 전에 그만하고 집에 돌아가죠?"

은호가 휴대폰을 내보이며 학생들에게 말했다.

"유은호 씨……!"

우재가 깜짝 놀라 은호의 어깨를 잡으며 그녀를 불렀다.

"학생 괜찮아요?"

은호는 바닥에 넘어져 고개를 숙이고 있는 학생을 향해 물었으나 그는 아무런 대답이 없었다. 넘어진 학생 주변에는 나머지 학생들이 던진 타다 만 담배꽁초가 수북했다. 은호의 미간이 찌푸려졌다.

"저희 그냥 얘기하는 건데요?"

무리 중 한 학생이 은호를 향해 태연한 표정으로 답했다. 마치 아무 일도 없으니 그냥 지나가라는 듯이.

"학생, 얼굴 좀 들어 봐요."

그러나 은호는 아랑곳하지 않고 넘어진 학생에게 계속 말을 걸었다. 넘어진 아이는 은호에게 자신의 상처를 보여 주지 않겠다는 양으로 계속 고개를 숙인 채 말이 없었다. 서 있던 무리들은 조금 더 아이에게 다가서려는 은호를 막아섰다.

"저기요."

그리고 은호의 손목을 잡아 세우려는 순간이었다.

"손대지 마."

무섭도록 낮은 음성이 밤공기를 울렸다. 우재였다. 우재는 은호의 등 뒤에서, 재빠르게 은호의 손목을 잡으려는 놈의 손을 낚아챘다. 우재에게 팔이 잡힌 무리 중 한 놈은 당황한 표정으로 팔을 빼내려 했으나, 우재의 손힘이 강하게 그를 속박했다. 은호는 일이 더 커지기 전에 얼른 휴대폰 액정을 눌렀다.

"여보세요? 경찰서죠?"

"하. 씨발, 존나 짜증나네."

은호가 경찰에 신고 전화를 걸자 놈들은 짜증 섞인 목소리를 냈다. 우재에게 팔이 꺾인 놈이 인상을 찌푸리며 고갯짓을 했다.

"아, 이거 놔요, 가게!"

그러곤 신경질적으로 은호와 우재를 노려보며 소리를 질렀다. 우재는 그제서야 그의 팔을 놓아주었다. 본능적으로 얼마나 세게 쥐었던지 손바닥이 얼얼할 지경이었다.

"괜찮아요?"

그렇게 무리들이 어슬렁어슬렁 사라지고, 바닥에 넘어진 채 고개를 푹 숙이고 있던 피해 학생에게 은호가 다가가 물었다. 그제야 아이는 천천히 고개를 들었다. 얼마나 맞은 걸까. 얼굴 여기저기가 상처투성이었다.

"다쳤는데 병원에……."

"감사합니다."

상처를 발견한 은호가 얼굴을 자세히 보려 하자, 아이는 얼른 자리를 털고 일어나 도망치듯 사라져 버렸다. 그럼에도 은호는 걱정스러운 듯 그 아이의 뒷모습을 응시하고만 섰다.

"뭐 하러 끼어들었습니까, 위험한데."

우재가 은호를 보며 조금 타박하듯 말했다.

"학생들이긴 해도 유은호 씨보다 덩치도 크고 힘도 센 남학생들인데 어쩌자고……."

"옛날 생각나서요."

은호가 씁쓸하게 웃으며 눈을 깜박였다.

"옛날에 나 고등학교 다닐 때 생각나서요."

무슨 뜻일까. 우재의 미간이 설핏 일그러지며 은호를 향했다. 은호는 씁쓸하게 말을 이었다.

"고등학교 때 나도 왕따였거든요."

그 시절. 성적 장학금을 위해 낮에는 공부하랴, 밤에는 알바 하랴 정신없이 살았던 고등학교 시절. 친구들과 어울릴 시간이 없었던 사춘기 소녀 은호는 친구들 사이에서 따돌림의 대상이 될 수밖에 없었다. 처음엔 장난처럼 시작했던 괴롭힘이 나중엔 학교에 가기 싫을 정도로 심해졌다. 그렇기에 은호는 조금 전 그 아이가 겪고 있을 아픔을 누구보다 잘 알 것 같은 심정이었다.

"옛날 생각이 나서 안 끼어들 수가 없었어요. 미안해요, 걱정하게 해서."

전혀 상상치도 못한 은호의 고백에 우재는 마른침을 삼키며 그녀의 손목을 잡았다. 뒤늦게서야 신고를 받고 출동한 경찰들은 상시 순찰을 약속하고 금세 자리를 떠났다.

고요한 놀이터. 다시 두 사람만 남은 그 공간에서 은호는 씨익 웃으며 우재를 마주 보았다. 아까 그 이야기를 꺼낸 이후로 우재의 표정이 내내 굳은 채 은호를 응시하고 있었기 때문이었다.

"왜 그렇게 봐요?"

은호는 빈 그네 위에 걸터앉아 발을 구르며 물었다.

"유은호 씨는 어떤 사람입니까?"

끼익, 끼익. 은호가 발을 구르자 낡은 그네가 소리를 내며 앞뒤로 움직이기 시작했다.

"네?"

우재는 그런 은호에게서 시선을 떼지 않았다.

"유은호 씨에 대해서…… 내가 아직 모르는 게 너무 많은 것 같아서 그럽니다."

두 사람의 시선이 맞부딪쳤다. 우재의 말에 잠시 침묵을 지키던 은호가 미소를 지으며 답을 했다.

"나랑 똑같네요. 나는 우재 씨에 대해서 너무 모르는 것 같아서 속상한데."

결혼한 부부이지만, 이제 막 진짜 사랑을 시작한 두 사람이었다. 서로에 대해 하나씩 하나씩 알아 가며, 마음과 생각을 맞춰 가기 시작한 사이.

"많이…… 아팠습니까?"

과거의 이야기를 묻는 것이었다. 은호는 고개를 끄덕였다.

"네. 그땐 많이 힘들었어요. 학교고 뭐고 다 그만두고 싶을 만큼. 내 주제에 무슨 학교인가 싶기도 했고. 왜 나만 이렇게 힘든가 원망도 했고……."

끼익, 끼익. 다시 소리를 내며 그네가 움직였다.

"우재 씨는요? 우재 씨는 많이 힘들지 않았어요?"

"네?"

"이렇게 완벽한 차우재로 살아내느라 힘들지 않았냐고요."

그건 우재에게 있어 처음 듣는 질문이었다.

"어릴 땐 왜 나만 이렇게 힘들게 살지, 라고 생각한 적도 있는데…… 시간이 지나면서 깨달았던 것 같아요. 행복해 보이는 사람들도 모두 다 행복하기만 한 건 아니라는 걸. 행복해만 보이는 사람들도 저마다의 아픔이 있고, 고통이 있다는 걸."

은호는 예쁘게 웃으며 우재를 쳐다보았다.

"이제 우재 씨 이야기 들려줘요. 우재 씨는 어떤 사람인지."

생소한 질문에 우재는 잠시 입을 다물었다. 누군가에게 자신의 가장 개인적인 이야기, 은밀한 이야기를 해 본 적 없었다. 아니, 모든 개인적 감정은 스스로 삭이고 소화해 내야 할 무언가라고 생각했다. 그렇기에 우재는 자신의 이야기를 하는 일에, 자신의 감정을 표현하는 일에 서툴고 낯설었다.

은호는 재촉하지 않았다. 끼익, 끼익. 그네가 한참 앞뒤로 움직이고 점점 더 밤이 깊어가는 동안 두 사람은 말없이 서로를 바라보며 초여름밤의 고요한 공기를 느끼고 있었다.

"나는…… 강박이 심한 아이였습니다."

정적을 깨고, 문득 우재가 말문을 열었다.

"내가 아주 어릴 때 엄마가 돌아가셨습니다. 그러니 엄마 얼굴은 당연히 기억도 안 나고 사진에서 본 게 다였습니다. 아니, 오히려 친엄마보다 새엄마라는 사람이 나한텐 더 익숙하고 친숙한 사람이었죠. 엄마가 뭔지, 엄마의 사랑이 뭔지 느껴야 할 나이에 나는 내 감정을 숨기고 경쟁 상대들과 경쟁해 이기는 일에 몰두했어요. 대놓고 당신 아들이랑 나를 차별하고 나를 미워하는 새엄마와의 경쟁에서 이겨야겠다는 생각뿐이었습니다. 내가 가진 유일한 것. 재이그룹 후계를 이을 명분이 있다는 거, 그거 하나를 지키기 위해서 안간힘을 썼습니다. 누가 강요한 것도 아닌데, 그냥 본능처럼 그렇게 지켜야 한다고 생각했습니다. 내가 가진 걸 지키는 게, 나를 지키는 일이라고…… 그렇게 생각했으니까요."

삭막했던 어린 시절. 사랑받고 자랐어야 할 시기에 사랑은커녕 외로움부터 배웠다. 그에게 있어 집이란, 편히 쉴 수 있는 사랑 가득한 공간이 아닌, 경쟁하며 눈치를 봐야 할 가장 불편한 공간이었던 것이다.

"뭐든지 열심히 했던 것 같습니다. 내가 잘하는 것이든, 못하는 것이든…… 내가 좋아하는 것이든, 싫어하는 것이든. 다 완벽하게 잘해 내야 한다는 강박에 사로잡혀 있었거든요. 그렇게 해야만, 내가 가지고 있는 걸 뺏기지 않을 수 있다고 생각했습니다. 힘들어할 시간도, 내 처지를 불평할 시간도 없이 그렇게 치열하게."

고해성사를 하듯 지난 이야기를 말하는 우재를 보며, 은호는 가슴이 덜컥거렸다. 얼마나 외로웠을까. 얼마나 아프고 힘들었을까. 할 수만 있다면, 과거로 돌아가 어린 차우재를 꼭 안아 주고 보듬어 주며 말해 주고 싶었다. 괜찮다고. 뭐든, 실수하고 잘못해도 괜찮다고. 울고 떼쓰고 화내고 소리 질러도 아무도 널 미워하지 않을 거라고.

"그 결과 다행히 내가 원하는 것들, 내가 지켜야 할 것들을 지켜

내고 여기까지 왔지만…… 하나도 행복하지 않았습니다. 유은호 씨를 만나기 전까지는."

은호는 옆 그네에 걸터앉은 우재를 바라보며 웃었다.

"그럼 됐네요. 이제 행복한 거죠?"

은호의 질문에 우재도 고개를 끄덕였다. 예쁘게 웃는 은호를 보며 우재는 은호의 그넷줄을 자신의 쪽으로 잡아당겼다. 가까워진 두 사람의 거리. 우재는 은호의 그넷줄을 꽉 움켜쥐며 다른 손으로 은호의 뺨을 쓰다듬었다. 달콤한 우재의 입술이 자신에게 다가오자, 은호는 자연스레 눈을 감았다. 기다란 속눈썹이 파르르 떨렸고, 떨리는 숨결만큼이나 뜨거운 공기가 두 사람 사이에 맴돌았다. 끼이익 소리를 내던 그넷줄 소리가 잦아들고, 고요한 키스가 이어졌다. 아주 길고, 달콤하게.

* * *

결혼 계약 스캔들이 터진 지도 벌써 사흘째. 너무나도 태연한 우재와 아무것도 듣지 못한 양 잠잠한 차명진 회장의 반응에 세정과 희옥은 오히려 자신들이 더 초조해져 가고 있음을 느꼈다.

"어머니, 혹시 그 기자가 잘못 짚은 거 아닐까요……. 계약 결혼이라는 거, 그냥 정황일 뿐이고 추측일 뿐이지 이렇다 할 증거도 없는 것 같고……."

"우재는 몰라도 아버님께서 이렇게 조용하신 게 더 이상한데."

희옥이 관자놀이를 꾹꾹 누르며 혼잣말을 내뱉었다.

"기사는 둘째치고 분명 두 사람 불러다 놓고 이게 사실이냐 아니냐부터 추궁하셨을 분이거든."

이 정도로 아무 반응이 없는 걸 보면 차명진 회장도 이 모든 걸 처음부터 알고 있었음이 분명하다는 생각이 들었다. 희옥은 기막힌 듯 쓰게 웃으며 인상을 찌푸렸다.

"결국 다 같이 짜고 친 고스톱이었다? 저희들끼리 재이를 날름 드시려고, 날 바보로 만드셨다?"

희옥은 자신을 속이고, 바보로 만든 차명진 회장에게 화가 치밀었다. 더불어 등신 같은 자신의 남편, 허수아비 사장에 불과한 무능력한 차준일에게도 분노가 치밀었다.

"계약에 대한…… 조금 더 확실한 증거를 찾아보라고 해 볼까요?"

"아니."

세정의 말에 희옥이 고개를 저었다.

"어차피 증거 같은 건 없어. 그러니까 저 능구렁이 같은 영감탱이랑 차우재가 아무 반응도 없이 못 들은 척하고 앉아 있는 거겠지. 어디 찾아볼 테면 찾아봐라, 이런 마음으로. 결국 더 이상 증거나 증언이 없으면 이런 종류의 찌라시는 금세 힘을 잃거든. 이 정도로는 아무 타격도 없을 거야."

희옥의 부정적인 말에 세정은 저도 모르게 한숨을 쉬었다. 그럼 이제 어떻게 한단 말인가. 무슨 말을 해도 꿈쩍 않을 만큼 변해 버린 차우재의 마음. 이런 협박조차도 통하지 않는다면 더는 아무런 방법이 없다고 생각했다.

"그럼 이제 정말 방법이 없……."

"방법이 없기는 왜 없어. 제일 큰 패를 들고 있는 사람이 세정이 넌데."

"네?"

이건 또 무슨 말일까. 세정은 눈을 깜빡거리며 희옥을 응시했다.

"애초부터 제일 큰 패, 그거 때문에 한국에 돌아왔잖니."

제일 큰 패라면, 역시 솔이를 말하는 건가. 세정은 마른침을 삼켰다.

"어쩔 수 없지. 출혈이 있겠지만 그 아이 데리고 네가 직접 나서는 수밖에."

"어머니……."

역시나, 일이 점점 더 커져 갔다. 세정은 불안한 눈동자를 이리저리 움직거리며 희옥을 불렀다.

"일이 이렇게 커지면…… 솔이가…… 솔이가……."

"원래 거짓말은 클수록 눈치채기가 쉽지 않은 거다. 검사 결과 조작. 그깟 거 수십 번이고 더 할 각오도 돼 있어. 그렇지 않았다면 내가 널 왜 설득해 데리고 왔겠니. 걱정 마. 모든 건 다 잘될 거니까. 우리 현석이랑 내가 산증인이잖니. 모두 다 잘될 거라는."

희옥이 말하며 웃었다. 세정은 불안한 가슴을 꼭 움켜쥐며 간신히 고개를 끄덕였다.

"넌 그냥, 가만히 내가 하자는 대로 하기만 하면 돼. 그럼 분명히 행복해질 거다."

그 악마의 속삭임을 들으면서.

* * *

"우재 씨!"

잠시 아이패드로 원격 업무를 보던 우재에게 은호의 목소리가 들려왔다. 그녀의 목소리에 자동반사적으로 벌떡 일어선 우재가 성큼성큼 주방으로 다가섰다.

"우재 씨, 우재 씨!"

무언가 다급하면서도 잔뜩 들뜬 목소리.

"이리 와 봐요! 얼른!"

은호의 작은 손이 우재의 손을 잡아끌었다. 고소하고 맛있는 냄새가 주방에 가득했다.

"아, 해 봐요."

아일랜드 식탁 앞으로 우재를 이끌고 온 은호는 별안간 우재의 입속에 쏘옥, 무언가를 넣었다. 입에 넣고 나서야 그것이 무엇인지를 확인한 우재는 고개를 끄덕이며 우물우물 음식을 씹었다. 잡채였다.

"어때요?"

반짝거리는 눈망울로 은호가 우재의 반응을 기다렸다.

"맛있습니다."

"정말요? 어떻게 맛있는데요?"

"음…… 고소하고 맛있습니다."

"뭐야, 별로 맛있는 표정이 아닌데?"

은호가 입을 삐죽이며 고개를 갸우뚱했다.

"아닙니다, 정말 맛있습니다."

"그니까 뭐가 어떻게 맛있냐고요."

"고소하고 맛……."

우재의 무미건조한 반응에 은호는 다소 실망스러운 듯 풀죽은 표정이 되었다. 물론 차우재에게 흥분한 리액션을 얻으리라고는 생각지 않은 그녀였지만, 막상 지금껏 만든 잡채 중 가장 맛있는 맛을 낸 그녀로서는 참으로 이성적인 반응을 듣고 나니 뭔가 서운한 감정이 들었다.

"최 팀장님, 우재 씨는 잡채가 별로인가 봐요."

옆에서 가만히 지켜보고 있던 최 팀장도 당황한 듯 어색하게 웃으며 입을 다물었다.

"아뇨, 맛있다고 했습니다. 별로라고 말 안 했는데."

은호의 시무룩한 표정에 우재가 다시 한번 말했다.

"정말이죠……?"

"네, 정말 맛있습니다."

그제야 시무룩했던 은호가 다시 우재를 응시했다.

"어제 수업에서 셰프님한테도 칭찬받았던 잡채 맛이라 우재 씨한테도 맛보여 주고 싶었어요. 근데 우재 씨 표정이 딱히 맛있어 하는 표정이 아니라……."

역시나 자신의 밋밋한 표정이 문제라는 걸 깨달은 우재가 답답한 듯 작게 한숨을 내쉬며 은호의 머리를 천천히 쓰다듬었다.

"진심입니다. 뭐라고 어떻게 더 표현을 해야 할지 모를 정도로 맛있는 잡채입니다."

"진짜요?"

우재는 강하게 고개를 끄덕였다. 셰프한테 칭찬받는 게 무슨 소용이 있으랴. 우재에게 맛있다는 칭찬 한마디가 더 소중한 은호인 것을. 그제야 은호는 다시 미소를 지었다.

"사실은, 어제 셰프님이 저보고 요리에 재능 있는 것 같다고 하셨거든요. 그 얘기 듣고 어찌나 신이 나던지."

마치 학교에서 칭찬받고 온 아이처럼 신나 했다. 우재는 그런 은호를 보는 게 너무 행복하고 좋았다.

"우재 씨 말대로 정말 각 잡고 공부해 볼까 봐요. 이렇게 취미로만 할 게 아니라."

은호는 신난 얼굴로 다시 한번 우재의 입 앞에 잡채 한 주먹을 내밀었다. 우재는 조금 당황스러우면서도 입을 크게 벌려 은호의 잡채를 받아먹은 뒤 있는 힘껏 웃어 보였다. 비록 그 표정이 어색하고 바보 같아 보였을지라도.

"이따 2시에 나랑 같이 데이트 나가기로 한 것, 잊지 않았죠?"

한참 잡채를 맛있게 먹던 우재가 물었다. 은호는 자연스럽게 고개를 끄덕였다.

"근데 어디 가려고 하는데요?"

"가 보면 압니다."

"왜요, 어디 가는데요?"

어딜 가는지 말해 주지 않으니 은호는 더욱 궁금했다. 그럼에도 우재는 그저 아무 말 없이 작게 미소 지을 뿐이었다.

화창한 오후. 은호가 만든 잡채밥을 든든하게 먹고 집을 나서는 두 사람. 우재는 다정하게 은호의 안전벨트를 직접 매주며 그녀에게 키스를 했다.

"음…… 지금 생각 같아선 그냥 다시 집으로 들어가고 싶군요."

그러곤 미간을 찡긋거리며 은호의 뺨을 쓰다듬고 또 쓰다듬었다. 그저 은호를 이렇게 바라보는 것만으로도 찌릿찌릿, 모든 감각이 곤두서는 느낌이었다.

"그냥 집에 잠깐 들어갔다 다시 나올까요?"

우재는 은호의 입술을 쓰다듬으며 제법 진지하게 말을 했으나 은호는 장난 그만하라는 듯 그의 가슴을 콩, 내리쳤다. 우재와 함께 드라이브를 한다는 생각만으로도 은호는 꽤 기분이 즐거워 보였다.

차는 어느새 복잡한 도심을 벗어나 시골길로 접어들었다. 은호는 망설임 없이 차창을 열고 부드러운 바람을 만끽하듯 눈을 감았다. 새하얀 햇살이 쏟아지고 있었다. 그때까지도 우재는 어디를 가는지, 무얼 하러 가는지에 대해 은호에게 말하지 않고 있었다. 은호는 행선지를 전혀 예상하지 못하며 그저 이 순간의 행복을 느낄 뿐이었다.

그리고 얼마나 더 달렸을까. 푸른 수목이 예쁜 어느 산자락 밑에 차가 멈춰 섰다. 은호의 눈동자가 동그래지며 차창 밖 풍경을 이리저리 살폈다. '하늘숲추모공원'이라고 쓰인 돌비석이 세워진 입구였다.

"우재 씨……."

이곳에 온 이유를 예감한 은호의 눈시울이 단번에 붉어졌다. 우재는 그런 은호를 끌어안으며 그녀의 등을 부드럽게 쓸어내렸다. 우재는 아직도 은호가 죽은 아이 때문에 종종 잠 못 이루며 슬퍼하고 있음을 잘 알고 있었다. 우재에겐 아닌 척, 괜찮은 척하는 은호였지만 일부러 은호가 괜찮은 척을 하고 있다는 것 또한 우재는 잘 알고 있었다.

"우리 아기한테, 인사하러 갑시다. 잘 가라고."

후드득, 은호의 눈에서 눈물방울이 흘러내렸다. 우재와 은호는 말없이 한적한 숲길을 걸어 올라갔다. 가끔 들려오는 새소리와 바람 소리만이 그 침묵을 채우고 있을 뿐이었다. 맞잡은 두 손으로 서로의 슬픔과 서러움을 위로하듯 그렇게, 두 사람은 한 번도 손을 놓지 않았다.

초록빛 나무들이 우거진 어느 능선. 어느 키 작은 소나무 앞에 다다른 우재의 발걸음이 천천히 멈춰 섰다. 작은 나무의 가지에는 노란색 리본이 예쁘게 걸려 있었고, 우재는 미리 준비해 온 하얀 꽃다발을 그 나무 앞에 내려놓았다. 우재는 하염없이 나무를 응시하며 눈물을 흘리는 은호의 어깨를 끌어안았다. 그는 파르르 떨리는 그녀의 어깨를 꼭 감싸 안으며 그녀의 슬픔을 보듬고 위로하고 싶었다.

"안녕……."

은호의 입술에서 떨리는 인사말이 흘러나왔다. 이름도, 얼굴도 모르는 아이에게 두 사람은 그렇게 오래도록 서서 마지막 인사를 건넸다. 우재의 품에 안긴 은호가 고개를 들어 우재를 응시했다. 그러고는 슬픈 얼굴로 예쁜 미소를 지어 웃어 보였다. 이제 다, 괜찮다는 듯이.

우재는 은호의 동그란 이마에 살짝 입을 맞췄다. 눈을 감는 은호의 눈에선 마지막 눈물이 똑, 흘러내렸다.

* * *

"정말 괜찮겠습니까?"

우재는 잔뜩 걱정스러운 표정으로 은호를 응시했다.

"당연히 괜찮죠. 그러는 우재 씨야말로 괜찮겠어요? 그동안 너무 많이 놀아서 밀린 일 많을 텐데."

은호의 말에 정곡을 찔렸는지, 우재는 헛기침을 하며 대답을 피했다.

"그러니까 얼른 가 봐요. 난 알아서 잘할 거니까."

은호가 다시 한번 우재의 등을 떠밀었다.

"그럼…… 이따가 퇴근 시간에 맞춰 연락하겠습니다."

돌아서면서도 은호가 걱정되는지 계속 뒤를 돌아보는 우재를 향해 은호는 고개를 끄덕이며 웃음을 지었다. 드디어 오랜만에 두 사람이 나란히 출근하는 날이었다. 일산 집이 아닌 다시 본가 안채로 들어가는 날이기도 했다. 조금 더 쉬자는 우재의 말과 조금 더 쉬라는 할아버지의 말을 거부하고 은호가 내린 결정이었다. 빨리 행복한 일상으로 되돌아가고 싶었기 때문이었다. 더 이상 어떤 말과 어떤 일에도 흔들리지 않을 자신도 있었고.

* * *

오랜만의 출근이었지만 은호는 어렵지 않게 밀려 있던 업무를 처리하고, 그간 있었던 업무 진행 상황을 파악했다. 자신을 믿고 지지해 주는 우재와 할아버지에게 누가 되지 않기 위해서라도 더 열심히 해야겠다고 다짐했다.

점심시간이 지나고 나서야 시계를 올려다볼 여유가 생긴 은호는 잠시 기지개를 켜며 사무실 밖을 나섰다. 그러다 문득, 존재 자체를 잊고 있던 휴대폰을 응시했다.
"어머."
무음으로 해 놨던 휴대폰엔, 우재에게서 온 수십 개의 카톡 메시지가 도착해 있었다.
–유은호 씨.
–뭐 해요?
–일해요?
–많이 바쁩니까?
–일이 많은가 보군요.
–나도 바쁘긴 한데…… 그래도 유은호 씨 뭐 하는지 궁금합니다.
–음…… 점심은 먹었습니까?
–난 점심 못 먹고 회의 중인데…….
–유은호 씨는 내 생각 한 번도 안 하나 봅니다…….
–정말 너무하는군요.
"풉……!"
집착에 가까운 차우재의 카톡 메시지를 보고 있노라니 은호는 절로 웃음이 터져 나왔다. 우재와 카톡 주고받는 일이 은호에겐 전혀 낯선 일이기에 우재에게서 이렇게 많은 카톡이 와 있으리라곤 예상 못 했다.
이모티콘 하나 없이, 메시지도 꼭 자기처럼 보내는 차우재. 분명 텍스트 메시지인데 귓가에 우재의 음성이 들리는 것처럼 생생한 메시지였다. 은호는 손가락을 바쁘게 움직였다.
–미안해요. 핸드폰을 무음으로 해 놔서 몰랐어요.

그러자 마치 기다렸다는 듯 곧장 우재에게서 답이 왔다.

－무슨 일 있는 줄 알고 사무실로 내려갈 뻔했습니다.

－많이 바빴습니까?

액정을 내려다보는 은호의 입꼬리가 슬며시 말려 올라갔다.

－네. 조금…… 이제야 좀 숨 돌릴 여유가 생겼어요.

은호는 다시 답을 하며 사무실 앞 복도 난간에 등을 기대며 앉았다.

－너무 힘들면 혼자 다 하려고 하지 말고 다른 직원들한테 넘겨가면서 해요. 유은호 씨 아직 더 쉬어야 하는데…….

"은호야!"

한창 우재와의 카톡에 정신이 팔린 은호에게 익숙한 목소리가 들려왔다. 오랜만에 은호가 출근했다는 소식을 듣고 3층까지 뛰어 올라온 선정이 은호의 이름을 반갑게 부른 것이었다.

선정의 모습을 본 은호의 표정이 반가움에 벅차오르는 듯했다. 선정은 안내 데스크에서 일하다 뛰어 올라온 복장 그대로 은호를 끌어안았다. 복도에 지나가던 다른 직원들의 시선이 두 사람에게 쏠렸으나 두 사람은 전혀 신경 쓰지 않고 서로를 꽉 껴안으며 반갑게 인사를 나눴다.

"야, 내가 얼마나 걱정을 했는지 알아?"

그간 도통 연락이 닿지 않았던 은호를, 선정은 참으로 많이도 걱정했다. 은호가 아이를 유산한 것도, 우재와 계약 결혼을 했다는 기사들도 모두 다 소문을 통해 먼저 들었던 선정이었다. 언제나 당차고 밝은 은호임을 알고 있었지만 워낙에 엄청난 사건들이었기에 전전긍긍했던 것이다. 은호를 보는 선정의 눈에 눈물이 그렁그렁 고였다. 은호는 미안한 마음과 고마운 마음을 담아 선정의 손을 맞잡았다.

“너 진짜 나빠. 힘든 일 있으면 나한테 먼저 연락을 했어야지. 내가 너 걱정하는 거 뻔히 알면서.”

“미안…… 괜히 너도 같이 힘들어질 것 같아서 그랬어. 미안해.”

은호의 눈에도 눈물이 고였다.

“나쁜 기집애, 아무것도 말 안 해 주고 연락도 안 받고.”

“미안해…… 정말.”

“몸은? 몸은 괜찮아? 이렇게 출근해도 괜찮은 거야?”

은호는 웃으며 고개를 끄덕였다.

“다행이다.”

은호의 대답에 선정은 안도의 한숨을 내쉬었다.

“저녁에 퇴근하고 뭐 해? 같이 저녁 먹자.”

은호가 말했고, 선정이 고개를 끄덕였다.

“네가 사. 나 정말 너한테 무지 화나 있었으니까.”

여전히 뾰로통한 그녀의 대답에 은호는 웃으며 그녀의 손을 잡았다.

* * *

“보…… 본부장님도 오실 줄은…… 하하…… 하…….”

선정은 당황스러운 얼굴로 말했고, 은호는 민망한 얼굴로 그런 선정의 맞은편 자리에 착석했다. 은호는 기어코 자신도 따라오겠다는 우재의 고집을 꺾을 수가 없어 이 자리까지 데려온 것이었다.

회사 앞 골목에 위치한 좁은 껍데기집. 고기 굽는 연기로 자욱한 이 허름한 가게에서 세 사람의 어색한 저녁 식사가 시작되고 있었다.

"우재 씨, 껍데기 먹을 줄 알아요?"

은호가 작은 목소리로 속삭였다. 우재는 애써 태연한 표정으로 고개를 끄덕였으나 사실 돼지 껍데기를 이렇게 따로 사서 구워 먹는 건 처음이었다.

"여기 소주 두 병 주세요!"

선정은 어색해하면서도 늘 그랬듯 자연스럽게 소주를 시켰다.

우재는 처음 보는 불판 위 껍데기들의 향연에 조금 넋이 나간 듯도 싶었다. 은호는 그런 우재가 귀여워 집게를 들고 불판 위 껍데기들을 들고 하나씩 뒤집어 구웠다.

"주십시오."

그러자 우재가 은호의 손에서 집게를 빼앗아 갔다. 은호가 굽고 있는 걸 보고 있지 못하겠다는 듯이.

"우재 씨 이런 거 안 구워 봤잖아요……."

"안 구워 봤어도 잘할 수 있습니다."

우재의 말에 선정의 입에서 풋, 하고 웃음이 터져 나왔다.

"앗, 뜨거워!"

점차 익어 가는 껍데기가 탁, 탁 소리를 내며 기름을 튀겼다. 이에 놀란 은호가 몸을 움츠렸고 우재는 말없이 은호의 무릎 위에 자신의 수트 재킷을 벗어 덮어 주었다.

이 광경에 가장 놀라고 있는 사람은 역시 선정이었다. 그간 은호에게 조금씩 들어 차우재 본부장이 조금씩 마음을 열어 가고 있다는 걸 짐작은 하고 있었지만, 실제로 확인한 우재의 모습은 선정의 상상 이상이었던 것이다. 은호에 대한 걱정이 자신의 괜한 걱정이었음을, 그녀는 깨달았다.

"우재 씨는 안 먹어요?"

껍데기를 굽기만 할 뿐, 자신은 입에도 안 대는 우재를 보며 은호가 물었다.

"맞아요, 드세요. 본부장님. 제가 구울게요, 이제."

"아…… 괜찮습니다."

선정도 거들었지만 우재의 표정이 딱히 밝지는 못했다. 한참 우재를 지켜보던 은호가 씨익 웃으며 상추 위에 껍데기 두 개를 얹고, 쌈장을 얹었다. 그렇게 껍데기 쌈을 만들어선 멀뚱히 고기만 굽던 우재의 입속에 쏘옥 밀어 넣었다. 갑작스레 입속에 껍데기를 넣은 우재의 얼굴에 당황스러움이 가득했다.

"어때요. 맛있죠?"

분명 우재가 껍데기도 안 먹어 봤을 거라고 은호는 확신하고 있었다. 쌈을 씹는 우재의 표정이 그걸 말해 주고 있었기 때문이었다.

처음엔 아리송한 표정을 짓던 우재의 눈이 커다랗게 부풀어 올랐다. 우재가 가만히 고개를 끄덕였다. 은호는 그런 우재를 보며 피식 웃었다. 선정도 마찬가지로 웃으며 은호의 소주잔을 채웠다.

"본부장님도 한 잔…… 아…… 소주는 안 드시려나……."

우재의 빈 잔도 채우려던 선정이 머뭇거리자 은호가 고개를 저었다. 그러곤 선정이 들고 있던 소주병을 들어 우재의 잔을 직접 채웠다. 콜콜콜, 소리를 내며 투명한 소주가 가득 채워졌다.

"자. 건배해요, 우리."

은호가 웃으며 먼저 잔을 들었다. 솔직히 말하면 우재는 소주를 되도록 피하는 편이었다. 워낙에 술 자체를 즐기지 않는 탓도 있었지만 쓰기만 한 술맛이 딱히 매력적이지 않았기 때문에. 그러나 은호가 술을 따라 주며 마시자고 잔을 드는데, 먹지 않을 수 없어진 우재는 결국 은호의 '원 샷!' 소리에 맞춰 한입에 소주를 털어 넣었다. 쓰디쓴 알코올 향이 입안 가득 퍼져 나가자 우재는 저도 모르게 인상을 찌푸렸다.

"풉……!"

우재를 관찰하던 은호가 또 웃음을 터뜨렸다.

"근데 여기도 유은호 씨 좋아하는 식당입니까?"

"네. 안내 데스크 있을 때 선정이랑 자주 왔던 집이에요. 스트레스 받으면 껍데기 당기는 날이 있거든요."

"본부장님은…… 당연히 처음 오시겠죠? 여기 되게 유명한 집인데……."

두 사람의 공감대에 끼어들 틈이 없어진 우재가 멀뚱히 술잔을 들이켰다. 어쩐지 은호에 대해 여전히 모르는 부분이 많은 것 같아 그는 조금 속상한 기분이 들었다.

은호는 즐거운 표정으로 계속해서 껍데기를 먹었다. 그런 은호에게서 우재는 연방 눈을 떼지 못 했다. 먹는 중에 기다란 머리가 불편한지 은호가 제 머리를 살짝 그러쥐며 음식을 입에 넣자, 지켜보던 우재가 은호를 대신해 그녀의 기다란 머리칼을 다정하게 잡아 주었다. 두 사람을 번갈아 보던 선정이 피식 웃었다.

"고마워요."

친구 앞에서 우재와 함께 있다는 것 자체가 조금 부끄러웠는지 은호가 얼굴을 붉혔다.

"뭐야. 나만 혼자 걱정했나 싶네. 아주 꿀이 뚝뚝 떨어지시네요, 두 분."

선정은 그간 자신의 걱정이 다 부질없었다는 것을 깨달으며 기분 좋게 웃었다.

"본부장님, 은호가 그렇게 좋으세요?"

선정의 질문에 우재는 망설임 없이 고개를 끄덕였고, 그런 그의 모습이 낯설어 선정은 또다시 웃음을 터뜨렸다.

기가 막힐 일이다. 몇 년을 일했어도 눈길 한번 주지 않던 냉혈한 차우재와 계약 결혼을 하게 되고, 계약 결혼을 한다는 자책감에 괴로워하던 은호를 보던 게 불과 엊그제 일 같은데. 이토록 사랑스러운 둘의 모습이라니. 선정은 은호를 보는 눈에 꿀이 뚝뚝 묻어나는 우재를 보며 가슴이 따뜻해짐을 느꼈다.

"그런데 본부장님."

"네."

"왜 아직도 은호한테 '유은호 씨', '유은호 씨'라고 부르세요?"

"네?"

술이 살짝 오른 선정의 대담한 질문이었다. 옆에서 듣고 있던 은호의 입가가 씨익 말려 올라갔다.

12. 해 주세요!

"네?"

선정의 말을 이해하지 못한 우재가 되물었다.

"아니, 어떤 남자가 사랑하는 여자한테 아직까지도 성 이름 다 붙여서 불러요? 정 없이."

"풉……!"

은호의 입에서 웃음이 터졌다. 그간 자신이 하고 싶었던 말을 선정이 대신해 주니 속이 시원하다는 뜻이었다.

"꼭 회사에서 부하 직원 부르는 거같이 무섭고 딱딱해요."

선정은 고개를 절레절레 저으며 소주 한 잔을 톡, 제 입에 털어 넣었다.

"그럼…… 뭐라고 부릅니까……?"

우재는 그 말에 동의하듯 웃는 은호를 힐끗대며 선정에게 물었다. 그는 정말로 모르고 있었다. 단 한 번도, 자신의 호칭이 정 없거나 딱딱하다는 생각 자체를 해 본 적 없었으므로.

"뭐, 결혼한 부부니까 여보라거나, 자기라거나. 당신이라거나……."

우재의 얼굴이 당황스러움에 굳어 갔다.

"뭐, 그것도 어려우시면 최소한 성이라도 떼고 부르시든지요."

"야, 됐어. 우재 씨는 그런 거 못 해. 워낙 예의 있고……."

"정말 그렇습니까?"

우재를 그만 놀리라는 듯 은호가 손을 내저으며 선정을 말리자, 우재가 그녀에게 물었다.

"정말…… 내가 유은호 씨라고 부르면 정 없거나 딱딱하게 들립니까?"

최대한 담담하게 묻고 있었지만, 지금 우재의 신경은 온통 은호의 대답에 쏠려 있었다. 그동안 그렇게나 사랑을 이야기하고, 마음을 고백해 왔는데 자신이 부르는 호칭 때문에 은호가 그렇게 느꼈다면, 그로서는 매우 심각한 일이 아닐 수 없었기 때문이다. 꽤 심각한 우재의 표정에 이번엔 은호의 표정에 당황스러움이 가득했다.

"아…… 아니…… 뭐…… 꼭 그런 건 아닌데요……."

"그럼 내가 앞으로 유은호 씨를 뭐라고 부르면 좋겠습니까?"

우재가 은호에게 되물었고 지켜보던 선정은 피식 웃었다.
"그…… 그냥 우재 씨 부르기 편한 대로……."
"유은호 씨가 듣기 편한 대로 부르고 싶습니다."
타닥. 타닥. 껍데기 익어 가는 소리와 시끌벅적 주변의 소음들이 들려왔다. 잠시 눈동자를 굴리던 은호가 작게 대답했다.
"그럼…… 그냥……. 이름만 불러 줘요, 성 떼고."
막상 뭐라고 불러 줄까 물으니 은호도 부끄러운 기분이었다. 은호는 어색하게 웃으며 말했고, 듣던 우재도 고개를 끄덕였다.
"자자, 그럼 건배!"
두 사람의 대화를 들으며 웃고 있던 선정이 잔을 들었다. 얼굴을 붉히는 제 친구의 마음을 읽은 것이었다. 은호는 피식, 다시 웃으며 소주잔을 높이 들었다. 우재도 행복하게 웃는 은호를 보며 가슴이 따뜻해지는 기분이었다.
껍데기 집을 나와, 2차를 가자는 은호의 말에 선정은 두 손을 내저으며 거절했다. 아무리 오랜만에 보는 은호가 반가웠어도 더 이상 두 사람을 방해하면 안 되겠다는 생각이 들었다.
그렇게 선정과 헤어져 집으로 돌아온 은호는 어쩐지 가슴이 콩닥거리는 기분이었다. 뭐랄까, 처음 연애를 시작하는 것 같은 긴장감과 설렘이 느껴진달까. 돌아오는 길에서 내내 우재가 은호를 그저 '은호 씨'라고 부르고 있었기 때문이었다. 집에 들어서자마자, 우재는 기다렸다는 듯 은호를 품에 안았다.
"오늘 수고했어요. 오랜만에 출근해서 피곤했을 텐데……."
우재의 따뜻한 손길에 은호는 가슴이 간질간질했다. 그러다 문득 키득키득 웃음이 터져 나왔다. 우재의 옷에 가득 밴 돼지고기 냄새 때문이었다. 깔끔한 향수 냄새만 가득하던 차우재의 옷에서 이런 껍데기 냄새를 맡게 될 줄이야. 은호는 키득거리며 웃었다.

"엄마!"

그때. 은호를 안고 있던 우재가 그녀의 몸을 번쩍 안아 올렸다. 그러곤 푹신한 침대 위로 털썩 내려놓았다.

"왜 자꾸 웃습니까, 간질거리게."

자꾸만 저 앞에서 예쁘게 웃어 대는 은호 때문에 우재는 저녁 내내 인내심의 한계를 시험해 보는 기분이었다. 마치, 은호가 이렇게 예쁜데도 안 안아 줄 거냐고 묻는 듯 느껴졌다.

"흣……!"

예쁜 은호의 얼굴을 내려다보던 우재가 그녀의 티셔츠를 말아 올렸다. 그 갑작스러운 도발에 은호의 발끝에 바짝 힘이 들어갔다.

"하…… 우재 씨, 나 안 씻었는데……."

당황한 은호가 계속해서 핑계를 대며 우재를 말려 보지만, 우재는 이미 멈출 생각이 없는 듯했다.

"은호 씨."

우재의 낮은 음성이 은호의 귓가를 울렸다. 낮고 굵어 신뢰감이 가득한 목소리. 따뜻하고 다정한 그 목소리. 은호는 별안간 그 목소리에 눈물이 왈칵 흐를 것같이 가슴이 일렁였다.

"맞네요. 이렇게 부르니까 더 당신이 사랑스럽게 느껴지는군요."

'은호 씨'에 이은 '당신'이라는 호칭. '당신'이라는 단어가 흘러나올 때의 우재의 입술은 참으로 섹시하게 움직였다. 은호는 야릇한 기분을 느끼며 입술을 깨물었다. 조금 더 집요해진 우재의 입술에 은호는 야릇한 신음 소리를 냈고, 우재의 입술은 자연스레 아래로 내려갔다.

우재는 은호의 스커트를 단번에 벗겨 내렸다. 점점 아래로 향하는 긴장된 간지러움에 은호는 허리를 휘었다. 살짝 휜 허리 아래로 우재의 굵은 팔뚝이 밀려들었다. 혀끝으로 간질이듯 애무해 오는 우재의 자극에 은호는 살짝 떨며 반응했다.

만질 때마다 은호는 몸을 떨었다. 그 떨림에 우재의 심장도 솜방망이질을 쳤다. 손끝에 닿는 은호의 부드러운 살결이 너무나 흥분되었다.

"하…… 부끄러워요, 그만 봐요."

그 뜨거운 시선을 느꼈는지 은호가 몸을 움츠리며 말했다.

"싫습니다. 계속 볼 겁니다."

"그래도…… 너무 부끄러운데. 하아……."

"예쁘고 귀여워요."

음란한 말을 참으로 다정히도 했다.

"하아…… 우재 씨……."

은호가 자신을 부르자, 우재는 기다렸다는 듯 자신의 지퍼를 내렸다. 은호는 우재의 단단한 어깨를 부여잡았다. 언제나 느끼고 있지만 이 묵직하고 거대한 감각은 언제나 새로웠다. 감은 두말할 나위도 없는 것이었고.

은호는 강한 자극에 몸을 떨며 쾌락을 느꼈다. 우재도 강한 쾌감을 느낀 듯 질끈 눈을 감았다. 자신도 모르게 터져 나오는 거친 숨소리가 은호의 귓가에 울렸다. 그는 은호의 작은 몸을 한 품에 꼭 끌어안았다. 그냥 보기엔 엄청난 피지컬 차이였지만, 마치 원래

한 쌍의 몸이었던 것처럼 꼭 들어맞는 몸을 가진 두 사람이었다.

"아픕니까?"

조금 세게 밀어붙인 게 마음에 걸렸는지, 우재가 은호의 귓불에 키스하며 물었다. 은호는 좌우로 고개를 저었다.

"아뇨…… 좋아요……."

"하. 그럼 조금 더 하겠습니다."

은호의 탱탱한 허벅지는 어느새 우재의 허리에 감겨 있었다. 우재는 은호의 허리를 바짝 들어 올렸다. 우재는 한 팔로 은호의 몸을 들어 올린 채로 행위를 이어갔다. 눈앞이 아찔해지는 느낌이었다. 은호는 팔을 뻗어 우재의 목에 매달리듯 안겼다. 순간 눈앞이 뿌옇게 흐려지는 쾌락을 느낀 은호가 고개를 젖혔고, 우재는 그런 은호의 입술에 폭풍 같은 키스를 퍼부었다.

* * *

잠시 외부 출장을 다녀오던 은호의 휴대폰이 띵, 소리를 내며 울렸다. 제발 연락 좀 잘 받으라고 신신당부하던 우재의 말이 떠올라 은호는 반사적으로 휴대폰을 꺼내어 들었다.

-허리, 괜찮습니까?

역시나 우재였다. 어젯밤 무리하게 계속되었던 거친 섹스 탓에 은호는 오늘 아침 허리를 부여잡고 침대에서 몸을 일으켜야만 했다. 은호는 픽 웃으며 답장을 했다.

-아뇨. 아파 죽겠어요.

투정 어린 은호의 답에, 곧장 우재의 메시지가 적혔다.

—어딥니까? 사무실이면 내가 지금 내려갈 테니까 바로 강 박사님께 가죠.

우재의 말이 절대 농담이 아님을 잘 아는 은호는, 못 말리겠다는 듯 웃었다.

—장난이에요. 바보. 아픈 것보다 지금은 졸려 죽겠어요.

—미안합니다.

—우재 씨는 안 졸려요?

—피곤하네요.

—근데 우재 씨 이모티콘 같은 거 쓸 줄 모르죠?

무미건조한 채팅 창을 바라보던 은호가 문득 질문을 했다. 잠시 후, 은호는 채팅 창에 뜬 유치찬란한 이모티콘을 보며 육성으로 소리를 내어 웃어 버렸다. 손가락 하트를 하며 춤을 추는 토끼 이모티콘을 우재가 보내온 것이었다. 이 놀라운 광경에, 은호는 어젯밤부터 쌓여 있던 피곤이 싹 가시는 기분이었다. 이모티콘이라니. 그것도 하트 뿅뿅한 이런 이모티콘. 은호는 본능적으로 화면을 캡처 했다. 역사에 길이 남길 만한 엄청난 순간이니까.

제발 힘든 버스 타지 말고 택시 타고 다녀오라는 우재의 말에, 택시를 타고 편히 회사에 돌아온 은호. 그녀는 아직 사무실에 남아 있는 업무 처리를 위해 바쁘게 발걸음을 옮겼다.

"유은호 씨."

은호가 회사 로비 안으로 들어섰을 때, 어디선가 낯익은 목소리가 들려왔다. 그 목소리에 은호는 고개를 들었고, 그녀의 눈앞에는 세정이 서 있었다. 웃음기 어려 있던 은호의 입가가 순식간에 굳었다. 은호는 마른침을 삼키며 가만히 세정을 응시했다.

“잠깐 나랑 얘기할 시간 있어요?”

세정을 보는 순간, 그날 그때의 트라우마가 은호를 괴롭혔다. 머리가 지끈거리고 아랫배에서 통증이 느껴지는 기분이었다.

“우재 오빠한테 가기 전에 마지막으로 은호 씨랑도 얘기하고 싶어서 왔어요.”

“가세요. 난…… 더 할 말 없어요.”

은호는 저도 모르게 떨리는 목소리를 간신히 가다듬으며 세정을 스쳐 지났다.

“제발요!”

착각이었을까. 세정의 목소리도 떨리고 있었다.

“마지막으로 부탁하러 왔어요.”

그 목소리에 은호는 다시 천천히 뒤를 돌아보았다.

“이세정 씨……!”

은호가 눈을 동그랗게 뜨며 입술을 깨물었다. 놀랍게도, 세정이 은호 앞에 무릎을 꿇고 앉아 있었다. 순식간에 주변을 지나던 사람들의 시선이 은호와 세정에게 집중되었다.

“부탁할게요. 제발.”

은호는 세정에게 다가가 얼른 그녀의 팔을 잡았다. 그러나 이미 은호의 얼굴을 알아본 주변 사람들이 힐끗거리며 그녀들의 모습을 핸드폰으로 촬영하고 있었다.

“일어나요. 얼른! 여기서 이러지 말고……!”

“유은호 씨가 하라는 대로 다 할게요. 엎드려 빌라면 빌고, 돈을 달라면 주고. 당신 인생 책임지라 말하면 어떻게든 최대한 보상할게요. 그러니까…… 그러니까 제발…… 우리 아이를 봐서라도…….”

“이세정 씨!”

당황한 은호가 세정을 일으키려 그녀의 팔을 잡아끌었다. 그러나 세정도 막무가내로 버틸 뿐이었다. 아무래도 일부러, 사람이 많은 곳에서 은호와 마주치기를 기다리고 있었던 듯싶었다. 은호는 뻔한 세정의 의도에 눈을 질끈 감으며 안간힘을 썼다. 웅성웅성. 주변에 몰려든 사람들의 웅성거림이 이명처럼 들려왔다. 그 때였다.

“가요.”

세정과 실랑이를 벌이는 은호의 손목을 잡아채는 뜨거운 손길. 다름 아닌 석현이었다. 흙 묻은 운동복 차림에 나타난 그는 은호를 데리고 로비 밖으로 나갔다.

“괜찮아요?”

밖으로 나온 석현이 다급한 목소리로 물으며 은호를 위아래로 살폈다. 은호는 눈을 질끈 감고 이마를 짚었다.

“하…….”

그제야 은호는 참았던 숨을 터뜨렸다.

“은호 씨……!”

어색한 침묵에 잠겨 있던 두 사람 사이에, 우재의 목소리가 들려왔다. 아무래도 로비에서 이 모든 상황을 지켜보고 있던 선정이 본부장실로 전화를 건 모양이었다. 달려 나온 우재가 은호의 얼굴을 살폈다.

“우재 씨…….”

은호는 그런 우재의 손을 맞잡았다. 괜찮다는 듯이.

“무슨 일입니까? 괜찮아요?”
은호는 고개를 끄덕였고, 우재는 다행이라는 듯 은호를 꼭 끌어안았다. 우재의 너른 품에 안긴 은호는 그제야 안도의 한숨을 내쉬었다.
두 사람 옆에 서 있던 석현은 답답한 심정으로 입술을 깨물었다. 오늘 석현은 은호에게 자신의 경기 티켓을 전해 주러 온 것이었다. 어렵게 부상을 회복한 후 하는 첫 경기에 은호를 꼭 초대하고 싶어서. 그는 초라한 고개를 떨구며 시선을 돌렸다. 그러곤 아무런 말없이 발걸음을 옮겼다.
“석현아.”
그러자 등 뒤에서 자신의 이름을 부르는 은호의 목소리가 들려왔으나, 석현은 뒤돌아보지 않았다. 여전히 은호의 대한 마음을 접을 수 없는 스스로가 비참하고 초라해서. 지금은 그냥, 돌아보고 싶지가 않았다.

* * *

“가서 푹 쉬고 있어요.”
“나…… 정말 괜찮은데요, 우재 씨…….”
“내가 안 괜찮습니다. 제발, 오늘은 말 들어요.”
우재는 괜찮다는 은호를 기어코 박 기사의 차에 태웠다. 은호의 유산이 있은 이후 우재는 은호의 모든 것이 조심스러웠다. 마치 깨질 것 같은 유리처럼, 소중하고 또 소중해서 그는 늘 걱정과 근심이 앞섰다. 우재의 단호한 얼굴에 은호는 결국 고개를 끄덕였다.

다행히 퇴근 시간이 두 시간 남은 시각. 어차피 오늘 할 일은 다 했으니 우재의 걱정을 덜어 주는 차원에서 조퇴를 해도 좋다고 판단했다. 다만 자꾸 이런 일이 생기면 팀원들과 직원들에게 신뢰를 잃을까 두렵긴 했지만 말이다.

"나도 일찍 들어가겠습니다."

우재는 불안해하는 은호를 보며 다정히 말했다.

"알겠어요……."

"아무 걱정 하지 말고 한숨 자요."

"고마워요."

은호의 볼에 살짝 우재의 입술이 닿았다 떨어졌다.

탁. 은호를 태운 뒷좌석 문이 닫히고, 차는 부드럽게 미끄러져 회사 밖으로 빠져나갔다. 그 뒷모습을 보던 우재의 표정이 딱딱하게 굳었다. 아니나 다를까, 우재가 다시 본부장실로 돌아오자 그 앞에서 기다리고 있던 세정이 벌떡 일어선다.

"오빠."

우재가 말없이 본부장실로 들어서자 세정은 기다렸다는 듯 그를 따라 안으로 들어왔다. 밖을 지키던 비서가 놀라 그녀를 막아섰지만 세정은 막무가내였다. 지켜보던 우재가 손을 들어 비서를 내보냈다. 그는 자신이 아닌 은호에게 먼저 나타난 세정에게 잔뜩 화가 나 있었다.

"대체 어디까지 망가져야……!"

"정말…… 정말 마지막으로 부탁하러 왔어."

이미 젖은 세정의 눈망울에선 또르르 눈물이 흘러내렸다. 우재는 세정의 적반하장 태도에 기막힌 듯 그녀를 노려보았다. 세정은 은호 앞에서처럼, 또다시 우재 앞에 무릎을 꿇었다.

"이렇게…… 무릎 꿇고 부탁할게. 제발…… 이러지 마라, 오빠. 응?"

"하."

우재의 미간이 잔뜩 일그러졌다.

"똑똑한 이세정 씨, 잘 아시지 않습니까? 이런다고 달라질 일 아니라는 거."

차갑고 냉정한 우재의 목소리가 귓가를 스치자, 세정은 가슴이 쿵 내려앉는 듯 눈을 질끈 감았다.

"어떻게…… 어떻게 우리 아이한테 이렇게 모질게 굴 수가 있어?"

세정이 울부짖으며 소리를 질렀다. 세정의 말을 듣는 우재의 심정은 기가 막힐 따름이었다. 이미 솔이가 자신의 아이가 아님을 아는 우재이기에 세정의 이런 뻔뻔하고도 악랄한 거짓말에 더욱 분노가 치솟았다. 자신의 거짓말 한마디가 얼마나 아픈 비수가 되어 상대를 찌르고 있는지 알고는 있는 걸까. 우재는 할 말을 잃고 그저 그녀를 응시할 뿐이었다. 분노와 연민이 뒤섞인 감정으로.

"제발 부탁하는데, 날 벼랑 끝으로 내몰지 말아 줘. 응?"

이성을 잃은 듯 세정이 다시 애원을 했다. 그러나 우재는 매몰차게 고개를 돌렸다.

"난 이세정 씨 벼랑 끝으로 내몬 적 없지만. 굳이 가야겠다면 가시죠, 그 벼랑 끝으로."

우재의 마지막 말에 세정의 온몸이 부르르 떨렸다. 질끈 감은 눈에선 주르륵 눈물이 흘러내렸다.

"그래……. 그래, 그럼……. 날 이렇게 벼랑 끝으로 내몬다면……
가 줄게. 대신 혼자는 못 가. 죽어도."

차가운 바닥에 무릎을 꿇고 있던 세정이 스륵 몸을 일으켰다. 그러곤 마지막 대답을 기다리듯 우재를 응시했다. 그러나 우재는 그런 그녀에게 눈길 한번 주지 않았다.

얼음장처럼 차갑게 굳어 버린 그의 반응. 이젠 아무것도 기대할 수 없을 만큼 멀리 와 버렸다는 걸 알면서도 세정은 결국 벼랑 끝을 향해 스스로 가기로 결심했다.

쿵. 세정은 우재에게서 미련 없이 돌아서며, 떨리는 발걸음을 빠르게 옮겼다. 이제 그녀에겐 정말 마지막 벼랑 끝이라 생각되는 곳까지 다다른 것이었다. 이대로 돌아가기엔, 너무 멀리 왔으므로.

* * *

상실감과 비참함, 초라함을 느끼며 터덜터덜 걷는 석현의 발걸음이 버스 정류장 앞에 멈춰 섰다. 이 버스 정류장. 은호와 함께 버스를 기다리곤 했던 버스 정류장이었다. 석현은 털썩 의자에 앉아 조금 전 은호와 우재의 모습을 떠올렸다. 자신 따위는 끼어들 틈도 없다는 듯 두 사람의 눈빛엔 서로의 모습만이 가득했다.

부우웅. 같은 번호의 버스가 몇 번이나 지나갔다. 그 긴 시간 동안 석현은 그 자리에 앉아 수많은 생각을 했다. 그러다 문득, 아까 들었던 수상한 대화를 떠올렸다. 지금 떠올려 보니 분명 은호 앞에서 무릎을 꿇고 눈물을 흘리며 쇼를 하던 여자의 목소리와 같은 목소리였다.

은호가 사무실에 있는 줄 알았던 석현은 처음엔 은호의 사무실에 올라갔다. 그러나 팀장님 출장 나가셨다는 말에, 로비를 내려다보며 은호를 기다릴 작정으로 3층 한구석, 비상구 앞 난간에 기대어 로비를 응시하고 서 있었다. 그때 우당탕탕, 하며 비상구에서 요란한 소리가 들려왔다. 석현은 이상한 호기심에, 살짝 열린 비상구 문 안을 들여다보았다. 여자는 잘 보이지 않았지만 다른 한 명은 분명히 보였다. 고급 수트를 차려입은 남자가 잔뜩 화난 얼굴로 상대를 몰아붙이고 있었다.

'대체 어디까지 갈 작정이야!'

남자는 분노에 떨며 여자에게 소리를 질렀다. 여자는 악에 찬 목소리로 웃으며 대꾸했다.

'신경 꺼. 네 아이, 너 같은 쓰레기보다 훨씬 잘난 아빠 밑에서 행복하게 키워 줄 테니까.'

석현은 이상하게도, 그때 그 여자의 목소리가 어쩐지 자꾸 아까 본 세정의 목소리라 생각되었다. 석현은 저도 모르게 인상을 찌푸렸다. 그리고 이상한 육감에 휩싸여 휴대폰을 주머니에서 꺼내 들었다.

'재이그룹'이라는 검색어로 포털 사이트를 검색했다. 최신 기사는 온통 우재와 은호의 스캔들 기사로 도배가 되어 있었다. 그 홍수 같은 찌라시 기사들 사이에서 움직이던 석현의 엄지손가락이 문득 탁 멈춰 섰다. '재이그룹의 새로운 차세대 리더로 떠오르는 차현석 전략실장' 환하게 웃고 있는 사진 속 남자는 분명, 자신이 아까 전 비상구에서 본 그 남자였다.

* * *

불길한 예감. 그렇게 세정이 사무실을 떠나고 나서부터 계속, 우재는 이상하게 불길한 예감이 들었다. 자신이 쥔 패가 더 이상 상대에게 통하지 않는다는 걸 알았을 때 더 잃을 게 없는, 절박한 심정을 가진 대부분의 인간은 어떤 행동을 하게 될까. 우재는 지끈거리는 관자놀이를 꾹꾹 누르며 불길한 예감을 떨쳐 보려 애를 썼다.

"왔어요?"

집에 들어서자, 은호가 기다렸다는 듯 쪼르르 나와 우재에게 안겼다. 기분 좋은 은호의 체향을 느끼며 우재도 자연스레 미소를 지었다.

"몸 괜찮습니까?"

"당연하죠. 우재 씨 덕분에 푹 쉬었는데."

은호가 당연하다는 듯 힘차게 대답했다. 그녀의 씩씩한 대답에 우재도 피식 웃음이 났다.

"밥 먹어요. 내가 우재 씨 좋아하는 참치 구워 놨어요. 그리고 된장찌개도."

은호가 우재의 손을 식탁 앞으로 잡아끌었다. 식탁 앞에 선 우재의 얼굴에 미소가 가득 번졌다. 먹음직스럽게 차려진 저녁상. 그는 눈앞에서 예쁘게 웃는 은호가 사랑스러워 미칠 지경이었다.

"푹 쉬고 있으라니까…… 이런 건 뭐 하러 했습니까, 힘들게."

"뭐야. 기껏 열심히 만들었는데…… 싫어요, 그래서?"

"그럴 리가 있습니까. 은호 씨 힘들었을까 봐 걱정돼서 그럽니다. 이리 와요."

우재는 은호의 뺨을 쓰다듬으며 입술에 쪽, 입을 맞췄다.

"왜 이렇게 사랑스럽죠, 당신?"

불쑥 귓가를 울리는 당신이라는 단어에 은호의 얼굴이 금세 새빨개졌다. 결코 이상한 단어가 아니건만, 우재가 발음하면 이상하게 야릇한 단어가 되어 버리는 것 같았다.

"바…… 밥 먹어요, 얼른."

이러다 또 금세 야릇한 분위기가 될까 싶어 은호는 얼른 시선을 돌렸다. 한번 야릇한 분위기가 시작되면 아침이 올 때까지는 쉽사리 끝나지 않을 거라는 걸, 이제 깨달아 버린 것이다. 우재가 웃으며 고개를 끄덕였다.

"자."

식탁 앞에 마주 앉은 두 사람. 은호의 하얀 밥 위에 우재가 생선살을 발라 얹어 주었다.

"우재 씨도 얼른 먹어요."

은호가 그렇게 말했지만, 우재는 은호가 민망할 정도로 은호의 먹는 모습을 바라보고 있었다. 차가운 남자라고 생각했는데, 이토록 뜨거운 남자였다니. 은호는 그 뜨거운 눈빛에 그만 온몸이 다 타 버릴 것만 같은 기분이었다. 그러면서도 그녀는 내심 좋았다. 그의 뜨겁고 강렬한 사랑의 눈빛이.

"근데…… 이세정 씨는…… 어떻게 됐어요?"

은호가 조심스럽게 물으며 우재의 표정을 살폈다. 우재는 별일 아니라는 듯 평온한 표정으로 말했다.

"다행히 아까 사람들이 찍은 사진은 홍보실에서 잘 막고 있는 것 같습니다. 뭐, 나중에 더 퍼질지도 모르지만 그것 역시도 대책을 마련하고 있으니 은호 씨는 너무 걱정 말아요."

"아……."

은호는 그다지 밝지 않은 표정으로 고개를 끄덕였다.

"근데 우재 씨…… 사실 뭔가 좀 불안해요."

결국 그녀는 자신의 속마음을 우재에게 털어놓았다.

"이세정 씨…… 자기 인생을 걸고 한국에 돌아왔는데, 원하는 걸 얻을 수 없으니 스스로 궁지에 몰렸다고 생각하는 것 같았어요. 그래서 아까도 마지막이라고, 제발 부탁한다고 말했던 것 같고. 뭐라고 설명할 순 없지만…… 이세정 씨…… 뭔가…… 많이…… 위험해 보였어요."

은호도 우재와 같은 불안함을 느낀 듯했다. 우재는 손을 뻗어 은호의 뺨을 부드럽게 어루만졌다. 마치 그 불안감을 쓸어내리려는 듯이.

"알겠습니다. 대체 무슨 생각인 건지, 알아볼 테니 너무 걱정 말아요."

다정한 우재의 대답에 은호가 미소를 지었다. 가슴이 간질간질할 정도로 다정하고 달달한 사람.

"참."

멍하니 우재를 응시하던 은호가 눈을 동그랗게 떴다.

"된장찌개…… 이거 진짜 맛있다고 내가 말했던가요?"

"네?"

뜬금없지만 귀여운 우재의 말에, 은호는 까르륵 웃음을 터뜨렸다.

"이건 비밀인데 원 실장님이 끓이신 것보다 더 맛있습니다."
"영광이네요. 무려 원 실장님 것보다 맛있다는 소리를 다 듣고?"
"당신, 확실히 요리에 재능이 있는 것 같습니다."
우재는 제 앞접시에 찌개를 한 국자 더 퍼다 놓으며 말했다.
"참치 덮밥 말고 우재 씨 또 좋아하는 음식 뭐 있어요? 주말에 만들어 줄게요."
"난 은호 씨가 만들어 주는 거면 다 맛있습니다."
우재는 은호의 앞머리를 쓰다듬으며 대답했다. 언제 이렇게 능글맞은 남자가 돼 버렸나. 은호는 못 말리겠다는 듯 고개를 절레절레 저으며 웃었다.
"그리고…… 나는 은호 씨가 좋아하는 거면 뭐든 다 좋습니다. 그러니까 뭐든, 당신 하고 싶은 거 해요. 그래야 나도 행복하니까."
우재는 이제야 비로소 진짜 자신의 행복을 찾아가고 있는 기분을 느꼈다. 자기 것을 지켜 내려, 최고가 되려 안간힘을 쓰고 쉼 없이 달리기만 했던 지난 시간들이 모두 다 무의미하게 느껴질 정도로. 아니, 그 시간들이 어쩌면 지금의 은호를 만나기 위해 버텨야 했던 시간들로 생각될 정도로. 모든 생각의 시작과 끝이 오직 은호로 가득 차 버렸다.
우재의 다소 진지한 목소리에 은호가 화르르, 얼굴을 붉혔다.
"정말…… 사랑스러워 죽겠군요."
그런 은호를 불타는 눈빛으로 응시하던 우재가 별안간 벌떡 몸을 일으켰다. 그러곤 마주 앉아 있던 은호를 번쩍 안아 들어 침실로 성큼성큼 걸어 들어갔다.

* * *

다시 아침, 두 사람의 출근길. 요란하게 울리는 휴대폰 벨소리에, 운전대를 잡고 있던 우재가 곤란한 표정으로 핸들의 마이크 버튼을 눌렀다. 우재 옆, 조수석에 앉은 은호는 오늘도 화창한 차창 밖 날씨를 만끽하느라 여념이 없었다.

[본부장님!]

우재가 전화를 받자마자 김 비서의 다급한 목소리가 들려왔다.

"네, 김 비서님."

은호의 시선이 우재를 향했다.

[지금, 어디십니까?]

"지금 출근 중입니다. 10분 뒤에 회사 도착할 것 같은데 왜 그러……."

[하…… 큰일 났습니다.]

'큰일'이라는 말에 우재와 은호의 시선이 본능적으로 마주쳤다.

[이세정 씨가…… 지금 기자회견을 하겠다고 합니다.]

들려오는 이야기에 은호는 입술을 깨물었고, 우재의 미간엔 힘이 들어갔다.

"기자회견이라니요?"

[그게…….]

김 비서는 민망한 목소리로 말끝을 흐렸다.

[기자들한테는 재이그룹의 후계자의 추악한 진실을 밝힐 이야

기를 하겠다고 했답니다. 아직 정확한 내용은 확인할 수 없지만…… 아무래도…….]

"아이 이야기를 할 모양인가 보군요."

우재는 충분히 짐작된다는 듯한 표정으로 중얼거렸다. 은호가 불안한 눈으로 우재를 응시했다. 우재는 괜찮다는 듯 그런 은호의 손을 꼭 잡았다.

"그래서. 회견 장소는 어디라고 합니까?"

[H호텔…….]

김 비서의 말이 떨어지기가 무섭게 우재는 핸들을 꺾어 돌렸다. 차는 H호텔을 향해 급히 달려갔다.

* * *

밤새 생각에 잠겨 있던 석현이 물을 마시기 위해 터덜터덜 방에서 걸어 나왔다. 오늘은 코치의 개인 사정으로 모처럼 아침 훈련이 없는 날이었다.

"방금 전 들어온 소식입니다. 재이그룹 후계자로 알려진 차우재 씨에 대한 소식인데요……."

냉장고 문을 열어젖히던 그의 손이 멈칫했다. 누군가 거실에 틀어 놓은 TV에서 익숙한 이름이 흘러나오고 있었기 때문이었다. 그는 미간을 찌푸리며 저도 모르게 TV 앞으로 다가섰다.

"해성푸드 이원석 회장의 고명딸인 이세정 씨가 잠시 후, 재이그룹 차우재 경영본부장의 패륜적 행위에 대한 폭로를 하겠다며 기자회견을 열 예정이라고 합니다."

가십거리를 전하는 아침 생방송 정보 프로그램이었다.

“일어났냐?”

함께 합숙하는 다른 동료 선수가 석현의 어깨를 치며 아침 인사를 건네 왔지만, 석현의 시선은 계속해서 TV에 고정되어 있었다.

“뭐야. 무슨 폭로? 뭐, 설마 자기랑 내연 관계였다고 폭로하는 건가?”

“에이. 결혼한 유부남한테 이제 와서 무슨. 적어도 내가 이 남자의 아이를 키우고 있었다! 이 정도는 돼야 폭로할 게 있는 거지.”

멍하니 TV를 지켜보고 있는 석현의 주위로 다른 선수들 몇 명이 몰려들어 떠들어 대기 시작했다. 그저 가볍게 이야기하고 넘어갈 가십거리처럼.

“그럼 설마 진짜 애라도 데리고 나타나려는 건가?”

키득키득. 저들끼리 모여 떠드는 소리가 점점 더 커지고 있었다. 석현의 주먹을 불끈 쥐었다.

“석현아, 혹시 내 면도기 못 봤…….”

누군가 석현에게 말을 거는 그 순간. 가만히 서 있던 석현이 별안간 현관으로 빠르게 걸어 나가기 시작했다.

“야! 신석현! 너 갑자기 어디 가?”

* * *

처음엔 세정도 이런 식으로까지 일을 벌이고 싶진 않았다. 누구보다 떳떳하지 못한 건 자신이었으니까. 거짓으로 우재를 협박하고 있음에 충분히 죄책감을 느끼고 있었으니까.

그러나 이젠 이 방법뿐이라며 성화를 하는 희옥에게 못 이겨 그러겠노라 기자회견을 수락하고, 마지막으로 우재를 찾아갔던 어제 오후. 세정은 깨달았다. 정말로 이제 남은 방법은 이 방법뿐이라는 것을. 벼랑 끝이라고 울부짖는 자신에게 돌아온 건 우재의 매몰찬 외면이었다.

"엄마……."

초조하게 손톱을 물어뜯는 세정에게 솔이가 다가와 울먹거렸다. 어린 두 눈에 그렁그렁 눈물이 고여 있었다. 낯설고 무섭고 정신없는 주변 분위기에, 엄마의 넋 나간 얼굴까지. 어린 솔이가 감당하기엔 참으로 두려운 상황이기에 당연했다.

"엄마…… 나 쉬 마려……."

솔이가 세정의 손을 흔들며 말했으나 세정의 귀엔 이제 어린 딸의 목소리도 잘 들리지 않았다. 세정은 다정한 표정으로 웃으며 딸에게 말했다.

"우리 솔이, 오늘 예쁘네. 엄마랑 이제 손잡고 나가서 사진 예쁘게 찍고 오는 거야. 잘할 수 있지?"

"엄마아…… 쉬…… 나 쉬 마려워…… 화장실 가고 싶어."

화장실에 가고 싶다고 울먹이는 솔이의 목소리. 울먹거리는 아이의 얼굴을 보며 세정의 표정이 단번에 굳어졌다.

"왜 울어. 너 지금 몇 살인데 이렇게 징징대? 지금 이게 얼마나 중요한 순간인 줄 알고 이러는 거야?"

세정이 솔이를 무섭게 다그치자 솔이는 입을 다물고 어깨를 들썩이기 시작했다. 울음소리는 잦아들었지만 어깨는 더욱 파르르 떨려왔다. 세정은 다시 솔이의 작은 손을 잡아 쥐었다.

"자. 나가자."

그러고는 기자들이 앉아 있을 홀을 향해 걸어 나갔다.

모두의 눈이 세정과 솔이에게 쏠렸다. 특히나 솔이를 보고 사람들이 웅성웅성하기 시작했다. 농담처럼, 저들끼리 '이 여자, 혼외자라도 데리고 나오는 거 아니야?' 하며 주고받던 이야기들이 사실일 가능성이 커지고 있었기 때문이었다. 다들 기막힌 두 모녀의 등장에 플래시를 터뜨리며 사진을 찍어 댔다.

"오늘 제가 이 자리에 나온 건, 예고 드렸던 대로 재이그룹 차우재 경영본부장의 실체를 폭로하기 위해서입니다."

세정은 제법 안정된 목소리로 마이크를 들었다. 저 멀리서, 그런 세정을 바라보고 있는 희옥과 현석, 그리고 그의 아내 현정까지 세정을 응시했다.

희옥은 아주 뿌듯한 표정이었다. 이걸로 차명진 회장과의 지리한 싸움을 모두 끝낼 수 있다고 그녀는 확신하고 있었다.

"모두 아시는 바와 같이, 해성푸드 이원석 회장님이 제 아버지이십니다. 따라서 제가 오늘 이렇게 차우재 씨에 대해 폭로를 하는 것은 세간에 잘못 퍼지고 있는 헛소문처럼 무슨 다른 의도가 있어서가 아님을 다시 한번 말씀드립니다."

세정은 자신의 아버지 이름을 팔아 제 발언의 신뢰성을 확보하고자 했다. 물론 아버지 이원석 회장은 오늘의 일을 전혀 알지 못했다. 그 때문에 이곳에 들어오기 전, 미친 듯 울려 대는 핸드폰을 그녀는 이미 쓰레기통에 처박아 버려야 했다.

"그럼 오늘 말씀드리고자 했던 부분에 대해 말씀드리겠습니다. 저와 차우재 씨는 오래전 연인 관계였습니다. 저희는 서로 사랑을 했고, 그 사랑의 결과로 이 아이를……."

세정이 옆에 앉아 있는 솔이를 응시하며 말끝을 흐렸다. 어느새 그녀의 눈동자에서 똑, 하고 눈물이 한 방울 흘러내렸다. 동시에 엄청난 플래시 세례들이 이어졌다.

"이 아이를…… 낳았습니다. 물론, 당시에 차우재 씨는 이 아이의 존재에 대해 알지 못했습니다. 그래서 지금 와이프인 유은호 씨와 결혼을 한 것으로 압니다. 하지만 아이가 점차 자라남에 따라 아이에게 아빠가 필요하다는 생각이 절실해졌고, 저는 조심스레 차우재 씨에게 아이의 존재를 알렸습니다. 맹세하건대 저는 두 사람의 결혼 생활을 파탄 낼 생각은 없었습니다. 다만 아이의 아빠이기에…… 존재를 알려야 할 필요성은 있다고 판단했던 것이죠. 그저 이 아이를 인정해 주고, 받아들여 주면 저에겐 어떤 식으로 대해도 상관없다고 생각했습니다."

시종일관 울기 직전의 얼굴을 하고 있던 솔이가 결국 눈물을 터뜨렸다. 제 앞에 수많은 카메라들과 사람들이 자신을 응시하고 있음에 겁을 더 먹은 것이었다. 솔이는 옆에 앉은 세정의 손을 부여잡으며 SOS를 요청하고 있었지만 세정은 그런 솔이의 신호를 완벽히 무시한 채 계속 말을 이었다.

"그런데 차우재 씨는…… 저와 이 아이를 완전히 무시하고…… 모르는 척으로 일관하며 저를 쓰레기 취급하였고……."

세정의 목소리가 떨리며 흔들렸다. 자신에 대한 우재의 행동을 다시 떠올리니 분노가 치미는 것이었다.

"아이가 두 분의 아이라는 확실한 검사 결과를 보여 주실 수 있나요?"

그 순간 어떤 기자 한 명이 손을 번쩍 들며 질문을 외쳤다. 세정은 기다렸다는 듯 테이블 위에 올려놓았던 유전자 검사 결과지를 번쩍 들어 올려 보였다. 희옥이 조작해 주었던 검사 결과였다.

"물론입니다. 당연히 이 결과를 차우재 씨한테도 알려 주었지만, 차우재 씨는 이 결과마저 무시하며……."

"엄마……."

겁에 질린 솔이가 결국 세정의 소맷자락을 붙잡으며 그녀를 불렀다. 그때 닫혀 있던 문이 열리고, 우재와 은호가 성큼성큼 안으로 걸어 들어왔다. 우재와 은호의 등장. 그건 그곳에 있던 모든 사람들에게 매우 뜻밖의 일이었다.

세정의 눈이 동그랗게 커졌다. 기자들의 시선도 우재와 은호에게 쏠렸다.

우재는 성큼성큼, 단상 위에 앉은 세정에게 가까이 다가가 마주 섰다. 세정의 눈동자가 이리저리 흔들리며 우재를 응시했다. 우재는 단단한 눈빛으로 세정에게 작게 말했다.

"이쯤에서 그만하죠, 이세정 씨. 진짜 벼랑 끝으로 내몰리기 전에."

"오빠……."

우재는 마지막 경고를 하듯 세정에게 말했다. 그러나 세정은 입술을 깨물며 우재를 노려보았다. 세정의 마지막 대답을 들은 우재가 마른침을 삼키며 그녀에게서 돌아섰다.

"진짜 검사 결과지는 이것입니다."

그러고는 기자들을 향해 들고 있던 진짜 검사 결과지를 번쩍 들어 올렸다.

"오…… 오빠……!"

세정의 얼어붙은 표정이 무너져 내렸다. 목소리는 파르르 떨렸으며 우재를 응시하는 그녀의 눈동자는 한없이 흔들렸다. 우재는 그런 세정을 다시 돌아보며 말했다.

"왜 내가 아무것도 모르고 있다고 생각했습니까?"

우재는 무서운 표정으로 세정에게 물었다. 세정은 입술을 파르르 떨었다.

"대체 어떤 게 진짜 결과지입니까?!"

기자들의 질문과 외침 소리가 이명처럼 들려왔다. 그 엄청난 소음에 울음을 간신히 참고 있던 솔이도 겁에 질린 나머지 결국 눈물을 주룩주룩 흘렸다.

"아…… 아냐, 오빠. 오빠가 뭘 잘못 아나 본데, 솔이 우리 딸, 솔이……."

세정은 고개를 저으며 울었다. 마치 물에 빠진 채 마지막 지푸라기라도 잡아 보려는 듯이.

"그럼 대체 그 아이는 누구 아이입니까?!"

난장판이 된 기자회견장. 저 멀리서 지켜보고 있던 희옥의 얼굴이 무섭게 일그러졌다. 차우재가 눈치챌 수 있음을 예상 못 한 바는 아니지만, 이미 알고 있었다는 건 정말 몰랐기 때문이었다. 그걸 알았더라면 이런 무모한 기자회견 또한 하지 않았을 테고. 희옥은 도망치듯 기자회견장을 빠져나가기 위해 움직였다. 그녀와 함께 서 있던 현석과 현정도 그 뒤를 따랐다. 현석의 표정은 이미 하얗게 질려 있는 상태였다. 그때였다.

"차현석 씨."

누군가 자신의 이름을 부르는 소리에 현석이 뒤를 돌아보았다. 운동복 차림의 낯선 남자가 자신을 향해 서 있었다. 석현이었다.

"차현석 씨 맞으시죠?"

"누구시죠?"

자신에게 다가오는 석현을 보며 현석은 본능적으로 인상을 찌푸렸다.

"신석현이라고 합니다."

석현의 말에 현석은 미간을 찡긋거렸다. 아무리 생각해도 현석은 제 눈앞의 이 남자를 알지 못했다. 아니, 이름도 처음 듣는 남자였다.

"누구시죠? 처음 뵙는 분 같은데."

이미 기자회견으로 정신이 혼미해진 현석은 짜증스럽게 인상을 쓰며 대꾸했다.

"혹시 저기 저 아이."

그러자 석현은 현석을 응시하며, 손을 높이 들었다. 석현의 손가락 끝이 가리킨 곳은 난리가 난 단상 위, 울고 있는 솔이였다.

"저 아이의 아버지 되십니까?"

석현의 충격적인 말에 현석의 얼굴이 새파랗게 질렸다. 그의 일그러진 얼굴은 얼어붙은 채 아무런 대꾸도, 아무런 숨소리도 내지 못하고 있었다. 그때, 멈춰 선 남편을 기다리기 위해 두 사람을 지켜보고 서 있던 현정이 천천히 걸어 다가왔다. 그녀는 무언가 자신이 잘못 들은 건가 하는 의아한 표정으로 석현을 응시했다. 현정은 임신해 볼록해진 자신의 배를 살짝 보듬었다.

"여쭤 보러 왔습니다. 저 아이의 아버지가 당신이 맞는지."

이번에야말로 석현의 말을 정확히 들은 현정의 미간이 구겨졌다.
"네?"
이게 무슨 말도 안 되는 소리냐는 듯 석현을 노려보던 현정이 피식 웃음을 지었다.
"자기야, 뭐 해. 이런 정신 나간 사람하고서. 가자, 얼른. 어머니 기다리셔."
현정은 도무지 말도 안 되는 이야기를 전혀 믿을 수 없다는 듯 현석의 손을 잡아끌었다. 그러나 약한 멘탈에 무너져 버린 현석은 그 자리에 얼어붙은 채로 넋이 나가 움직이질 않았다.
"여보."
"말씀해 보시죠. 저 아이, 차현석 씨가 저 아이의 아버지인지."
"이봐요!"
석현과 현정의 목소리가 높아지자, 그들 근처에 있던 기자들 중 몇 명이 그들의 이야기를 듣고 몰려들기 시작했다. 기자들이 현석의 얼굴을 알아본 것이었다. 결국 아이의 아버지가 우재가 아니라 현석이라는 소리였다.
웅성웅성. 장내가 소란스러워졌다. 혼란에 휩싸인 기자들이 현석과 석현 주변으로 몰려들어 질문을 쏟아부었다. 단상 위에서 이 모든 상황을 지켜보던 세정의 몸이 위험할 정도로 떨리고 있었다. 우재가 일그러진 얼굴로 세정을 향해 말했다.
"이세정 씨……."
우재의 목소리도 흔들렸다. 세정은 눈을 질끈 감은 채 바닥에 털썩 힘없이 주저앉았다. 모두가 혼란스러운 가운데, 한구석에서 이 모든 상황을 지켜보던 은호는 조심스레 단상 위에 앉아 있는 솔이를 일으켜 세웠다.

주르륵. 그녀가 솔이를 일으켜 세우자 바닥으로 솔이의 오줌이 흘러내렸다. 결국 바지에 오줌을 싸 버린 것이었다. 은호는 작은 한숨을 내쉬며 솔이를 끌어안았다.

"솔이 화장실 가자, 이모랑."

정신없는 아수라장 속. 세정은 왜 하필 이런 일이 자신에게만 일어나고 있는지, 왜 자신만 이토록 불행해야 하는지에 대해 생각했다. 이게 다 차우재 때문이라고 생각했다.

* * *

짝!

"정신 빠진 새끼!"

차에 타자마자 분노한 희옥의 손이 현석의 뺨을 매섭게 스치고 지났다. 뺨에 생채기가 날 만큼 엄청난 충격이었음에도 현석의 표정은 여전히 얼이 빠져 있었다.

"하……!"

희옥은 기가 막혀 머리꼭지가 돌아 버릴 것만 같았다. 이세정을 데려와 앞세운 일이, 제 스스로 제 발목을 잡는 일이 될 줄이야.

"병신 새끼, 날 천하의 등신으로 만들어도 분수가 있지……! 아랫도리 간수 하나 제대로 못 해서 일을 이 지경으로 만들어?"

"……."

현석은 허공을 응시하며 아무런 대답도 하지 않았다.

분노한 희옥의 손이 바들바들 떨렸다. 현정은 결국 엄청난 충격을 받고 119에 실려 갔다. 희옥은 차명진 회장이 있는 집으로 차마 가지 못하고 현석과 함께 회사로 향하는 중이었다. 그녀는 대체 이 엄청난 사태를 어떻게 수습해야 할지 머릿속이 터져 나갈 것만 같았다. 등신 같은 남편에, 아들까지. 결국 자신 외에는 아무도 도움이 되지 않았다. 그녀는 입술을 질끈 깨물었다.

"그냥 본가로 차 돌려."

기사에게 명령하듯 말했다. 더 이상 도망갈 곳이 없음을, 그녀는 본능적으로 직감했다.

* * *

"괜찮아요?"

살짝 정신이 나가 있는 우재를 향해 은호가 질문을 던졌다. 우재는 그제야 은호의 손을 맞잡으며 고개를 끄덕였다.

"당신은, 괜찮습니까?"

오히려 자신이 은호를 챙겨야 하건만, 되레 자신이 넋이 나간 것에 미안함을 느낀 우재가 은호의 손을 따뜻하게 매만지며 되물었다. 은호도 고개를 끄덕였다. 그제야 우재의 눈에 은호 옆에 선 솔이의 모습이 들어왔다. 울음은 겨우 그쳤지만 여전히 겁에 질린 얼굴이었다. 그런 솔이의 머리를 쓰다듬으며 은호는 아이를 진정시키려 노력하는 중이었다.

"이세정 씨 정신없어 보이는데…… 도저히 솔이는 놔두고 그냥 올 수가 없어서요."

은호의 말에 우재는 고개를 끄덕였다. 한 발짝 뒤에 서 있던 최 팀장이 은호에게 다가와 말했다.

"솔아, 이리 오련? 제가 데려가서 간식이라도 먹일게요, 사모님."

최 팀장이 보기엔 은호와 우재도 충분히 정신이 없어 보였기 때문이었다.

"우리 엄마는…… 어디 있어요?"

솔이가 작은 목소리로 은호에게 물었다. 은호는 그런 아이를 달래려는 듯 다정하게 말했다.

"솔아, 엄마가 금방 데리러 오실 건데 그때까지 이모들이랑 맛있는 거 먹으면서 놀고 있으면 돼. 필요한 거 있으면 여기 이모한테 말하고. 잘할 수 있지?"

은호의 말에 솔이는 고개를 끄덕였다. 애어른 같은 이 아이가 애써 울음을 참고 있다는 걸 은호는 모르지 않았기에 마음이 더 아팠다. 최 팀장의 손을 잡고 사라지는 솔이의 뒷모습을 지켜보며, 우재가 조심스레 입을 열었다.

"은호 씨 당분간 어디 나가지 말고 집에 있어요. 김 비서 말이 회사고 집 앞이고 기자들 난리라는데……."

"우재 씨도요."

우재는 온통 은호의 걱정뿐이었다. 자신도 혼란스러운 이 상황에서 은호가 얼마나 스트레스 받을지, 그는 그것이 가장 걱정이었던 것이다.

"우재 씨도 이제 그만 휴대폰 내려놓고 좀 쉬어요."

은호는 내내 휴대폰을 쥐고 있는 우재에게 다정하게 말했다. 똑똑. 때마침, 안채의 현관문 두드리는 소리가 들려왔다. 은호가 문을 열자 원 실장과 차명진 회장이 서 있었다.
"할아버님."
모처럼 이사회에 참석했던 차명진 회장은 아침나절 일어났던 이 모든 상황을 듣고 부리나케 집으로 다시 돌아온 것이었다.
"새아가 괜찮냐?"
차명진 회장도 가장 먼저 은호를 걱정했다. 은호는 고개를 끄덕였다. 그는 그제야 한숨을 내쉬었다.
"일이 생각보다 복잡해졌구나. 그저 이세정이 그 아이 하나가 거짓말을 하고 있는 줄 알았더니만. 허……!"
솔이가 현석의 아이라는 것에 회장은 또 한번 충격을 받은 듯 했다.
"사람 하나 잘못 들여서 집안 꼴이 아주 엉망이구나. 세상 창피해서 어디 얼굴이나 들고 다닐 수 있을는지. 내 그때 이희옥을 집에 들이지 말았어야 했는데……."
회장은 한탄하며 지난 일을 후회했다. 언제나 앞만 보고 달려온 그에게 있어 처음 있는 후회의 순간이었다. 회장은 머리가 지끈거리는지 이마를 부여잡았다. 지켜보고 있던 원 실장이 '강 박사님 부를까요?' 하고 물었고 우재가 대신해 고개를 끄덕였다.
"여하튼. 회사일 내가 다 지시해 뒀으니 걱정 말고, 우재랑 새아가. 너희들은 며칠 집에서 쉬거라. 내 업보로 벌어진 일이니 뒷수습도 내가 해야지."
회장은 이제 그만 가 보려는 듯 소파에서 몸을 일으켰다. 그때였다. 안채 현관이 다시 열리고 누군가가 안으로 들어섰다. 놀랍게도 희옥이었다. 우아하게 차려입은 희옥이었지만 얼굴색은 파리하기만 했다. 희옥을 응시하는 회장의 눈매가 매섭게 변해 갔다.

"아버님."

자신을 외면하고 안채를 나서려는 회장의 앞을 가로막고, 희옥은 회장의 발아래 무릎을 꿇었다. 뒤에서 지켜보던 원 실장이 조용히 다른 직원들을 내보내고 자신도 따라 나섰다. 숨 막히는 정적 속에서 은호와 우재도 가만히 상황을 지켜보았다.

"아버님, 잘못했습니다, 아버님."

희옥은 납작 엎드려 용서를 빌었다. 지금은 두 손 두 발 다 조아리고 회장에게 싹싹 비는 것밖에는 방법이 없다고 판단한 것이었다.

터덜터덜. 뒤늦게 희옥을 따라 들어온 차준일 사장과 현석도 연이어 차 회장 앞에 무릎을 꿇었다.

"아버지!"

차준일 사장은 금방이라도 울 것 같은 표정으로 회장을 올려다보았고, 현석은 여전히 넋이 나가 버린 표정이었다.

"우리 현석이가 아직 어려요, 아버님. 아직 부족한 점이 많아서……."

"어려? 이놈이 똥오줌 분별 못 하는 나이야? 너 지금 이걸 변명이라고 지껄이니?"

희옥의 말에 차 회장은 무섭게 쏘아붙이며 역정을 냈다. 끝까지 아들 핑계를 대며 자신의 음흉한 속내를 숨기려 하는 희옥에게 그는 온 정이 다 떨어지는 중이었다.

"말해 보거라! 세정이 한국에 불러들인 거, 어미 네 짓이냐?"

진짜 그가 분노한 이유는 세정을 부추겨 우재를 흔들고, 나아가 자신까지 끌어내리려 했다는 것이었다. 눈 가리고 아웅 하려는 그녀의 역겨운 태도에 회장은 무섭게 그녀를 노려보았다.

"그게 사실이라면 더 이상 네 못된 짓거리들, 용서할 이유가 없지. 원 실장! 당장 김 변호사 들어오라고 해!"

희옥은 입술을 깨물며 눈을 질끈 감았다.

* * *

일주일이 흘렀다. 참으로 혼란한 시간들이었다. 한 사람의 거짓말로 인해 수많은 사람들이 상처받고, 아파하고, 눈물을 흘려야 했던 시간들. 폭풍 같은 바람이 재이그룹에 몰아닥친 듯했다.

"혼자 다녀올게요."

"아뇨. 같이 가야죠."

예정되어 있던 엄마의 퇴원 때문에 은호는 하는 수 없이 일주일만에 본가를 나가야 하는 상황이었다. 우재와 함께 나가면 더 주목을 받을지도 모른다는 생각에, 이른 아침 조용히 혼자 다녀오려던 은호의 계획이 우재에게 들켜 버린 것이다. 우재가 바쁘게 셔츠를 챙겨 입으며 은호를 따라 나섰다.

"고마워요, 우재 씨."

은호의 말에 우재는 별말을 다 한다는 듯 그녀를 보며 웃었다. 다행히 이른 새벽이라 그런지 집 앞엔 아무도 보이지 않았다.

차를 타고 달려, 두 사람은 금세 어머니의 병원에 도착했다. 병원엔 지호가 먼저 와 있었다. 지호 옆에는 역시나 석현도 함께였다. 은호가 어색한 눈빛으로 석현을 응시했다. 석현은 그저 말없이 시선을 피했다. 혼란스러웠던 그날의 기자회견 이후, 처음 마주하는 두 사람이었다.

"석현아."

은호가 먼저 석현에게 다가가 이름을 불렀다.

"오기 싫었는데. 지호 녀석이 매형은 못 올지도 모른다고 꼭 나도 와서 도와줘야 한대서……."

왜 따라왔는지 변명하듯 석현이 작게 말했다.

"고마워."

은호는 진심으로 석현에게 말했다. 어떻게 석현이 모든 진실을 알게 되었는지는 몰라도, 결국 석현이 누군가의 거짓말을 끊어 낼 수 있게 해 준 것이나 다름없었다. 그에겐 이 모든 진실을 밝혀야 할 의무도, 이유도 없었는데도 불구하고 말이다.

"고맙습니다, 신석현 씨."

은호 옆에 서 있던 우재가 문득 석현에게 따뜻한 목소리로 말했다. 우재의 말에 지호도, 석현도, 은호도 모두 그를 응시했다. 아마도 이런 그림이 조금 어색한 건 모두가 마찬가지였기 때문이리라. 당황한 석현이 잠시 우재를 쳐다보다가 금세 시선을 피했다.

"착각하지 마요. 은호 누나 때문에 한 일이지 그쪽 좋으라고 한 일 아니니까."

"압니다. 그래도 고맙습니다."

석현은 하, 하고 한숨을 내쉬었다. 석현은 모든 걸 알고도 모르는 척할 자신이 없었다. 자신이 너무나 사랑하는 은호가, 우재를 너무나도 사랑하고 있음을 완벽히 알았으니 말이다. 곤궁에 빠진 차우재를 보며 가슴 아파할 은호를 더는 볼 수 없었다. 그래서 그는 기자회견장에서 차현석에게 직접 진실을 물어야 했던 것이다. 어색한 침묵이 두 사람 사이에 흘렀다. 중간에서 눈치를 보고 있던 지호가 얼른 말을 돌렸다.

"안에 엄마 기다리시는데. 얼른, 빨리 들어가죠? 집에 간다고 어제 잠도 잘 못 주무셨는데."

"그래."

"참. 엄마한테는 일부러 아무 말 안 했어. 괜히 무슨 일인지 알았다가 더 걱정하시고 힘들어하실까 봐."

은호는 고개를 끄덕였다.

지호의 말대로 은호의 엄마는 한껏 설레는 얼굴로 이들을 맞았다. 그도 그럴 것이 그녀가 집에 돌아가는 것이 3년 만의 일이었다. 지긋지긋한 병원 생활을 끝낼 수 있는 날이 왔다고 생각하니, 그녀의 얼굴엔 웃음이 가득했다.

"차 서방 왔네?"

딸보다 사위를 먼저 반기는 엄마의 모습에 은호는 돌연 픽, 웃음이 나왔다.

"엄마 딸도 왔는데. 난 안 보여?"

투정 어린 딸의 말에도 엄마는 우재의 손을 잡고 꿀이 뚝뚝 떨어지는 눈빛으로 사위를 바라보았다. 지켜보던 지호도 피식 웃음을 터뜨렸다. 덕분에 조금 딱딱하고 굳어 있던 분위기가 순식간에 녹아내렸다. 그 화기애애한 모습을 지켜보던 석현은 조용히 발걸음을 돌렸다. 자신이 있을 자리가 아니라고 생각했다. 지호가 제 친구를 붙잡았지만, 석현은 그저 씁쓸히 웃으며 사라졌다. 은호가 석현의 빈자리를 눈치챘을 땐 이미 많은 시간이 지난 후였다.

* * *

아침부터 본채가 소란스러웠다. 차준일 사장이 집에서 희옥을 안으로 데리고 들어와 아침 식사를 하고 있는 차명진 회장 앞에 나타난 것이었다.

"아버지, 이제 그만 화 푸세요. 현석 엄마가 일부러 다 알면서도 이세정이 데려와 거짓말한 건 아니라니까요. 현석이 와이프, 충격 받아서 유산할 뻔했고, 현석이 놈도 뼈에 사무치게 반성하고 있습니다. 이 사람, 부족한 제 옆에서 30년 넘게 재이 위해서, 아버지 위해서 일한 사람이잖습니까!"

평소 아버지에게 단 한마디도 대꾸 못 하던 그가 웬일로 목소리를 높였다. 차명진 회장은 기막힌 듯 쓰게 웃으며 숟가락을 탁, 내려놓았다.

"아버님……."

준일 뒤에 숨어 있던 희옥이 회장을 불렀다.

"어미랑 현석이, 오늘까지 사표 내 서재에 가져다 놓기로 한 것 잊지 않았겠지?"

"아버지!"

아들의 호소에도 차 회장의 마음은 흔들리지 않는 듯했다.

"아버님, 정말 너무하세요. 아무리 저를 미워하셔도, 아버님 저한테 이러시면 안 되시는 거잖아요."

기어코 희옥이 못 참겠다는 듯 목소리를 높였다.

"이 사람 방황하고 회사에 마음 못 잡을 때, 제가 아버님 도와서 회사 일 다 했어요. 재이 위기에 빠졌을 때마다 종종거리면서 보탬이 되려 노력했던 것도 저였고요. 안주인 없는 재이에 그 빈자리 티 안 내려 제가 얼마나 애를 썼는지 아시잖아요."

희옥이 떨리는 목소리로 말을 이었다. 희옥의 말에 차 회장은 코웃음을 쳤다.

"네 욕심 차릴 생각에 스스로 한 일을 잘도 포장하는구나."

"아버님……!"

"원 실장."

회장의 부름에 저 멀리 서 있던 원 실장이 작은 서류를 하나 가져왔다. 그러고는 준일과 희옥에게 한 장씩 나누어 주었다. 두 사람의 이혼 서류였다.

"아버지!"

"고소 고발한 것들과는 별개로, 30년 일한 퇴직금은 서운하지 않을 만큼 내 두둑이 챙겨 주마. 이쯤 하고 네 분수껏 살아!"

준일은 소리를 질렀고, 희옥은 기막히다는 듯 입술을 깨물며 몸을 부르르 떨었다.

"그렇게는…… 못 해요, 아버님!"

악에 받친 희옥의 목소리가 들려왔다.

"어미야."

희옥의 대답에 차 회장이 천천히 몸을 일으켜 세우며 희옥을 응시했다.

"너 처음 우리 집에 들이던 날. 내가 했던 말 기억하니?"

어떻게 그날의 수모를 잊겠는가. 희옥은 그날의 일을 떠올리는 것만으로도 분노가 치미는 기분이었다.

"내가 다른 건 몰라도 내 물건에, 내 사람에, 내 회사에 흠집 내는 건 용서하지 않겠다고 했지?"

회장과 희옥. 두 사람은 팽팽한 긴장감으로 서로를 응시했다.

"그동안 제가…… 아버님 물건에, 사람에, 회사에…… 흠집 나게 한 적 있었나요?"

"넌 처음부터. 애당초 이 집에 들어오는 순간부터 재이를 흠집 내려 들어왔지."

"대체 무슨 말씀을……!"

"내 아들. 조금 어리숙하지만 착한 내 아들을, 그리고 내 귀한 손주에 흠집을 냈어."

"아버님……!"

"내가 아무것도 모르고 널 이 집에 받아들였다고 생각하고 있었니?"

의미심장한 회장의 한마디에 희옥의 얼굴이 사색이 되었다. 분노에 차 있던 그녀의 얼굴이 추하게 일그러졌다. 회장은 쓰게 웃으며 뒷짐을 지고 그녀를 응시했다.

"내 아들이 어미 너 아니면 죽겠다기에, 이미 흠집 난 하자 많은 아들 녀석도 내 업보려니…… 하는 마음으로 널 받아 준 것뿐이야."

"아…… 아버님……."

희옥이 흔들리는 눈으로 회장을 마주 보았다. 그녀의 입술이 파르르 떨렸다.

"넌 날 바보로 생각한 모양이구나. 내가 이번에도 또 눈감아 줄 거라는 순진한 착각을 한 건 아닐 테니 말이다."

"아버님!"

회장의 말이 떨어지기가 무섭게 희옥은 회장 앞에 무릎을 꿇었다. 바닥에 머리를 조아리고 몸을 부르르 떨며 회장의 바짓가랑이를 붙잡았다.

"여……보……."

갑작스러운 희옥의 행동에 가장 놀란 건 준일인 듯했다.

"아버님…… 요…… 용서해 주세요. 제가 잘못했습니다. 저…… 저는 내치시고 제발…… 우리 현석이만…… 현석이만 내치지 말아 주세요. 네? 아버님……."

자기가 뭘 잘못했냐며 목소리를 높여 따지던 모습은 오간 데 없고 희옥은 미친 사람처럼 회장의 바짓가랑이에 매달려 오열하고 있었다.

"원 실장, 나 피곤해서 반신욕 좀 해야겠네."

"네, 회장님."

그러나 차 회장은 그런 희옥을 뿌리치고 자리를 떠나 버렸다.

"아버님……!"

"어미 데려가거라. 오늘까지 사직서랑 이혼 서류, 내 서재에 올려놓지 않으면 준일이 너도 어미랑 같이 나가겠다는 의미로 알 테니 알아서 하고. 법적인 일들은 김 변하고 얘기들 해. 난 더 이상 할 말 없으니!"

회장은 울부짖는 희옥과 황당해하는 아들을 뒤로한 채 그곳을 빠져나왔다. 천천히 욕실로 향하는 그의 발걸음이 무겁기만 했다.

왜 몰랐겠는가. 처음부터 희옥이 거짓말을 하고 있음을. 자신의 손자라며 안겨 준 아이가 전혀 다른 사람의 자식임을, 차명진 회장은 모두 다 처음부터 알고 있었다. 다만 희옥으로 인해 아들이 조금 더 편해지기를 바랐던 부모의 못난 욕심 때문에 비롯된 비극이었을 뿐이다. 그로 인해 손주인 우재가 고통받고, 지금에 이르러선 은호까지 치유할 수 없을 만한 상처를 입었으니 회장은 그게 가장 통한스러울 따름이었다.

"회장님, 괜찮으십니까?"

살짝 휘청이는 그의 팔을 부축하며 원 실장이 물었다.

"다…… 내 탓이지. 내 잘못이지……."

회장은 후회 가득한 목소리로 혼잣말을 했다. 일에 우선순위를 두느라 집안을 엉망으로 만들어 버린 자신의 과거를, 그는 뼈저리게 후회하고 있었다. 회장은 모든 걸 알았음에도 아무 말 없이 모른 척하는 우재의 행동이 더 가슴 아팠다. 우재에게 있어 자신은, 우재가 왜 그랬느냐고 자신을 탓하고 원망한대도 아무런 할 말이 없는 죄인이니 말이다.

"하……."

들려오는 희옥의 오열. 그리고 차 회장의 깊은 한숨에 집 안 분위기는 한층 더 가라앉고 있었다.

* * *

세상에 모든 진실이 낱낱이 밝혀졌다. 이른바 '가짜 아이 사건.' 재이의 며느리였던 이희옥과 차우재의 과거 약혼녀가 재이그룹 일가를 뒤흔들어 놓은 사건으로 회자되기 시작했다. 그녀들이 얼마나 뻔뻔하고 기막힌 일들을 저질렀는지, 아무것도 모르는 아이를 앞세워 자신들의 욕심을 채우려고 했는지가 드러났다. 사기, 횡령, 허위사실유포 등등 수많은 혐의로 희옥은 구치소에 수감되어 수사를 받아야 했다.

희옥은 끝까지 유명 로펌의 변호사들을 선임해 자신의 억울함을 외쳐 보려 했으나 그간 우재와 차명진 회장이 꼼꼼히도 모아 두었던 수많은 증거 때문에 그마저도 녹록지 않은 상황이었다. 게다가 여론마저도 그녀에게 등을 돌렸다. 결국 희옥은 수감된 지 사흘 만에 스스로 목을 매는 자살 시도를 했다. 희망이 없다 판단한 그녀의 잘못된 선택. 불행인지 다행인지, 빠르게 병원으로 실려 간 그녀는 별문제 없이 깨어났다. 그녀에겐 가장 고통스러운 일이었겠지만.

"고소 취하는 없네, 김 변."

수사 상황에 대해 차 회장에게 보고를 하러 들어왔던 김 변호사는 차 회장의 단호한 말에 고개를 끄덕였다.

"이 업보, 내가 자르지 않으면 우재나 새아가에게 언젠가 또 독이 될 거야."

차 회장은 단호한 목소리로 말을 이었다.

"고소한 것과는 별개로 이희옥이 치료가 잘될 수 있게 신경 좀 써 주게."

"네……?"

차 회장의 말을 이해하지 못한 김 변호사가 되물었다.

"죽는 걸로 자기 잘못을 모두 없는 일로 덮는다면 그건 남은 사람들한테 너무 억울한 일이겠지. 살아서, 끝까지 죗값을 받아야지. 그래야 이치에 맞는 일이니까."

김 변호사는 차 회장의 말에 가만히 고개를 끄덕였다.
차명진 회장. 그가 어떻게 이 거대한 기업을 키우고 사업을 성공시켰는지 그도 잘 알고 있었다. 한때 피도 눈물도 없는 냉혈한이라 불렸던 기업인. 자신의 것에 흠집 내는 것에 대해선 무자비할 정도로 끝을 봐야만 손을 떼는 성미를 가진 회장이었다.
"더 이상 용서는 없어."
"네. 알겠습니다, 회장님."
김 변호사는 잘 알겠다는 듯 대답을 하고 자리에서 일어섰다. 차 회장은 한탄스러운 표정으로, 소파에 기대며 가만히 눈을 감았다.

* * *

은호와 우재, 그리고 지호는 3년이란 시간 동안 꽤 불어난 병원 살림을 정리하고, 금세 퇴원 수속을 마친 뒤 집으로 향했다.
엄마는 오랜만에 돌아온 집을 보며 눈물을 흘렸다. 언덕 끝, 파란 대문의 작은 집. 우재의 차가 집 앞까지 갈 수 없을 정도로 작은 골목이었다. 우재는 처음 와 보는 은호의 옛집을 보며 깊은 생각에 잠겨 들었다.
"힘들죠."
집으로 들어서는 우재에게 휴지를 건네며 은호가 물었다. 걸어서 짐을 들고 언덕길을 오르느라, 우재의 얼굴에 땀이 송골송골 맺혀 있었기 때문이었다. 우재는 미소를 지으며 고개를 저었다.
"여기가 은호 씨 살았던 집입니까?"

엄마도 항상 병원에 계셨고, 결혼한 뒤로는 이 집에 올 이유가 없었기에 한 번도 관심 두지 않았던 곳이었다. 우재는 호기심 가득한 표정으로 집 구석구석을 살폈다.

"네. 초등학교 때부터 지금까지 쭉 살았던 집이에요. 주인집 아주머니 좋으셔서 몇 년째 재개발 얘기 도는데도 다른 사람한테 안 팔고 우리 가족 살라고 배려해 주셨거든요."

"배려는 무슨. 여기까지 와서 살 세입자가 우리 말곤 없으니까 그랬던 거지."

지호가 입을 삐죽이며 불만스럽게 말했다.

"그래도. 이 동네 한창 집값 오를 때도 우리 집만 월세 그대로였잖아."

그러자 은호는 지호를 나무라듯 대꾸했다.

"집을 오래 비워 놨더니, 집이 먼지투성이네."

은호의 엄마는 더러운 집 때문에 사위 보기가 민망한 듯 쑥스러운 표정으로 여기저기를 두리번거렸다. 그도 그럴 것이 은호가 결혼한 뒤로는 지호도 합숙 훈련소에서 지내게 되어 이 집은 오랜 시간 빈집이나 다름이 없었다.

"엄마, 괜찮아. 그냥 앉아 있어요. 우리가 다 치울 거니까."

보다 못한 지호가 엄마를 말리며 자리에 앉혔다.

"집 구경시켜 줘요?"

호기심 가득한 눈빛으로 두리번거리는 우재를 보며 은호가 물었다. 우재는 고개를 끄덕였다.

"은호 씨 방 구경하고 싶은데."

은호는 웃으며 우재의 손을 오래전 자신의 방으로 이끌었다. 아주 작은 방이었다. 은호가 결혼 전까지 쓰던 작은 침대와 화장대, 장롱 하나가 전부인 소박하고 아기자기한 방. 지금은 주인을 잃어 조금 썰렁한 분위기였지만, 이곳에서 오랜 시간을 보냈을 은호를 떠올리며 우재는 설레는 마음으로 방을 살폈다.

"방이 은호 씨 닮았군요."

둘러보던 우재가 나지막한 목소리로 말했다. 그러곤 은호의 침대에 살짝 몸을 낮추어 앉았다.

"나 닮은 방이 뭔데요?"

아리송하다는 듯 은호가 물었다.

"음. 귀엽고, 아담합니다."

"뭐야, 나 작다고 놀리는 거예요?"

"그럴 리가요."

우재는 앞에 서 있던 은호의 손목을 잡아끌었다. 갑작스러운 손길에 은호의 몸이 침대 쪽으로 쓰러졌다. 우재는 재빨리 은호의 허리를 끌어안고 그녀를 침대 위에 눕혔다. 놀란 은호의 눈이 동그랗게 부풀어 올랐다.

"어머, 우재 씨!"

이 문밖에 엄마와 동생이 있다는 뜻이었다.

"그냥 갑자기 은호 씨 안고 싶어서 그러니까 몸에 긴장 좀 풀어요."

우재는 은호의 이마와 뺨을 쓰다듬으며 사랑스러운 눈빛으로 그녀를 내려다보았다. 은호의 방에 있으니 온통 은호의 냄새로 코끝이 몽글몽글해지는 기분이었다. 은호는 코앞까지 다가온 우재의 얼굴을 말똥말똥 올려다보며 숨을 죽였다. 두근두근, 심장이 터질 듯 뛰어 댔다.

"근데. 왜 이렇게 심장이 빨리 뜁니까?"

"빠…… 빨리 뛰긴 무슨……."

우재의 농담에 은호가 당황하며 고개를 돌렸다.

"무슨 생각을 하길래 혼자 긴장을 해서는……."

"긴…… 긴장이라뇨! 무슨 내가 언제 긴장을 했다고……."

혼자만 긴장하고 설레어 하는 게 어쩐지 부끄러웠던 은호는 새빨개진 얼굴로 목소리를 높이고 있었다.

"누나, 엄마가 누나……!"

그때. 벌컥, 방문이 열리고 아무 생각 없이 문을 열었던 지호가 소스라치게 놀라며 다시 문을 닫고 나가 버렸다. 침대에 나란히 누워 실랑이를 하고 있는 우재와 은호의 모습에 본의 아니게 민망해져 버린 것이었다. 은호가 벌떡 몸을 일으키며 동생을 불렀다.

"지…… 지호야!"

얼른 동생을 뒤따라 나가 오해를 풀어 보려는 은호를, 우재는 다시 돌려세우며 품에 안았다. 갑작스레 우재의 품에 안긴 은호가 바둥거렸지만 그럴수록 우재는 더욱 그녀를 꼬옥 안았다.

"고맙습니다. 나한테 와 줘서."

"우재…… 씨……."

갑작스러운 우재의 진지한 목소리. 은호는 어리둥절하면서도 그 따뜻한 품이 좋아 그대로 가만히 멈춰 버렸다.

우재는 고마웠다. 이렇게나 전혀 다른 환경에서 자란 자신과 은호가 만날 수 있었다는 사실도, 부족하기만 한 자신을 사랑해 준 은호의 마음도. 이 모든 게 다 운명 아닌 우연이라 한다 해도 그는

신에게 충분히 감사할 준비가 되어 있었다.
"나를 사랑해 줘서."
아픈 상처 속에서도, 혼자 남은 외로움 속에서도 자신을 포기하지 않아 준 은호에게, 우재는 진심을 다해 제 마음을 전했다.
"은호 씨."
"네, 우재 씨."
우재는 은호의 머리칼을 부드럽게 쓸어내리며 속삭였다.
"이제는 정말 행복하게 해 줄게요."
그간 자신이 은호에게 주었던 상처와 잘못을 떠올리며 우재는 다짐하듯 말했다.
"우리 하나씩 하나씩, 처음부터 다시 시작합시다."
"네……?"
은호는 우재의 말뜻을 이해하지 못하고 동그란 눈을 깜빡였다. 우재는 그녀의 까만 두 눈을 바라보았다. 그러다 피식, 은호가 먼저 우재를 향해 웃었다.
이제부터 우재는, 은호와의 모든 것을 처음부터 하나씩 다시 시작할 생각이었다. 마치 처음 사랑을 시작하는 연인들처럼. 은호의 작은 방 안으로 따스한 햇살이 스며들었다.

* * *

"차 서방은 정말 못 하는 게 없구먼. 어쩜 고기도 이렇게 잘 구워?"
은호의 엄마는 뿌듯한 표정으로 우재를 바라보며 감탄을 했다.

집에 먹을 것이 아무것도 없어 우재와 은호, 그리고 엄마와 지호는 집 근처 삼겹살집에 점심을 먹으러 왔다.

"엄마는. 칭찬할 걸 칭찬 하셔. 고기 잘 굽는 걸로 치면 엄마 아들이 세상에서 제일 잘 굽거든요?"

"너랑 차 서방이랑 같니?"

지호의 괜한 투정에 엄마는 혀끝을 쯧쯧 차며 대꾸했다. 지호는 여전히 제 누나를 빼앗아 간 우재가 못마땅했으나 어쩐지 완전히 달라진 우재의 태도에 조금은 마음이 풀리는 중이었다. 누나가 그저 자신과 엄마 때문에 원치 않는 결혼을 했다고 생각했는데. 그래서 시댁 식구들의 홀대와 무심한 남편에게 상처받는 아픔을 겪고 있다고 생각했는데. 지금껏 자신이 했던 생각들이 모두 다 오해였던 걸까 싶게 우재는 은호에게 다정했다. 게다가 아까 목격한 장면 또한 지호의 생각을 완전히 바꿔놓는 중이었다. 역시 괜한 오해였고, 괜한 걱정이었나. 지호는 땀을 뻘뻘 흘리며 열심히 고기를 굽는 우재를 보며 슬며시 미소를 지었다.

"술 한잔 안 하실래요?"

그러곤 무심한 표정으로 우재에게 물었다. 지호의 뜻밖의 행동에 놀란 은호가 눈을 동그랗게 떴다.

"야, 대낮부터 무슨 술……."

"생각해 보니까 매형이랑 나, 제대로 술 한잔 못 마셔 본 것 같아서."

"됐어. 우재 씨 소주 별로 안 좋아해. 나중에 따로 자리……."

"그래요. 한잔하죠."

방어하려는 은호의 말을 자르고, 우재가 고개를 끄덕이며 말했다.

"우재 씨……."

오늘따라 이 두 사람이 왜 다들 이러실까. 당황한 은호의 입가에 헛웃음이 터졌다. 그러나 당황스러운 누나의 마음을 아는지 모르는지 이미 지호는 우재의 술잔을 소주로 가득 채우고 있었다.

* * *

"하……."

"우재 씨, 괜찮아요? 힘들죠."

안절부절못하는 은호를 보며 우재는 여유 있는 척 미소를 지어 보지만, 땀은 이미 비 오듯 흘러내리고 있었다. 괜한 오기에 우재와 술 내기를 한답시고 패기롭게 뻗어 버린 동생 지호를, 우재가 둘러업고 언덕길을 올라가고 있었다.

식사 후 엄마는 한참 전에 집에다 모셔 놓고, 두 사람은 대낮부터 해가 뉘엿뉘엿 지고 있는 지금 이 시간까지 술을 마셔 댔다. 우재도 잔뜩 취한 듯 보였으나, 간신히 정신 줄을 붙잡고 걷고 있는 듯해서 은호는 더욱 마음이 불안했다.

털썩! 겨우 집에 들어와 침대에 지호를 내려놓은 우재가 거친 숨을 내쉬었다.

"마셔요."

은호가 얼른 냉수 한 컵을 따라다 주자 우재가 벌컥벌컥 물을 들이켰다.

"차 서방, 미안하네. 하…… 저놈이 아직 저렇게 철이 없어서

원…….”

엄마는 미안한 듯 우재에게 말했고, 우재는 땀을 닦아 내며 아니라고 고개를 저었다.

* * *

힘든 것도 힘든 것이었지만, 우재도 처음으로 이렇게 소주를 많이 먹어 본 것이었기에 눈앞이 어질어질했다. 어떻게 저 거구의 운동선수를 업고 여기까지 왔는지도 기억나지 않을 만큼 정신이 띵했다.

“은호 씨, 미안하지만…… 은호 씨 침대에서 누워도 되겠습니까? 나도 좀 어지러워서…….”

은호는 우재의 팔을 잡고 제 침대로 데려가 누였다. 그는 침대에 눕자마자 눈을 감고 곯아떨어졌다. 이 의미 없고 재미없는 술 내기를 대체 왜 하는 건지. 은호는 고개를 절레절레 저으며 원망스러운 자신의 남동생을 흘겨보았다.

어느새 깊은 밤. 우재가 깨어나기를 기다리던 은호도 우재의 옆에 앉아 있다가 깜빡 잠이 들었다. 우재는 어둠 속에서 스르륵 눈을 떴다. 그러곤 제 옆에 불편한 자세로 앉아 잠이 든 은호의 얼굴을 빤히 응시했다. 꿈인가 싶을 정도로 행복한 마음에 가슴이 벅차올랐다. 은호의 얼굴을 응시하는 것만으로도 그는 행복해지는 기분이었다. 우재는 천천히 은호의 뺨과 얼굴을 쓰다듬으며 그녀를 살폈다.

“어…… 깼어요, 우재 씨?”

그 촉감에 잠에서 깬 은호가 눈을 뜨며 말했다.

"아……."

그러곤 휴대폰을 액정을 눌러 시간을 확인하곤 작은 탄식을 내뱉었다. 새벽 1시. 다시 돌아가기엔 너무 늦은 시간이었다. 퇴원하는 거 도와 드리고, 짐 옮겨서 엄마만 모셔다 드리려고 했던 일이 이렇게 될 줄이야. 은호는 작게 한숨을 내쉬며 다시 우재를 쳐다보았다.

"엄마……!"

그러자 우재가 은호의 팔을 잡고 자신의 쪽으로 당겼다. 덕분에 은호의 몸이 붕 뜨며 우재에게 가깝게 밀착했다. 우재는 기다렸다는 듯 왼팔을 벌려 은호의 머리를 누였다. 우재에게 폭 안긴 채 누운 은호가 눈을 깜빡깜빡 동그랗게 떴다.

"자고 아침에 가면 되니까 이리 와요."

우재는 은호를 더욱 끌어당겨 안았다. 뜨거운 우재의 몸이 밀착되자 은호는 어쩐지 금세 얼굴이 화르르 달아올랐다. 이상했다. 평생 혼자 누워 있던 자신의 침대에 우재와 이렇게 밀착해 누워 있는 기분이. 포근하고 아늑한 기분. 콩닥콩닥 뛰는 심장 소리까지 완벽하게 평화롭고 아름다움 어둠이었다.

우재의 얼굴이 점점 은호에게 가까이 다가갔다. 은호는 자연스레 눈을 감았고, 우재는 자연스레 그녀의 입술에 제 입술을 맞대었다. 달콤한 차우재의 체향과 씁쓸한 알코올 향이 뒤섞여 더 짜릿한 키스였다. 진득하게 두 사람의 혀가 뒤엉키기 시작했다. 방이 좁아서 그런지, 침대가 작아 그런 건지 평소보다도 맞닿은 몸이 더욱 뜨거웠다. 은호와 우재는 누가 먼저랄 것도 없이 서로의 옷을 더듬어 벗겼다. 혹여나 문밖에 자신들의 소리가 들릴까 싶어 최대한 숨소리를 죽여 보지만, 흥분한 두 사람의 숨소리는 누가 들어도 종전보다 거칠어져 있었다.

"하아……."

자신의 몸을 눌러 오는 우재의 무게에 은호는 저도 모르게 신음을 내뱉었다. 우재는 은호의 티셔츠를 더 높이 말아 올리고, 청바지를 가볍게 벗겨 내렸다. 우재는 은호의 귀를 깨물며 작게 속삭였다.

"쉿. 소리 내면 안 돼요."

은호가 발개진 얼굴로 고개를 끄덕였다. 그럼에도 우재의 집요한 움직임은 계속되었다. 우재는 자신도 바지를 살짝 내렸다.

"우재 씨…… 하……."

은호가 뒤를 돌아보며 우재의 손을 맞잡았다. 우재는 그런 은호의 고개를 살짝 돌려내 입을 맞추고 자연스레 손을 앞으로 가져갔다.

"더 야릇하군요. 은호 씨 침대에서 이러고 있으려니까……."

다행스럽게도 우재의 커다란 손이 은호의 입을 살짝 가려 막았다. 가느다란 허리가 잘록하게 휘어졌다.

"뜨거워요……."

은호가 작은 목소리로 속삭였다. 혹여나 은호가 아프거나 불편하지는 않을까 싶어 우재는 은호의 어깨와 목선을 혀끝으로 핥으며 달랬다. 우재는 계속해서 은호의 어깨에 입술을 묻었다. 형언할 수 없는 야릇한 기분이 그녀를 사로잡았다. 살짝 젖혀진 커튼 사이로 밝은 달빛이 밀려들었다. 우재는 달빛에 드리워진 은호의 속눈썹 그림자를 내려다보며 조심스레 그녀에게 자신을 더 밀착했다.

삐걱삐걱. 낡은 침대가 요란한 소리를 냈다. 야릇하고 수상한 소리임에 분명했지만, 그 소리를 신경 쓸 만큼의 이성이 남아 있지 않았다. 그저 입술을 꾹 깨문 채, 최대한 신음 소리만을 참으며 서로의 몸에 집중하는 시간. 우재는 은호의 달콤한 체향에 취한 듯, 눈을 감으며 그녀의 어깨를 깨물었다.

* * *

함께 집으로 돌아오는 차 안. 두 사람은 손을 맞잡은 채 새어 나오는 웃음을 참지 못하고 있었다. 행복 가득한 공기가 차 안에 가득 퍼져 나갔다.

"지호가 이제 우재 씨 마음에 들었나 봐요."

은호가 웃으며 힐끗 우재를 보았다.

"걔는 싫어하는 사람이랑 절대 술 안 마셔요. 사실…… 내가 엄마랑 자기 때문에 억지로 결혼했다고 생각했는지, 걔가 우재 씨 별로 안 좋아했거든요. 우재 씨, 그거 알았어요?"

우재는 꽤 태연한 표정으로 고개를 끄덕였다. 은호가 놀랍다는 듯 눈을 동그랗게 떴다.

"그래도 이제 날 마음에 들어 하는 것 같으니 다행이군요. 처남한테 점수 따려면 어떻게 해야 하나……. 구단에 전화해서 처남 연봉이라도 좀 올려야 하겠습니까?"

"풉……."

차우재식 농담임을 눈치챈 은호가 웃음을 터뜨렸다. 우재도 웃는 은호를 보며 씨익 입꼬리를 올려 웃었다.

다시 집으로 돌아온 은호와 우재는 손을 잡고 마당 안으로 들어섰다. 초록빛 잔디가 아침 햇살에 반짝거리며 빛을 내고 있었다. 때마침 마당에 서 있던 최 팀장이 빠른 걸음으로 걸어 나와 은호와 우재에게 살짝 고개를 숙였다.

"바로 본채로 먼저 가 보시는 게 좋으실 것 같습니다."

"왜요. 본채에 무슨 일 있어요?"

"네, 회장님께서 몸이 안 좋으셔서…… 강 박사님이 왔다 가셨습니다."

"갑자기요?"

"그게…… 아침 일찍…… 사장님께서 다녀가시는 바람에 또 한바탕 난리가……."

최 팀장의 말이 끝나기가 무섭게 은호의 손을 잡은 우재가 성큼성큼, 본채로 향했다. 회장은 침실에 링거를 꽂은 채 눈을 감고 누워 있었다.

"할아버님."

은호가 걱정스러운 표정으로 회장의 곁에 다가가 앉았다.

"어, 왔니? 사돈 퇴원하는 데 갔다더니……."

우재와 은호를 본 회장이 천천히 몸을 일으켜 앉았다.

"어디가 또 안 좋으십니까?"

우재도 걱정스러운 목소리로 물었으나 회장은 웃으며 손을 내저었다.

"강 박사가 이 나이에 이만큼 멀쩡한 것도 민폐라고 그러더구나."

"할아버지."

회장은 미안함에, 농담 아닌 농담을 던졌다.

"이제 와 돌이켜 보니 내가 너희들한테 정말 미안한 게 많아."

회장의 얼굴엔 씁쓸함이 한껏 어려 있었다.

"당분간 우재 네가 사장 대행을 맡아 줘야 할 듯싶구나."

회장의 말뜻을 알아차린 눈치 빠른 우재가 조금 놀란 듯 회장을 응시했다. 회장은 맞다는 듯 고개를 끄덕였다. 결국 끝까지 모른 척하고 넘기려던 희옥의 거짓말까지도 모두 다 밝혀졌다는 뜻이었다. 이제 재이그룹에서 이희옥도, 차현석도 모두 흔적 없이 지워질 것이다. 그동안 사라져 간 수많은 배신자들이 그러했듯이.

"알겠습니다."

우재는 담담한 목소리로 대답했다.

"그리고 새아가야."

"네, 할아버님."

"내 너에겐 정말 뭐라 할 말이 없을 만큼 미안하고 또 미안하구나."

회장은 은호에게 벌써 수차례 사과를 하고 또 사과했다. 그만큼 그는 이 두 사람에게 어른으로서 면목이 없다 느끼고 있었다. 은호는 고개를 저었다.

"너희에게 약속한 대로 이 모든 일의 매듭은 내가 지을 생각이다. 그러니 너희들은 아무 걱정도 하지 말고, 아무 신경도 쓰지 말고 그저 너희들 일에 집중하려무나."

회장의 말에 은호는 눈물을 꾹 참으며 애써 웃음을 지어 보였다.

"네, 할아버님."

* * *

희옥의 첫 번째 재판일. 애초에 세정과 공범에 가까운 범죄를 저질렀으므로, 두 사람의 사건은 한 번에 병합되어 처리될 예정이었지만 몸이 안 좋은 희옥 때문에, 희옥의 재판만 따로 날짜가 빨리 잡혔다. 물론 예상했던 대로 검찰 측의 수사는 급물살을 타고 빠르게 진행됐다. 그만큼 증거도, 범죄 사실도 명확한 사건이었으니까.

"왜 왔니? 내가 얼마나 거지 같은 꼴인가 구경하러 왔어?"

재판 전, 복도에서 마주친 우재를 외면하며 희옥은 악에 받친 목소리를 냈다. 자살 시도로 인해 상할 대로 상한 몸. 마른 얼굴과 퀭한 얼굴이 그녀가 얼마나 고통 속에 있는지를 잘 보여 주는 듯했다. 아무 대꾸 없이 차가운 얼굴로 희옥을 노려보는 우재. 그런 우재 뒤에 서 있던 건 은호였다. 은호를 본 희옥은 더욱 기가 막힌 듯 헛웃음을 내뱉었다. 은호와 우재가 자신을 조롱하러 온 게 분명하다고 여기는 듯했다.

"너희들이 이겼다고 생각하지? 너희들이 날 찍어 내렸다고 생각하지?"

"이희옥 씨."

우재는 차가운 목소리로 그녀의 이름을 불렀다.

"당신을 사랑했던 아버지 마음은 진심이었습니다. 그 진심에 배반을 한 건, 당신이었고."

아직도 희옥을 버리지 못한 아버지. 우재는 그 때문에 이 자리에 온 것이었다. 우재의 말에 희옥은 부정하듯 고개를 저으며 입꼬리를 올렸다.

"진심? 그 등신이 그렇게 말했니? 제가 나한테 진심이었다고?"

우재는 마른침을 삼키며 그녀에게 작은 브로치를 건넸다. 브로치를 보는 희옥의 눈이 이리저리 흔들리며 요동쳤다.

"도저히 여긴 못 오시겠다고, 당신한테 이걸 꼭 전해 달라고 울며 부탁하셔서 왔습니다. 지금 마음 같아선 당신, 모조리 갈기갈기 찢어 버리고 싶을 정도로 밉고 저주스럽지만. 그래도 당신 같은 사람을 사랑한 우리 아버지 마음이 진심인 걸 알기 때문에 간신히 참고 있는 겁니다."

흔들리던 희옥의 눈동자에서 후드득 눈물방울이 떨어져 내렸다. 브로치를 보는 그녀의 머릿속에 진흙탕 같은 과거의 아픔이 떠올랐기 때문이었다. 그 수렁에서 그녀에게 손을 내밀어 주었던 유일한 남자. 차준일. 희옥은 우재가 내민 브로치를 한참 응시하다 고개를 돌렸다. 브로치를 받지 않겠다는 뜻이었다.

"꺼져."

"그리고 다신 자살 시도 같은 것 하지 마십시오. 당신이 끝까지 살아서 죗값 받고 오랫동안 고통 속에서 살길 바랍니다. 그 말 하러 왔습니다, 이희옥 씨."

우재의 마지막 말을 끝으로 그녀를 호송하던 교도관들이 다시 재판장 안으로 발걸음을 옮겼다. 이 모든 상황을 우재 옆에서 지켜보던 은호가 그의 손을 꽉 움켜쥐었다.

"은호 씨."

우재는 은호의 어깨를 살짝 안으며 그녀의 마른 등을 토닥였다.
"욕심이 뭘까요. 그게 뭔데 대체 사람을 저렇게 추하게 만드는 걸까요……."
은호가 작게 말했다.
재판장엔 세간의 관심과 비례할 정도의 많은 기자들이 몰려들었다. 한때 재이그룹의 안주인이었던 여자의 몰락. 그리고 그녀의 드러난 악행. 모두가 그 결말을 보기 위해 온 사람들이었다. 그리고 누구나 예상했던 대로의 재판 결과가 선고되었다. 사기, 배임, 횡령, 허위사실유포 등의 많은 혐의로 그녀에게 선고된 건 징역 12년. 주문이 선고되자 그녀는 끝까지 악을 쓰며 재판장에서 끌려 나갔고, 그런 마녀 같은 모습을 보인 그녀에게 동정이나 연민을 가진 사람은 단 한 명도 없는 듯했다. 결국 그녀 스스로가 자신의 삶을 더 외롭게 만든 것이었다. 거짓과 열등감, 그리고 욕망으로 똘똘 뭉친 그녀의 삶이 송두리째 무너져 내리는 순간이었다.
우재는 쓰게 웃으며 은호의 이마에 살짝 입을 맞췄다. 이젠 이 모든 아픈 기억을, 자기가 잊게 해 주겠노라고. 앞으로의 삶이 행복만 할 수 있게.

* * *

은호는 우재와 모처럼 데이트에 잔뜩 들떴다. 일부러 새로 산 블라우스도 차려입고, 머리도 예쁘게 말고, 화장도 평소보다 더 공들여 했다. 회사와 집 아닌 장소에서의 데이트니까. 은호는 차 유리에 자신의 모습을 비춰 보며 우재가 얼른 나오기를 기다렸다.

"우재 씨!"

회사 정문에서부터 뚜벅뚜벅 걸어 나오는 우재의 모습이 보였다. 멀리서 보면 더욱 우월한 차우재의 기럭지와 비율. 은호는 저 잘생긴 남자가 제 남자라는 사실에 어쩐지 가슴이 뿌듯했다.

토요일인 오늘도 우재는 어쩔 수 없이 회사에 일찍 출근을 했다. 현석이 자신의 아이가 아니었다는 진실을 알고 충격에 빠진 차준일 사장을 대신해 벌써 한 달째 사장 대행을 맡고 있었다. 가능한 한 회사에 있는 시간을 줄여 보려 해 보지만, 완벽주의인 우재에게 그건 좀처럼 쉬운 일이 아니었다. 따라서 은호가 우재가 업무가 끝날 시간에 맞춰 회사 앞으로 온 것이었다.

"일은 다 끝났어요?"

은호가 자연스레 우재의 팔짱을 끼며 물었다.

"네, 뭐…… 빨리 끝내긴 했습니다……."

그런데 영, 우재의 표정이 어두웠다. 결국 우재가 걸음을 멈추고 은호를 마주 바라보았다. 영문 모를 우재의 표정에 은호가 눈을 동그랗게 떴다.

"근데 오늘 왜 이렇게 예쁘게 하고 나왔습니까?"

예쁘다는 사람의 말투치고는 어딘가 화가 난 목소리였다.

"아…… 그냥 오늘 우재 씨랑 데이트라서 신경 좀 썼는데……."

"사람 많은 데 갈 건데 이렇게 예쁘게 하고 나오면 어쩝니까?"

"네?"

아직도 우재의 말뜻을 이해하지 못한 은호가 눈을 깜빡이자, 우재는 은호의 손목을 잡고 한숨을 내쉬었다.

"너무 예뻐서 불안하단 말입니다."

농담인지 진담인지 모를 우재의 이야기에 은호는 웃음을 터뜨릴 수밖에 없었다.

"내가 할 말을 우재 씨가 하네요. 며칠 전에 본사 여직원들 사이에서 인기투표한 거, 그거 우재 씨가 또 1등한 거 알아요? 무슨 여자들이 유부남한테 그렇게들 관심이 많대요? 칫."

은호도 지지 않고 반격을 했다. 아니, 실상 잘난 차우재 때문에 속앓이하는 건 되레 본인이라 억울해하는 중이었다.

"질투합니까?"

"하. 질투는 무슨……!"

"그래도 기분 좋네요, 은호 씨가 질투하는 거 보니."

우재가 씨익 웃으며 은호의 손을 맞잡았다.

우재가 운전대를 잡은 차는 회사에서 얼마 떨어지지 않은 재이마린즈의 홈구장으로 향했다. 오늘은 지호가 선발인 경기이자, 재활 훈련을 마친 석현의 복귀가 있는 경기였다.

"회사 일…… 많이 바빠요?"

어쩐지 조금 피곤한 기색을 보이는 우재를 살피며 은호가 물었다.

"조금…… 안 그래도 바쁜 시기인데…… 소송 일까지 겹쳐서. 좀 정신이 없습니다."

희옥의 일을 말하는 것이었다. 결국 차 회장에게 내쳐진 그녀는 끝까지 탐욕스러운 마음을 포기하지 못하고 재이그룹과 남편 차준일을 상대로 소송을 제기해 왔다. 자신의 과오도 크다며, 지난 과거 일은 묻지 않고 묻어 두려던 차명진 회장도 그녀의 탐욕에 진노해 우재에게 당장 법적 대응할 것을 명했고, 재이의 법무

팀은 그녀를 경찰에 횡령 및 배임 혐의, 그리고 사기 혐의로 고발한 상태였다.
"금우그룹에서도 차현석 씨 상대로 이혼소송 제기하겠다고 하던데……."
현정의 집에서도 난리가 난 모양이었다. 다행히 배 속의 아이는 무사했지만, 솔이의 친아빠가 현석이라는 사실에 현정도 몇 번이나 졸도를 할 만큼을 충격을 받았기 때문이었다.
"한 번에 이혼소송을 두 건이나 진행하게 생겼군요."
가히 폭풍 같은 시간들이라 할 만큼 짧은 시간 엄청난 일이 벌어지고 있었다. 그 폭풍 속에서도 우재는 하나도 힘들거나 고단하지 않았다. 그간 잘못됐던 일들이 모두 다 제자리를 잡는 일이라고 생각하니 더욱 그랬다. 게다가 자신의 곁에는 이렇게나 예쁜 유은호가 있으므로.
"우재 씨 힘든데, 오늘은 그냥 집에 가서 TV로 중계 볼까요?"
아무래도 피곤해 보이는 우재의 모습에 걱정이 되었던 은호가 마음을 바꾸며 물었다. 우재가 씨익 웃었다.
"오랜만에 데이트할 생각에 이렇게 예쁘게 하고 나왔다면서요? 처남하고 한 약속도 있고, 재이 마린즈 감독하고 한 약속도 있고. 경기장 가서 재밌게 봅시다. 그리고 은호 씨랑 데이트하는 건 하나도 안 피곤하니까 걱정 말아요."
"그럼…… 다행이고요."
우재의 말에 조금 안심이 된 듯 은호도 다시 고개를 끄덕였다.
경기장은 한창 성적이 좋은 재이 마린즈를 응원하기 위한 관객들로 가득 차 있었다. 경기는 이미 시작된 상황. 우재와 은호가 경기장에 도착하자 어떻게 알았는지 관계자가 나와 두 사람을 VIP 관람석으로 안내했다. 아무래도 구단에서 구단주인 우재가 경기 관람을 온다는 소식에 특별히 자리를 마련한 듯싶었다.

가장 경기장이 잘 내려다보이는 VIP 관람석. 우재와 은호는 자리에 앉아 이미 시작된 경기를 내려다보았다. 오늘도 지호가 선발투수로 나와 그라운드에 서 있었다.

“처남 성적이 갈수록 좋아진다고 하는군요.”

우재는 은호에게 말했고 은호는 이미 알고 있다는 듯 씨익 웃었다. 경기장의 수많은 사람들이 동생인 지호의 이름이 적힌 티셔츠며 응원 굿즈를 들고 그의 이름을 연호하며 응원했다. 마냥 떼쟁이 어린 동생인 줄만 알았던 지호가 어느새 이렇게 훌륭한 야구선수가 된 걸까. 자랑스러움과 뿌듯함에 은호는 문득 가슴이 벅차올랐다.

부상 이후 처음 출전한 석현도 활약을 했다. 마치 언제 다쳤냐는 듯 배트를 휘두르며 안타와 홈런을 연속해 뽑아냈다. 그렇게 은호는 꽤 몰입한 표정으로 7회 말, 재이 마린즈의 공격을 지켜보고 있었다.

“유은호 씨.”

“네?”

한참 몰입해 있는 은호의 손을 잡으며 우재가 말을 걸었다.

“나 옆에 앉아 있습니다.”

별안간 뜬금없는 말에 은호가 눈을 동그랗게 떴다.

“나 옆에 있는 거, 은호 씨가 까먹은 것 같아서.”

우재는 은호가 도통 자신에겐 눈길도 주지 않고 경기장만 내려다보고 있는 게 서운했다.

"어머! 홈런! 홈런이에요!"

때마침. 또 한번 석현의 2점 홈런이 터져 나왔다. 꺄악, 소리와 함께 은호가 번쩍 손을 들어 올리며 옆에 있던 우재의 목을 끌어안았다. 그제야 은호가 자신에게 관심을 가져 주는가 싶어 우재는 피식 웃음이 났다.

"그렇게 재밌습니까?"

7회 말 공격이 끝나고, 8회 초로 가는 중간 잠시 쉬는 타임. 우재의 말에 은호는 눈꼬리를 휘며 웃었다. 그때, 전광판 화면에 우재와 은호의 모습의 비췄다. 두 사람 주변에 서 있던 관계자들이 '어엇!'하고 소리를 지르고, 그제야 두 사람도 전광판의 자신들 모습을 확인했다.

'kiss me darling'을 반복하는 달콤한 BGM이 흘러나왔다. 주변 관계자들이 '키스 타임입니다, 본부장님!' 하고 외쳤다. 은호의 얼굴이 새빨갛게 달아오르며 당황하자, 우재는 짐짓 웃음이 나왔다. 관객석에서 '우우~' 하는 기대 섞인 재촉이 이어졌다. 빨리 카메라가 자신들을 지나가기를 바라며 은호가 고개를 살짝 숙이는 순간, 우재는 은호의 허리를 꼭 끌어안고 다른 한 손으론 그녀의 뺨을 감싸 쥐며 입을 맞췄다. 단순한 입맞춤이 아닌 진하디 진한 딥 키스였다.

두 사람의 귓가에 엄청난 환호성이 들려왔다. 부끄러움에 얼굴이 빨개진 은호도, 막상 키스가 시작되자 머릿속에 종소리가 들리는 듯 황홀한 기분에 사로잡혔다. 그렇게 서로의 입술을 깊이 탐하며 느끼기를 한참. 우재가 조심스레 입술을 떼어 내자 은호의 입가가 달콤하게 말려 올라갔다. 완벽하고도 달콤한 야구장 데이트였다.

* * *

집으로 돌아와 휴대폰을 확인하던 은호의 얼굴이 점점 새빨개졌다.

“왜 또 얼굴이 빨개집니까?”

“아…… 아니에요!”

우재의 질문에 은호가 소스라치게 놀라며 고개를 저었다.

“뭘 봤길래…….”

잠시 노트북으로 급한 메일을 확인하고 있던 우재가 자리에서 일어나 은호에게 다가왔다. 은호가 아무것도 아니라며 다급히 변명을 해 보지만 우재의 손은 은호의 휴대폰을 향해 다가오고 있었다. 놀란 은호가 얼른 등 뒤로 손을 감추자, 우재가 은호의 몸을 번쩍 들어 소파에 누여 버렸다. 덕분에 우재에게 휴대폰을 빼앗긴 은호가 부끄러움에 얼굴을 피했다.

액정을 확인한 우재가 피식 웃음을 터뜨렸다. 지호가 보내 준 카톡 메시지 창에는 아까 전 야구장에서 있었던 두 사람의 키스 장면이 찍힌 사진들이 수두룩 빽빽이 올라와 있었다. 어느새 기사도 여러 개 난 듯했다.

“부…… 부끄러워서 이제 선글라스라도 끼고 다녀야겠어요.”

엄청난 사람들 앞에서 야릇한 키스를 하는 장면을 보여 주었으니 얼굴이 발개질 만큼 부끄러운 게 당연하기는 했다. 은호는 우재를 탓하듯 그의 가슴을 콩 내리쳤다. 소파 위에 겹쳐진 두 사람의 몸. 우재는 사랑스럽게 은호를 지긋이 쳐다보았다.

"야구장 데이트. 그거 마음에 드는 것 같습니다."

사람들 많은 곳을 질색하던 차우재가 맞는지 싶은 발언이었다.

"기사까지 났잖아요…… 그냥 하는 척만 하면 되는데 너무 키스 진하게 했다고……."

"뭐 어떻습니까. 부부끼리 키스하는 게 뭐 어때서."

"그래도……."

우재는 은호의 투덜거림이 귀여웠는지 픽 웃으며 은호의 블라우스 단추를 하나씩 풀어 내렸다.

"원래는 키스 말고 더 진한 거 하고 싶은 거 겨우 참았습니다."

벌어진 블라우스 사이로 우재의 손이 파고들었다.

"메일 다 확인했어요?"

"나중에 확인해도 됩니다."

"그러다 김 비서님한테 전화 오면 어쩌려고요."

"안 받으면 그만입니다."

은호는 못 말리겠다는 듯 우재를 보며 피식 웃음을 지었다. 어쩌다가 워커홀릭 차우재가 러브홀릭 차우재가 되어 버렸을까.

"하…… 잠깐만요, 우재 씨. 나 안 씻었어요."

"나도 안 씻었습니다."

"그래도 경기장에서 먼지 뒤집어썼는데……."

"그럼 같이 씻을까요?"

"네?"

우재의 엉뚱한 대답에 은호는 또다시 웃음이 터져 나왔다.

* * *

"음, 맛있구나!"

한 입, 맛을 본 회장의 표정이 밝아지며 은호를 응시했다. 그의 긍정적인 반응에 은호도 덩달아 표정이 밝아졌다.

차명진 회장의 생일. 은호는 누구보다 자신을 아껴 주고 신경 써 주는 할아버지를 위해 손수 생일상을 차리겠다고 나섰다. 힘든데 굳이 그럴 것 없다, 극구 사양하는 회장의 만류를 뿌리치고, 은호는 오늘 새벽부터 손수 장을 보고 음식을 만들었다. 자신의 음식을 맛있게 먹어 줄 회장과 우재의 얼굴을 상상하면서.

"다행이에요. 할아버님 입에 안 맞으시면 어쩌나 걱정했는데……."

은호가 안도하며 말하자 차 회장은 고개를 절레절레 저었다.

"안 맞기는. 생각했던 것보다 너무 맛있어서 놀랐다. 안 그렇나, 원 실장?"

음식에 일가견이 있는 원 실장에게 의견을 묻자 그녀도 웃으며 고개를 끄덕였다.

"은호 씨 음식은 다 맛있습니다."

우재가 마치 자랑하듯 한마디를 거들었다. 언제나 늘 과묵하게 밥만 먹던 우재가 밥상에서 말하는 걸 처음 들은 차 회장은 기막히다는 듯 손자를 응시했다.

"할아버님, 이것도 드세요."

은호는 가장 신경 써서 만든 갈비찜을 회장의 앞 접시에 올려 주며 조곤조곤 말했다. 이번에도 역시 차 회장은 한 입을 베어 물곤

만족스러운 미소를 지었다.

"새아가가 요즘 음식 공부에 몰두해 있다지?"

"아…… 네. 제가 요리하는 걸 좋아해서요."

"아니다, 이 정도면 그냥 취미 수준이 아니구나. 전부 다 하나같이 너무 훌륭해."

후한 차 회장의 칭찬에 듣고 있던 우재의 입가에도 웃음이 퍼졌다.

"대학에서 식품영양학 전공을 했다는 것도 얼핏 들은 것 같은데……."

"네."

은호가 고개를 끄덕였다.

"그래서 말인데 새아가, 이제 팀장 일은 그만두는 게 어떻겠니?"

"네?"

이제 막 회사 일에 적응을 해서 재미를 느끼고 있는 시점이었는데……. 차명진 회장의 갑작스러운 말에 은호는 조금 당황했다.

"내가 보기엔 새아가에겐 외식 사업 쪽 일이 제격일 것 같다. 이번에 재이푸드 계열사 분리하면서, 외식 사업을 좀 더 확장해 보려고 하는데 새아가 네가 재이푸드에서 일해 보는 게 어떻겠니?"

"하…… 할아버님……."

"자리는 재이푸드 외식사업본부장 정도면 괜찮겠니?"

전혀 생각지도 못한 이야기에 은호는 눈을 동그랗게 떴다.

"제…… 제가 어떻게 그런……."

은호는 손을 내저었다. 경영 경험도 없고, 제대로 된 공부를 한 적도 없건만 저런 큰 자리라니. 그녀는 말도 안 되는 일이라 생각했지만, 차 회장과 우재는 그저 웃고만 있을 뿐이었다.

"너한테만 그렇게 힘든 자리 맡기려는 거 아니란다. 지금 근무하고 있는 외식사업본부 이찬근 부장이 워낙에 베테랑이라 모르는 건 다 도와줄 거고, 우재도 있고, 나도 있지 않니?"

"하…… 할아버님, 그래도 저는 아직……."

"외식 사업, 오래전부터 재이에서 공들여 키우고 싶어 했던 사업이다. 아무리 유명한 셰프, 전문가들 다 불러 모아서 해도 그다지 반응 없었던, 재이에서 유일하게 지지부진한 분야이기도 하고 말이다."

"그러니까요. 그런 분들도 못 한 일을 어떻게 제가……."

"근데 오늘 네 음식 먹어 보니 알겠구나. 오 셰프가 널 칭찬한 이유를."

"네? 오 셰프님이……."

오 셰프라 함은 은호의 요리 수업을 도와주고 있는 선생님이었다. 아마도 그가 차명진 회장에게 은호의 실력에 대해 이리저리 말을 한 게 틀림없었다. 은호는 긴장한 눈빛으로 차명진 회장을 응시했다.

"맛이 있을 뿐만 아니라 먹는 사람의 니즈를 정확하게 파악하고 음식으로 그걸 살릴 줄 아는 감각이 있다고 했지. 그 말이 맞아."

"할아버님……."

"새아가, 부탁한다. 시할아버지로서가 아니라 회사 오너로서, 너에게 내 사업을 맡기고 싶구나."

차 회장의 다정하면서도 정중한 부탁에 은호는 더 이상 아무 말도 할 수가 없었다. 우재는 옆에서 그저 다 예상했다는 듯 웃으며 있을 뿐이었다.

은호는 당황스럽지만 가슴 벅차는 지금 이 상황이 행복하기만 했다. 결국 그녀는 수줍게 고개를 끄덕였다. 이제 오랫동안 품어만 왔던 꿈을 향해 행복하게 달려 볼 시간이었다.

* * *

은호는 차 회장에게 몇 달의 시간을 줄 것을 요청했다. 아직 자신이 경영에 대해 잘 알지 못하고, 음식과 요리에 대해서도 조금 더 깊이 공부하고 싶다는 뜻을 밝힌 것이다. 차 회장도 은호의 요청을 흔쾌히 수락했다. 덕분에 은호는 요즘 밤낮없이 요리하고 공부하느라 몸이 두 개여도 시간이 부족할 지경이었다.

"은호 씨."

일부러 은호가 보고 싶어 야근도 미루고 집으로 달려온 우재였다. 그러나 은호는 벌써 두 시간째 서재에 처박혀 책과 서류만 보고 있었다.

"은호 씨?"

우재가 몇 번이나 은호의 이름을 불러도 못 들었을 정도로 그녀는 집중해 있었다.

"유 은 호 씨."

결국 우재가 은호가 보고 있던 책을 살짝 뺏어 들자, 그제야 은호가 고개를 들었다.

"어, 우재 씨. 언제 왔어요?"

은호는 끼고 있던 안경을 빼내며 우재를 응시했다. 우재는 작게 한숨을 쉬고 책상에 걸터앉아 은호를 마주 보았다.
"두 시간 전에 왔습니다."
"어머. 왔으면 나를 부르지……."
"한참 불렀습니다. 은호 씨가 전혀 못 듣고 있었던 거지."
"미…… 미안해요, 우재 씨."
어쩐지 퉁퉁 부은 우재의 얼굴을 보며 은호는 입술을 깨물었다.
"요즘 은호 씨 나한테 너무 관심 없는 것 아닙니까? 밤낮없이 공부하고 일만 하느라고 도통 나한텐 눈길도 안 주고……."
그간 참아 왔던 우재의 불만이 터져 나왔다. 어째 사장이 된 자기보다 더 바쁘게 일만 하는 것 같았다. 좋아하는 일에 몰두하고 행복해하는 그녀의 모습은 물론 좋았으나, 그 덕에 자신은 뒷전이 된 것 같아 서운하고 속상하고 질투가 났다.
"풉……!"
평소 말이 그다지 많지도 않은 우재가 다다다, 자신의 불만을 쏟아 내자 은호가 불현듯 웃음을 터트렸다.
"왜 웃습니까?"
"우재 씨 기억은 하죠? 워커홀릭 차우재가 유은호를 예전에 어떻게 방치했는지."
"네?"
"결혼 첫날밤에도 일한다고 신부 버려두고 노트북만 보던 원조 워커홀릭이 누구였더라."
"내…… 내가 언제……!"
은호의 말을 차마 부정하지는 못하고 우재는 좀 억울한 표정을 지었다. 은호는 한참을 키득대며 웃었다. 결국 우재도 이런 상황이 웃긴지 피식 웃어 버리고야 말았다.

"안 피곤합니까?"

우재가 은호의 머리를 쓰다듬으며 부드럽게 물었다. 은호는 괜찮다며 고개를 저었다.

"너무 무리하지 말아요. 잠도 잘 안 자고 일만 하니 건강이 걱정돼서 그럽니다, 내가."

"정말요?"

은호는 의심스러운 눈초리로 웃으며 되물었고 우재는 당연하다는 듯 끄덕거렸다.

"근데 왜 틈만 나면 나 안 재워요?"

틈만 나면 자신을 안고 물고 빠는 우재 덕에 더 피곤하다는 투정이었다. 우재가 웃으며 답했다.

"그건 은호 씨 탓입니다. 그러게 적당히 예뻤어야죠."

그러곤 자연스럽게 우재의 입술이 은호의 입술을 덮쳤다. 의자에 앉아 있던 은호에게 우재의 몸이 기울고, 은호는 우재의 어깨에 손을 얹으며 키스를 시작했다.

* * *

공식적인 우재의 사장 취임식 날. 정재계 셀럽들이 다 참석할 파티가 열릴 예정이었다. 이 파티는 결혼 이후, 은호가 공식 석상에서 우재와 함께 모습을 드러내는 첫 자리기도 했다. 스캔들, 기사 말고 첫 공식 일정으로서 말이다. 그래서 은호는 더욱 긴장했다. 혹여나 자신이 재이그룹 명예에 누가 되지는 않을까 하는 조급한 마음이랄까.

"왜 이렇게 얼었어요?"

머리 손질을 마친 은호에게 우재가 다가왔다. 은호의 얼굴 표정이 얼어 있다는 걸 눈치챈 것이었다. 은호는 어색하게 웃다가 금세 우재의 손을 제 가슴 위에 얹었다. 콩닥콩닥. 자신의 뛰는 가슴을 확인이라도 해 주려는 듯.

"우재 씨, 나 너무 떨려요."

귀여운 은호의 모습에 웃음이 났다.

"사모님, 드레스 준비됐습니다."

최 팀장이 은호를 불렀다. 먼저 턱시도로 갈아입은 우재는 잠시 자리에 앉아 은호가 나오기를 기다렸다.

잠시 후. 드레스 룸이 열리고, 기다리던 우재가 고개를 들었다.

"유은호…… 씨."

그러곤 자기도 모르게 넋 나간 표정으로 은호의 이름을 불렀다. 원래도 예쁜 은호의 미모가 더욱 살아나는 애시핑크빛의 시폰 드레스였다. V 자로 가슴골까지 깊게 파인 목선은 그녀의 예쁜 어깨와 쇄골을 드러냈고, 하늘하늘 나풀거리는 시폰 치맛자락은 마치 여신의 그것 같았다. 은호의 새하얀 피부색과 어우러져 너무나 아름다운 드레스였다. 거기에 반짝거리는 에메랄드빛 귀걸이까지 완벽한 조화를 이뤘다. 그녀의 미모에 말문이 막힌 우재가 마른침을 삼키며 뚫어져라 은호를 응시했다.

"이……거 좀…… 드레스 야하죠……?"

깊게 파인 가슴골을 매만지며 은호가 쑥스럽게 물었다. 우재는 고개를 저었다.

"아뇨. 우아하고 섹시하다는 게 정확한 표현이겠군요."

그 칭찬에 기분이 좋아진 은호가 '정말요?' 하고 되물었다. 우재의 표정을 살피며 최 팀장의 얼굴에도 웃음이 퍼져 갔다. 부끄러워 입지 않겠다는 은호에게 한번 입고 나가서 우재의 반응을 보고 결정하라 조언한 것이 최 팀장이었기 때문이다. 우재는 별안간 은호의 손목을 잡으며 그녀의 어깨를 끌어안았다.

"아…… 너무 사랑스럽습니다."

진심이 담긴 우재의 발언에 민망해진 최 팀장이 얼른 자리를 피했다. 이 부부의 스킨십은 한번 불이 붙으면 꺼지는 데만 한나절임을 이젠 그녀도 잘 알고 있는 듯했다.

"뭐야. 결혼식 때 더 예쁜 드레스 입었을 땐 시큰둥했으면서."

그러다 문득, 은호는 그날의 무심함이 떠오르는 듯 입을 삐죽거렸다.

"바보네요, 은호 씨. 그때도 내가 얼마나 심장이 쿵 했는지 모르는군요. 표현은 못 했지만, 결혼식 내내 당신 옆에 서 있는 게 얼마나 곤욕이었는지 모릅니다. 이상하게 예쁘고 사랑스러워서. 당장 지금처럼 이렇게 안고 싶은 마음 꾹꾹 눌러가며 참느라 대기실에서 한참 진정하고 호텔로 갔던 거 기억 안 납니까?"

그러고 보니 그랬다. 식이 끝나고 우재는 한참만에야 대기실에서 나와 차에 올랐다. 덕분에 은호 혼자 차에 앉아 그를 오래도록 기다려야 했다. 아마도 그때 일 때문에 늦었다던 말은 모두 핑계였던 것이다. 은호가 웃으며 우재의 입술에 쪽, 소리가 나게 입을 맞췄다.

"그러게 그때도 예쁘다고 솔직히 말해 주지 그랬어요. 그때 나무지 속상해서 결혼식 무르고 싶었는데."

"그래서 지금 이렇게 벌 받지 않습니까. 평생 유은호 바보로 살아가게 되는 벌."

은호의 허리를 바짝 당겨 안으며 우재가 말했다.

"이제 나가죠. 사람들 기다릴 텐데."

우재와 은호는 서로의 손을 맞잡고 파티장으로 향했다. 재이그룹의 명성과 위치답게 파티장은 정재계 셀럽들로 북적북적했다. 우재와 은호가 파티장 안으로 들어서자 사람들의 시선이 이 부부에게 고정되었다.

"아…… 저 부부…… 두 사람 다 선남선녀네요."

웅성웅성. 두 사람의 화려한 외모에 넋이 나간 사람들의 말소리가 이어졌다. 누가 봐도 아름다운 부부였다. 모델 부부라고 해도 될 만큼 예쁘고 사랑스러웠다.

"안녕하십니까. 사장에 취임한 재이그룹 차우재입니다."

우재의 취임사를 시작으로 식이 시작되었다. 화려한 조명과 화려한 세팅. 대 재이그룹 사장의 취임식답게 우아하고 화려한 식이었다.

취임사가 계속되는 동안 은호는 무대 위 우재에게서 눈을 떼지 못 했다. 이런 두 사람의 모습을 지켜보는 차 회장의 얼굴에도 뿌듯함이 가득 묻어났다.

"지난 몇 달간, 재이에 참 많은 일이 있었습니다. 많은 소문들과 많은 사건들이 있었고, 그 소문과 사건들로 인해 저와 제가 사랑하는 사람들이 많은 상처를 받았습니다. 이제는 제가 그분들을 지켜 드리고 싶습니다. 재이를 위해 매 순간 애를 써 일해 주시는

임직원 여러분께 너무나 감사하다는 말씀을 드립니다. 여러분이 있어 제가 앞으로 재이를 잘 경영해 나갈 수 있을 것입니다. 앞으로도 잘 부탁드립니다."

우재의 말에 은호는 지난 시간들이 떠올라 가슴이 먹먹해졌다.

"그리고 끝으로, 제가 이 세상에서 가장 사랑하는 나의 아내, 유은호 씨."

우재의 시선이 은호에게 와 닿았다. 멀리서도 느껴지는 그 뜨거운 눈빛. 은호는 그 눈빛만으로도 진심이 느껴져 눈물이 그렁그렁 차올랐다.

"내 곁에 있어 줘서…… 언제나 감사합니다. 사랑합니다."

우레와 같은 박수와 함성 소리가 터져 나왔다. 부러움과 동경, 시기 어린 목소리들이었다. 은호는 눈물을 흘리며 함박웃음을 지었다. 무대에서 내려온 우재도 은호를 향해 다가와 웃으며 그녀와 키스했다. 완벽하고도 아름다운 한 쌍의 부부였다.

* * *

"오빠……."

함박웃음을 지으며 파티장을 나서는 두 사람 앞에 귀에 익은 목소리가 들렸다. 우재도, 은호도 굳은 얼굴로 뒤를 돌아보았다. 그들의 예상대로 그 자리엔 세정이 서 있었다. 핏기 하나 없이 마른 몸, 마른 얼굴로 두 사람을 응시하는 그녀의 눈빛이 서글프고 초라했다.

세정임을 확인한 우재가 은호의 손을 더욱 꽉 잡아 쥐었다. 세정이 천천히 두 사람에게 가까이 다가섰다.

"뭡니까."

우재가 먼저 공격적인 목소리로 말을 건넸다. 은호와 함께 있는 탓에 우재의 신경은 온통 옆에 있는 은호에게 잔뜩 쏠려 있었기 때문이었다.

"나…… 인사하러…… 왔어."

세정이 망설이듯, 씁쓸하게 웃으며 말했다.

"뭐라고요?"

우재가 한번 더 퉁명스레 묻자 세정이 계속 말을 이었다.

"나, 내일 재판이거든. 어떤 결과가 나올지 모르겠지만…… 오빠 새어머니랑은 별개로…… 난 항소 안 할 거야."

세정은 회한이 가득한 얼굴이었다.

"아마도…… 오빠 새어머니처럼 이대로 감옥에 들어갈 확률이 높겠지."

충격과 죄책감에 시달렸던 그녀가 얼마 전까지 이원석 회장 손에 이끌려 정신과 치료를 받고 있다는 소문은 들었다. 그래서인지 세정은 아직 어딘가 조금 넋이 나가 보이기도 했다. 아니, 어쩌면 그녀의 아버지가 경영 파탄을 이유로 주총의 의결에 의해, 실질적 경영권을 잃을 위기에 놓였기 때문일지도 몰랐다. 정말로 이제 그녀에겐, 아무것도 남은 게 없었다.

"그래서. 왜 그걸 일일이 나한테 보고하는 겁니까?"

우재의 차가운 대답이 이어졌다. 은호는 우재의 눈을 올려다보며 고개를 저었다. 아무래도 위태로워 보이는 세정에게 연민을 느낀 것이었다. 은호의 눈짓에 우재는 가만히 입을 다물었다.

"미안했어, 정말. 그냥…… 이 말 꼭 하고 싶어서 왔어."

우재의 미간이 분노로 일그러졌다.

"미안해……."

우재와 은호를 번갈아 보는 세정의 목소리가 조금 떨리고 있었다. 끝까지 이기적인 세정의 모습에 그는 더 상대할 가치도 없다는 듯 고개를 돌려 버렸다.

"잘 돌아가시죠. 다신 나랑 은호 씨 앞에 나타날 생각 하지 마시고."

우재는 잡고 있던 은호의 손을 잡아끌며 세정을 스치고 지나쳐 버렸다. 얼음장처럼 매정한 그의 반응.

"유은호 씨."

세정은 우재와 함께 뒤돌아선 은호의 이름을 불렀다. 그러자 은호가 뒤를 돌아 그녀를 응시했다.

"미안했어요, 당신한테도."

그녀의 사과를 들은 은호가 질끈 아랫입술을 깨물었다. 이세정, 그녀로 인해 겪어야 했던 고통들. 가장 소중한 생명을 떠나보내야 했던 지난날이 떠올라 은호는 가슴이 울컥해졌다. 억울하고 화가 났다. 은호는 겨우 떨리는 가슴을 진정시키며 또각또각 다시 그녀의 앞으로 다가가 섰다.

"참 불쌍한 사람이에요, 당신."

요동치는 가슴을 진정시키며 은호가 세정에게 차분하게 말을 내뱉었다.

"사랑이라는 핑계로, 당신이 가장 사랑하는 사람한테 가장 큰 상처를 줬어요. 알고 있어요?"

은호의 말에 세정은 쓰게 웃으며 고개를 떨구었다.

"미안하다 사과하러 온 당신한테 용서한다고 말하고 싶지만, 도저히 그럴 수가 없어요. 당신 때문에 빛도 못 보고 사라져 버린 우리 아이한테, 그건 정말 미안한 일이 될 것 같으니까요."

"알아요. 용서받을 수…… 없는 일이죠."

"그러니까 당신 딸 솔이."

은호의 입에서 흘러나온 자신의 딸 이름에, 세정은 가슴이 무너져 내리는 기분이었다. 자신의 욕심 때문에 가장 고통 받게 될 아이가 제 딸이니 말이다.

"솔이한테 부끄럽지 않은 엄마가 되세요. 그게 지금까지 당신이 지은 죄를 용서받을 수 있는 유일한 길인 것 같네요."

은호는 그 말을 끝으로 다시 세정에게서 뒤돌아섰다. 결국, 우재와 은호가 사라지는 뒷모습을 끝까지 응시하고 있던 세정의 눈에서 회한의 눈물이 주르륵 흘러내렸다. 너무나 가지고 싶었던 사람. 그래서 말도 안 되는 미친 짓마저 하게 만들었던 사람. 우재를 사랑하고 그리워했던 모든 마음들을 그녀는 모두 털어 내 볼 생각이었다. 마지막으로 담은 우재의 모습. 세정은 질끈 눈을 감았다. 이제 다시는 보고 싶어도 볼 수 없는 사람이라 생각하니 가슴이 미어질 것만 같았다.

"안녕."

어쩌면 이제는 평생, 마지막이 될지도 모르는 인사를 건네고 세정은 무너지듯 바닥으로 쓰러졌다. 마지막 은호의 말이 귓가에 쟁쟁히 울렸다.

솔이. 자신의 죄로 인해 가장 고통스러운 순간을 경험하고 있을 자신의 딸 얼굴이 떠올라 그녀는 더없이 고통스러웠다. 아이에게 가장 부끄러운 엄마의 모습을 보인다는 게, 그 작은 아이조차 지킬 수 없는 사람이 되어 버렸다는 게 그녀를 미치게 만들었다.

* * *

경기를 마치고 집으로 돌아가는 길. 지호와 석현은 잠시 경기장 앞 삼겹살집에 둘러앉아 저녁을 먹었다. 부쩍 요즘 들어 말이 없어진 석현을 보며 지호가 먼저 술잔을 건넸다.

"정말 갈 거냐?"

지호의 물음에 석현은 씁쓸한 얼굴로 고개를 끄덕였다.

미국행. 부상을 극복하고 한창 주가를 올려 가고 있는 석현이 며칠 전 꺼낸 말은 다름 아닌 미국행이었다. 미국에서 차근차근 자신의 야구 인생을 다시 시작하고 싶다고.

"미국 가겠다는 진짜 이유가 뭔데?"

석현은 한입에 술잔을 털어 넣고 아무런 대답도 하지 않았다. 지호는 그런 석현의 앞 접시에 구운 고기 한 점을 올려 주었다.

"우리 누나 때문에?"

지호의 말에 석현의 시선이 그제야 그를 향했다. 알고 있었나, 하는 의아한 눈빛이었다.

"대체 넌 우리 누나가 어디가 그렇게 좋냐?"

지호는 고개를 절레절레 저으며 웃었다.

"네가 우리 누나에 대한 뭔가 환상이 좀 심한 것 같은데, 우리 누나 실제로 알고 보면 성격도 되게 못되고 더럽고 그래, 이 바보야."

지호의 농담에 석현도 피식, 따라 웃었다. 지호는 오래전부터 알고 있었다. 자신의 친구가 제 누나에게 어떤 감정을 지니고 있는지를. 아니, 아마 모를 수가 없을 정도로 큰 감정이었을 것이다. 다시 빈 술잔에 쪼르르, 소주가 가득 채워졌다.

"고맙다."

지호는 누나를 대신해 석현에게 고마움의 말을 했다. 석현 덕분에 누나와 재이그룹에서 일어났던 일련의 복잡하고도 혼란스러운 상황들이 모두 정리될 수 있었다는 걸 그도 알고 있었다. 석현이 은호를 얼마나 좋아했는지, 그 마음이 얼마나 컸는지를 잘 알고 있었던 지호는 더욱더 석현의 행동이 고마웠다. 자신의 마음만을 생각했더라면 결코 할 수 없었을 일들이었으니까.

"내가 은호 누나 처음 좋아하게 된 날이 언젠 줄 알아?"

계속 입을 다물고 있던 석현이 조심스레 이야기를 시작했다.

"고등학교 1학년이 막 됐던 겨울방학 때. 누나가 우리 밤샘 훈련할 때 김밥 싸 가지고 왔던 날 있잖아."

지호도 생각난다는 듯 웃으며 고개를 끄덕였다. 그날은 지호와 석현이 처음이자 마지막으로 주먹다짐을 하며 싸웠던 날이기도 했다.

"그때 우리 싸우는 거 보면서 누나가 계속 말리고, 소리 지르고 했는데도 우리 계속 싸웠지."

"그랬지."

"속상해서 너 먼저 가 버리고, 혼자 구장에 앉아서 멍하니 피 흘리고 있는데 누나가 와서 내 상처 다 치료해 주고 싸 온 김밥 내밀면서 뭐라고 말했는 줄 알아? 고맙다고. 난 왜 내 동생 때렸냐고,

네가 뭔데 내 동생 괴롭히냐고 화낼 줄 알았는데 누나가 나한테 울면서 고맙다고 말했어. 내 동생이랑 친구 해 줘서 고맙다고. 앞으로도 내 동생 잘 부탁한다고."

석현의 말에 지호가 피식 웃었다.

"그때 울면서 웃는 누나 얼굴이 진짜 천사처럼 예쁘다고 생각했어."

석현은 또 한 잔을 들이켜며 말했다.

"그때 아. 나 이 누나를 진짜 사랑하겠구나, 싶은 불길한 예감이었달까."

"뭐래."

"그리고 그때 생각했던 것 같아. 무슨 일이 있어도 이 여자를 끝까지 지켜야겠다고."

석현은 작게 한숨을 내뱉으며 말을 이었다.

"그래서 지킨 것뿐이야. 나한텐 은호 누나가 행복한 게 제일 행복한 일이니까."

그게 은호가 다른 남자에게 영영 가는 일이 될지라도, 석현이 진실을 알리고 밝혀야 했던 이유였던 것이다.

"그거뿐이야."

지호도 마른침을 삼키며 가만히 씁쓸한 제 친구의 얼굴을 응시했다.

"떠나는 이유도 같아. 내가 떠나는 게 은호 누나한테도, 나한테도 좋은 일일 테니까."

"석현아."

"걱정 마라. 미국에서 내가 너보다 훨씬 유명해져서 너보다 훨씬 돈도 많이 벌 거니까.”

“…….”

“그니까 이렇게 불쌍한 눈빛으로 보지 말라고, 이 새꺄.”

석현은 씁쓸하게 웃으며 지호의 어깨를 툭, 쳤다. 그 말의 뜻이 무엇인지 알기에 지호도 고개를 끄덕이며 그저 웃을 뿐이었다. 두 사람은 그렇게, 아프고 씁쓸한 이별을 천천히 시작했다. 저마다의 행복을 위해.

* * *

“얼굴이 많이 안 좋아 보이던데……. 괜찮을까요, 이세정 씨?”

차에 올라탄 은호가 머뭇거리며 말을 꺼냈다.

“듣자니 해성푸드 이 회장님이 경영권을 박탈…….”

“은호 씨.”

우재는 은호의 손을 두 손으로 꼭 맞잡으며 그녀의 이름을 불렀다.

“나는 이세정 절대 용서 못 합니다, 죽을 때까지.”

그건 은호도 마찬가지였다. 그녀 때문에 가장 소중했던 존재를 잃어야 했으니 말이다. 은호는 가만히 고개를 끄덕이며 우재의 어깨에 살포시 머리를 기댔다.

“결국 이게 다, 이세정 스스로 자초한 일이죠. 안쓰러워할 것도, 은호 씨가 안타까워할 것도 없어요.”

“알아요…….”

은호는 작게 한숨을 내쉬며 말을 이었다.

"지금 내 관심은 단 하나입니다. 내 아내, 유은호 씨. 단 하나."

머리를 쓰다듬는 부드러운 우재의 손길에 은호는 가만히 눈을 감았다. 그의 다정하고 따스한 음성을 느끼면서.

* * *

차명진 회장은 착잡한 표정으로 눈을 질끈 감았다. 자신 앞에 와 무릎을 꿇고 울고 있는 아들. 30여 년 전 이 여자를 사랑한다며, 제발 이 여자와 함께 살 수 있게 해 달라며 오열하던 그날의 모습과도 같은 풍경이었다.

"아버지……."

첫 재판 후, 또 한 번의 자살 소동으로 병원으로 실려 간 희옥을 기다리고 있던 건, 꽤 반갑지 않은 소식이었다. 그녀가 망막색소변성증 증상을 보인다는 것. 치료법이 없는 병이기에 이대로라면 머지않아 완전히 시력을 잃게 될 것이라는 이야기였다. 뒤늦게 자신의 잘못을 깨달은 현석은 이미 홀로 남은 솔이를 데리고 파리로 떠나 버렸다 했고, 이런 상황에서 희옥 곁에 남은 건 오로지 차준일, 그뿐이었다.

"어미가 그리도 좋으냐."

차 회장의 질문에 아들의 대답은 명확했다.

"도와주십시오, 제발. 이대로 놔두면 그 사람 죽습니다, 아버지."

아들의 읍소에 차명진 회장은 오래전부터 생각해 왔던 이야기를 꺼내 놓았다.

"그래. 그렇겠지. 넌 언제나 이런 놈이었으니까."

어린 시절부터 감수성이 뛰어났던 아들이었다. 수학보다는 음악을, 경제학보다는 미술을 사랑하고 좋아하던 아들이었으니까. 준일은 자유를 사랑했고 사랑을 동경했다. 틀에 박혀 사는 이 삶을, 애초부터 원하지 않았더랬다.

"독버섯인 줄 알면서도, 독이 든 꽃인 줄 알면서도 그저 네가 좋으면 거침없이 베어 무는 놈이었지, 너는."

그런 아들을 이 자리에 주저앉힌 건 차명진 회장의 욕심이자 실수였다. 그래서 더더욱 희옥의 악행과 거짓말에 눈을 감아 줄 수밖에 없었는지도 몰랐다. 그런 아들이 사랑하는 여자였으니까.

"그래. 내가 졌다."

차 회장은 나지막한 목소리로 말했다.

"이제 자유롭게 살아."

"아버지……."

"이희옥이 언제 출소할진 모르지만 출소하거든, 멀리 떠나 살아라. 조용한 곳에 가서 행복하게 살아. 그렇게 둘이서 조용히 살아."

처음 듣는 아버지의 따뜻한 항복 선언에 준일의 눈에서도 눈물방울이 흘러내렸다. 차 회장은 쓰게 웃으며 엎드려 있는 아들을 일으켜 세웠다. 희옥의 욕심만큼이나 자신의 욕심이 크고 부질없었다는 걸 깨달은 것이었다.

"그리고 나 죽기 전까진."

그는 끄덕끄덕, 씁쓸한 얼굴로 몇 번이나 고개를 끄덕였다.

"다신 돌아오지 말거라. 아니, 내가 죽어도 돌아오지 마."

다정하고 따뜻하지만, 너무나 가슴 시린 이야기였다. 차준일은 아버지의 간곡한 마지막 이야기에 입술을 깨물며 고개를 끄덕였다.

"죄송합니다. 죄송합니다, 아버지……."

* * *

"이제 일어나요, 그만."

해가 중천에 뜬 시각. 은호는 자신의 나른한 몸을 흔드는 우재의 손길에 천천히 눈꺼풀을 떠올렸다. 눈을 뜨자 우재가 다정한 표정으로 자신을 내려다보며 웃고 있었다. 은호는 이 기분 좋은 감각에 절로 미소가 지어졌다.

"지금 몇 신 줄 알아요? 예뻐서 그런가 은근히 잠이 많은 것 같습니다, 은호 씨는."

"하…… 우리 새벽에 몇 시에 잤는지 알아요?"

우재의 말에 은호가 웃으며 타박을 했다. 뜨거운 밤을 보내느라 정작 잠잔 시간은 몇 시간 되지 않았다. 어젯밤 정사의 흔적이 고스란히 남아 있는 침대 주변엔, 은호의 드레스와 속옷이 아무렇게나 널려 있었다.

쪽. 은호의 투정에 우재가 더 이상 말을 막듯, 그녀의 입술에 가벼운 뽀뽀를 했다. 은호는 다시 눈을 감으며 그의 기분 좋은 뽀뽀를 받았다. 안 되겠다 판단했는지 우재가 은호의 어깨 아래와 무릎 아래에 팔을 깊숙이 밀어 넣었다. 그러곤 그녀를 번쩍 안아 들어 올렸다.

"어……!"

순식간에 공중에 붕 뜬 채로 옮겨지는 은호의 몸. 은호는 황당한 듯 웃음을 터뜨리며 우재의 목에 매달려 안겼다. 우재가 은호를 안고 향한 곳은 스위트룸 중앙에 마련된 다이닝 룸. 우재의 손길에 의해 식탁에 앉는 은호의 눈이 동그래졌다.

"룸서비스 시켰어요?"

샐러드와 오렌지 주스, 그리고 꽤 먹음직스러워 보이는 아보카도 샌드위치가 놓여 있었다. 우재가 웃으며 고개를 저었다.

"아뇨. 내가 만들었습니다."

"네?"

이게 뭔 말도 안 되는 소리인가, 하는 표정으로 우재를 바라보았다.

"이걸 왜 우재 씨가……."

"왜라뇨. 은호 씨 먹이려고 만들었습니다."

"우…… 우재 씨가 어떻게요?"

어제오늘, 참으로 여러모로 놀라게 하는 우재였다. 은호의 질문에 우재가 머쓱한 듯 머리를 긁적이며 답을 했다.

"최 팀장님한테 며칠 실습 받았습니다."

뭐든 완벽을 추구하는 차우재답게도, 얼마나 연습을 했는지 샌드위치는 꽤 그럴싸한 모양새였다. 은호는 눈썹을 찡긋거리며 웃었고 우재는 조금 긴장한 표정으로 시선을 피했다. 이걸 먹이려고 며칠을 준비했는데, 은호가 해가 중천이 뜰 때까지 잠만 자고 있으니 속이 상했을 만도 했다. 은호는 기분 좋게 웃으며 샌드위치를 한입 베어 물었다.

"음, 맛있어요!"
은호의 리액션에 긴장해 있던 우재의 표정이 금세 풀어졌다.
"정말입니까?"
"네, 너무 맛있어요."
"어떻게…… 맛있습니까?"
"음…… 그냥 맛있는데."
은호는 일부러 무미건조한 대답을 했다. 그러자 조바심 가득한, 실망 가득한 우재의 표정에 은호는 다시 한번 웃음이 빵 터져 버렸다.
"은호 씨는 나 놀리는 게 점점 더 재밌나 보군요."
"네. 세상에서 우리 남편 놀리는 게 제일 재밌어요, 나는."
처음으로 은호의 입에서 듣는 '남편'이라는 단어에 우재는 가슴이 덜컥 내려앉았다. 사랑스러운 이 단어가 은호의 입에서 흘러나오자 더욱 달콤하게 느껴졌다.
"다시 한번 말해 봐요."
"네?"
샌드위치를 맛있게 먹고 있던 은호가 무슨 뜻이냐는 듯 물었다.
"방금 전 한 말."
어쩐지 넋이 나간 표정인 것 같았다.
"우재 씨…… 놀리는 게 젤 재밌다는 거요?"
"아뇨. 그거 말고."
"세상에서……."
"아니요. 방금 전에 나 부른 말."
"아……."

그제야 은호가 눈을 동그랗게 떴다.
"남편……?"
우재가 고개를 끄덕였다.
"그 말, 굉장히 듣기 좋네요. 생각보다 더."
우재가 나지막이 말하자 은호가 얼굴을 붉혔다.
"우…… 우재 씨도…… 그럼…… 나 그렇게 불러 주세요."
"뭐라고 말입니까?"
우재가 식탁 위에 놓여 있는 은호의 하얀 손을 잡아 매만졌다. 어젯밤 끼워 준 반지가 햇살을 받아 더욱 반짝거렸다. 물론, 우재의 왼쪽 손에도 은호와 같은 모양의 반지가 끼워져 있었다.
"여……보……."
조금 부끄러웠지 은호가 아주 작은 목소리로 속삭였다.
"여보."
은호의 말이 끝나기가 무섭게 들려오는 다정한 목소리. 은호는 놀란 눈으로 우재를 응시했다. 가슴이 미친 듯 솜방망이질을 쳐 댔다.
"우…… 우재 씨……!"
마치 금방이라도 심장이 튀어나와 버릴 것 같은 두근거림이었다. 은호의 외침에 우재가 아니라는 듯 고개를 좌우로 저었다.
"그거 말고."
은호는 마른침을 삼키며 입술을 달싹였다. 자신보다 우재가 더 힘들어할 줄 알았던 이 달콤한 호칭이, 어쩐지 자신이 더 힘든 것 같은 기분이었다. 그러나 은호는 떨리는 가슴을 부여잡고 조용히 불러 보았다.

"여보……."

은호의 손을 매만지던 우재의 손에 힘이 들어갔다. 맞잡은 두 손이 더욱 뜨거워졌다. 그러곤 동시에 두 사람의 입가에 미소가 터져 나왔다. 더는 커지지 못할 것 같았던 사랑이 더욱 커지는 가슴 벅찬 기분. 우재는 은호를 조용히 끌어안았다. 이제야 진짜 부부가 된 것 같았다. 눈물 나게 은호가 사랑스러웠다. 은호도 마찬가지였다. 가슴이 터질 만큼의 사랑. 이런 사랑이 또 있을까 싶을 정도의 사랑이었다.

"당신하고 결혼한 게, 내 생애 가장 잘한 일인 것 같습니다."

"나도요. 당신하고 결혼하고, 사랑할 수 있어서 너무 행복해요."

우재와 은호. 두 사람은 서로를 마주 보며 웃었다.

"사랑해요, 여보."

달콤한 우재의 목소리를 들으며 은호는 눈을 감았다. 그러곤 그보다 더 달콤한 그와의 키스를 끝없이 나누었다.

〈完〉

Epilogue

다시 뜨거운 밤

깊은 새벽. 마우스 딸각거리는 소리와 서류 뭉치 넘기는 소리, 그리고 키보드 두드리는 소리만이 울리는 은호의 사무실. 알이 동그란 안경을 올려 쓰며, 그녀는 모니터 화면에 모든 신경을 집중하고 있었다.

은호가 재이 푸드 외식사업본부장으로 발령받은 지 한 달. 재이 푸드의 이름을 건 한식 전문 고급 뷔페의 런칭을 앞둔 시점이었다. 음식의 재료, 맛에서부터 경영전략과 마케팅 계획까지. 은호는 어느 부분 하나 놓치지 않고 완벽하고 세심하게 챙기고 있었다. 때문에 은호는 긴장감과 책임감에 잠잘 시간도 없이, 아니 집에 들어갈 시간도 없이 일에 매진했다.

–똑똑똑.

본부장실 문이 열렸다.

"본부장님……."

은호의 비서로 일하는 직원이 빼꼼히 문을 열고 머리를 들이밀었다.

"저…… 퇴근…… 안 하세요?"

그의 말에 그제야 시계를 확인한 은호가 깜짝 놀란 표정을 지었다. 자정이 훨씬 지난 시각이었던 것이다.

"어머, 이 비서님. 시간이 벌써 이렇게 됐네요. 저 신경 쓰지 마시고 얼른 퇴근하세요!"

비서는 아무래도 은호의 눈치를 보느라 지금껏 퇴근도 못 하고 혼자 끙끙 앓은 듯싶었다. 미안함에 은호는 내일 아침에는 스케줄 없으니 편히 쉬고 오후에 출근해도 좋다는 말을 덧붙였다.

"미안해요, 이 비서님. 내가 요즘 정신이 없네요. 앞으로는 시간 되면 그냥 퇴근하세요. 나 신경 쓰지 마시구요."

"네. 근데…… 본부장님은 안 들어가세요?"

"저도 곧 가야죠."

은호가 살짝 웃으며 자리에서 몸을 일으켰다. 뻐근한 몸을 스트레칭이라도 해 보려는 생각에서였다. 그런데 그때, 눈앞이 흐릿해지고 머리가 빙그르 돌았다. 참을 수 없는 어지러움이 밀려와 은호는 저도 모르게 눈을 감았다.

"본부장님!"

비서의 다급한 부름도 은호의 귓가엔 들려오지 않았다. 털썩. 은호의 시야가 그대로 블랙아웃 되어 버렸다.

* * *

"은호 씨!"

은호가 눈을 뜨자마자 우재가 사색이 된 얼굴로 그녀를 부르며 한숨을 내쉬었다. 은호는 무거운 눈꺼풀을 들어 올리며, 우재를 보고 애써 미소를 지어 보였다.

"괜찮습니까? 정신 들어요?"

차우재도 이렇게나 당황할 줄 아는 사람이던가. 은호는 다시 한 번 웃으며 고개를 끄덕였다.

"대체 무슨 일을 얼마나 하길래 갑자기 이렇게 쓰러……. 하……!"

우재는 기가 막힌 듯 얼굴을 감싸 쥐며 목소리를 높였다. 벌써 몇 달째, 워커홀릭처럼 밤낮없이 일만 해대는 은호가 안쓰럽고 걱정되어 그는 입이 바싹바싹 말라갔다. 우재가 아무리 말려도, 본인이 잠도 못 자가면서 일을 하니 집에 묶어 놓을 수도 없는 노릇이었다.

"여보……."

은호는 사색이 된 우재의 얼굴에 미안한 마음이 들었는지, 작지만 애교 있는 목소리로 우재를 불렀다. 그러나 우재는 벌써 은호가 수십 번 빠져나간 이런 식의 애교로는 더 안 통한다는 걸 보여주려는 듯 아무런 반응도 보이지 않았다.

"어제 하루 종일 뭐 먹기는 했습니까?"

"점심에 이 비서님이랑 도시락 먹……."

"저녁은요?"

"저녁은……."

"점심도 회의하면서 먹은 거라 거의 다 먹지도 못했다고 이 비서님이 그러시던데."

우재가 따지듯 취조해 오자 은호는 눈만 깜박일 뿐 아무런 대답도 하지 못했다.

"지난주부터는 내내 집에 와서 옷만 갈아입고 나가는 수준이었고. 그러니 이렇게 쓰러지는 게 당연하죠. 당신 이 정도면 일 중독……."

"에이, 여보. 미안해요. 내가 잘못했어요. 걱정하게 해서. 응? 당장 런칭이 코앞이라 정신없고 바빴던 것뿐이잖아요. 당신이 더 잘 알면서……."

"더 잘 아니 하는 말입니다. 이렇게 일만 하다가 정말 큰일 납니다."

우재와 은호의 작은 말다툼이 이어졌다. 오늘은 잔뜩 화가 난 우재도 물러서지 않겠다는 듯 계속해서 은호를 타박했다. 1년 전 결혼 초기의 상황과는 완전히, 180도 뒤바뀐 상황. 문 앞에 서 있던 최 팀장이 '크흠' 소리를 내며 문을 두드렸다.

"강 박사님 오셨습니다."

두 사람은 겨우 실랑이를 멈추었다.

"박사님, 안녕하세요."

은호는 씽긋 웃으며 몸을 일으켰고, 우재는 조금 굳은 얼굴로 그녀의 어깨를 안아 일으키며 그녀를 도왔다. 처음 은호가 쓰러진 걸 발견한 이 비서가 그녀를 곧장 강 박사가 있는 병원 응급실로 옮겼고, 그곳에서 응급처치와 간단한 검사를 마친 뒤 다시 집으로 돌아온 것이었다. 강 박사의 손에는 병원에서 한 간단한 검사의 결과들과 영양제로 보이는 링거 몇 병이 들려 있었다.

"강 박사님, 이 사람 혼 좀 내주십시오. 대체 얼마나 과로를 하면 이렇게 정신을 잃고 쓰러질 정도로……."

"그러게요. 사모님 혼 좀 나셔야겠습니다."

우재의 말에 강 박사가 의미심장한 미소를 지으며 은호를 나무랐다.

"박사님……."

언제나 자기편이던 강 박사마저 한마디를 거들자, 은호는 어쩐지 좀 시무룩한 표정이 되었다.

"어떻습니까. 뭐 다른 데 이상이 있거나 한 건 아니죠?"

우재가 재촉하듯 은호의 상태를 물었고, 강 박사가 입꼬리를 올리며 답을 했다.

"제가 차 회장님께 먼저 가려다가 그냥 이리로 먼저 왔습니다."

왜 회장에게 먼저 가려다 왔다고 말하는 걸까? 조금은 알 수 없는 강 박사의 말에 두 사람의 시선이 고정되었다.

"아무래도 당사자들에게 먼저 임신 소식을 알리는 게 맞을 것 같아서요."

일순 정적이 흘렀다. 은호의 미간이 살짝 일그러지는 순간, 강 박사가 말을 이었다.

"축하드립니다. 사모님 임신하셨네요."

"네……?"

그제야 은호가 놀란 목소리로 되물었고, 우재가 헛웃음을 터뜨리며 자리에서 벌떡 일어났다. 강 박사는 그저 뿌듯한 표정으로 웃을 뿐이었다.

"일단 좀 주무시고, 오후에 다시 병원 가셔서 정밀검사하시죠."

은호가 어리둥절한 표정으로 우재를 올려보았다. 그러자 우재가 와락, 그녀의 몸을 당겨 안았다. 생각지도 못한, 기대도 전혀 하지 않은 상황에서의 임신 소식에 두 사람은 어안이 벙벙하면서도 정신이 없을 만큼 가슴이 벅차올랐다.

"여보……."

은호가 우재의 어깨에 얼굴을 묻으며 그를 불렀다. 우재는 그런 은호의 머리와 등을 몇 번이고 쓸어내렸다.

"축하드려요, 사모님."

한 발짝 뒤에 서 있던 최 팀장도 웃으며 축하의 인사를 건넸다. 그토록 바라고 원했던 아이 소식. 이 꿈만 같은 소식에 두 사람은 한참 동안이나 그렇게 서로를 끌어안고 있었다.

* * *

은호의 임신 소식에 놀란 차 회장은 급기야 은호가 검사를 하고 있는 병원으로 한달음에 달려왔다. 검사 결과를 기다리고 있는 우재에게 다짜고짜 '정말이냐!' 하고 물었다. 우재는 웃음 가득한 얼굴로 고개를 끄덕였다. 닫혀 있던 문이 열리고, 은호와 강 박사가 상기된 얼굴로 걸어 나왔다. 강 박사는 문밖에 서 있던 차 회장에게 살짝 고개를 숙여 인사를 했다.

"강 박사!"

회장이 재촉하듯 그의 이름을 불렀다.

"네, 회장님. 사모님께서 임신 5주 차십니다. 초음파 검사 결과, 쌍둥이네요."

임신했다는 사실만으로도 놀라운데, 쌍둥이라니. 우재와 차 회장은 함박웃음을 터뜨렸다. 차 회장은 곁에 선 은호의 손을 덥석 잡아 쥐며 은호의 이름을 불렀다. 감격에 찬 그의 표정이 지금 그의 기분을 대신 말해 주고 있었다.

"새아가!"

은호는 따스하게 자신을 부르는 차 회장의 목소리와 다정하게 자신을 응시하는 우재의 눈빛에 그만 눈물이 새어 나오고 말았다. 믿을 수 없는 시간들이 머릿속을 주마등처럼 스쳐 지났다.

"사모님의 경우, 한 번 유산 경험이 있기 때문에 초기에 더욱 주의하셔야 합니다."

"네, 박사님."

은호는 고개를 끄덕이며 대답했다.

"당신, 당분간 일하지 말고 집에서 쉬는 게 좋을 것 같습니다."

"일은……."

우재의 말에 은호가 조금 걱정스러운 눈빛으로 그를 바라보았다. 이제 런칭이 얼마 남지 않은 상황에서 그만둘 수는 없다는 의미였다.

"새아가 네가 얼마나 그 일에 공을 들였는지 안다. 그래도 아이들 생각해서 모든 스케줄 중지하고 네 몸이 괜찮아질 때까지 미루는 게 어떻겠니?"

잠시 정적이 흐르고, 은호는 조금 망설이는 듯하더니 이내 고개를 끄덕였다. 어떤 일도 사랑스러운 아이만큼이나 소중한 것은 없다는 판단이었다. 우재가 반가운 표정으로 은호의 손을 맞잡았다.
"미안해요, 여보. 걱정하게 해서."
은호는 다시 한번 자신 때문에 마음을 졸였을 우재에게 사과의 말을 건넸다. 우재는 대답 대신 그녀의 동그란 이마에 살짝 입을 맞춰 답을 했다.
"미안하면 얘기나 해 봐요. 뭐 먹고 싶은지."
피식 웃음이 터진 은호는 한참 동그란 눈을 이리저리 굴리더니 이내 답을 했다.
"음…… 떡볶이?"
"또 떡볶이입니까?"
매운 떡볶이 맛에 학을 뗀 우재가 고개를 절레절레 저었다. 옆에서 가만 듣고 있던 차 회장은 이런 두 사람이 마냥 귀여워 뿌듯한 표정으로 웃을 뿐이었다.
"그래도 먹고 싶은데. 사실 어제저녁부터 먹고 싶었거든요. 일하느라 바빠서 먹을 시간이 없었지만……."
우재는 못 말리겠다는 표정으로 한숨을 내쉬었다.
"이제 보니 늬들 두 사람, 아주 천생연분이로구나?"
지켜보던 회장이 툭 말을 던졌다.
"우재 너도 새아가랑 결혼하기 전까진 씻고 자는 것도 잊어버리고 일만 했잖니."
"할아버지, 제가 언제……."
"풉……!"
회장이 은호의 편을 들자 순식간에 전세가 역전되어 버렸다. 억울한 듯 말을 덧붙이는 그를 보며 은호는 함박웃음을 지었다. 우재는 포기했다는 듯 작게 숨을 내쉬며 다시 은호의 손을 잡았다.

"가요. 당신 좋아하는 떡볶이 먹으러."

* * *

떡볶이를 사러 가자던 우재는 곧장 집으로 향하는 중이었다. 집 앞에 도착하자마자 급하게 은호의 손을 잡고 차에서 내리는 우재의 손길이 다급했다.

"우……우재 씨."

갑작스러운 우재의 손길에, 은호는 자신이 예감한 일을 확인하려는 듯 그의 이름을 불렀다. 쿵, 하는 소리와 함께 다급하게 현관문이 닫혔다. 그와 동시에 우재의 입술이 은호의 목덜미를 물었다. 뜨거운 숨결이 은호의 귓가와 턱선을 옮겨가며 움직였다.

"잠깐…… 잠깐만요, 우재 씨."

은호는 아직 신발도 벗지 못한 채 몸을 밀착시켜오는 우재의 다급함에 잠시 그를 밀어내고 진정시키려 해 봤지만 아무것도 들리지 않는다는 듯 우재는 막무가내였다. 이 모습을 본다면 누가 냉혈한의, 차갑고 이성적인 차우재 사장이라 생각하겠는가.

"들어가서…… 들어가서 해요, 우리. 응?"

그러나 이미 은호의 블라우스 안으로 우재의 손이 불쑥 침입해 들어왔다.

"하……."

은호는 그런 우재를 못 말리겠다는 표정으로 응시했고, 우재도 계속해서 손을 움직였다. 그의 커다란 손이 은호의 가슴을 부드럽게 어루만질 때마다 은호는 몸이 뜨거워지고 있음을 느꼈다.

"하…… 우재 씨……."

우재는 은호의 몸을 번쩍 안아 들어 침실로 향했다. 스르륵, 가볍게 침대 위로 쏟아지는 은호의 몸 위로 우재의 커다란 몸이 겹쳐졌다. 우재는 가만히 은호의 까만 눈동자를 내려다보며 속삭였다.

"고마워."

그의 진심 어린 고백에 은호의 얼굴이 화르륵 달아올랐다. 우재는 손을 뻗어 은호의 아랫배를 조심스럽게 매만지며 쓰다듬었다.

"우리 아이들, 당신 닮았으면 좋겠어."

우재가 나지막이 속삭였고, 은호는 그 목소리에 심장이 빠르게 요동치고 있음을 느꼈다. 요즘 들어 이렇게, 둘만 있는 자리에서 가끔 나오는 차우재의 반말. 아니, 더 정확히 말하자면 잠자리에서 가끔 우재는 은호에게 반말을 하고 있었다. 이 굵은 목소리로 반말을 할 때 얼마나 가슴 설레고 심장이 멎을 것 같은지 이 남자는 과연 알기나 하는 걸까. 은호는 떨리는 가슴을 부여잡으며 우재와 시선을 맞추었다.

"당신처럼 똑똑하고, 예쁘고, 귀여운. 딸이었으면 좋겠어."

"난… 우재 씨 닮은 아들이었으면 좋겠는데."

"그럼 아들 하나, 딸 하나면 되겠네."

우재의 현명한 대답에 은호는 피식 웃음을 터뜨렸다.

"그거 알아?"

"네?"

"부부간의 섹스가 배 속의 아이들한테 좋은 영향을 준다는 거."

말이 끝나기가 무섭게, 우재는 은호의 단추를 모조리 풀어 내렸다. 그러곤 그녀를 애무하기 시작했다. 그동안 눈만 마주치면, 살만 부딪치면 이렇게 서로의 몸을 만지고 안아댔으니, 사실 은호의 임신은 어느 정도 예상되어 있는 것이기도 했다. 당사자 둘만 전혀 예상치 못했던 것일 뿐.

우재는 계속해서 뜨거운 입술로 은호의 쇄골에 키스 퍼부었다. 다시, 뜨거운 밤이 찾아오고 있었다.

외전

진짜 결혼

"퇴근하고 어디 가?"

갈아입은 유니폼을 가방에 넣고, 다시 원래의 자기 옷을 입은 은호를 보며 선정이 물었다. 은호는 뭘 묻냐는 듯 간단하게 답을 했다.

"알바. 지난주부터 알바하기로 했다고 했잖아."

"아……."

선정은 그제야 은호의 말이 생각난 듯 고개를 끄덕였다.

"안 힘들어? 퇴근하고 새벽까지 또 일하려면."

"힘들지. 그래도 어쩌겠어. 이렇게라도 해야 입에 풀칠이라도 하는걸."

은호가 씨익 웃으며 손을 흔들었다.

"나 먼저 간다."

회사를 나선 은호가 향한 곳은 회사에서 버스로 30분 거리에 있는 유흥가의 어느 룸클럽이었다. 이곳에서 은호가 맡은 일은 손님들이 나간 뒤 어지럽혀진 룸을 청소하는 것이었다. 들쭉날쭉한 교대 때문에 퇴근 시간이 불규칙한 은호가 선택할 수 있는 아르바이트 자리는 많지 않았다. 하다못해 편의점 알바를 해도 정확히 시간에 맞춰 출퇴근을 해야 했으니까. 결국 '술집'이다 보니 조금 마음이 껄끄러운 것을 빼면, 페이 또한 세서 투잡으로 아주 제격인 일이었다. 처음엔 젊은 여자가 이런 일을 할 수 있겠냐며 은호를 못마땅해 하던 매니저도 일주일 동안 은호가 일하는 걸 보더니 썩 마음에 드는 눈치였다.

은호도 일은 마음이 들었다. 가끔 누군가의 더러운 토사물을 치워야 하거나 역겨운 음식 쓰레기를 치워야 하는 것만 빼면 사람 상대할 일도 없이 오히려 깨끗한 일이었다. 물론 동생 지호가 알면, 당장에 쫓아와 경을 칠 일이었지만.

"안녕하세요."

저녁 10시가 조금 넘은 시각. 가게로 들어서며 은호가 밝은 목소리로 인사를 건넸다. 그러나 어쩐지 가게 분위기가 좋지 않았다. 복도엔 한숨을 내쉬는 여종업원이 잔뜩 짜증스러운 얼굴로 서 있었다.

"무슨 일 있어요?"

은호가 지나가며 조심스레 묻자 그녀는 고개를 절레절레 저었다.

"무슨 일은. 단골 진상께서 오늘도 진상 부리고 계셔서 그렇지, 뭐."

"아……."

은호는 고개를 끄덕이며 얼른 자리를 피했다. 저기, 복도 끝에서부터 매니저가 빠른 걸음으로 걸어오고 있었다. 아마 그녀도 다른 이들에게 이 상황을 전해들은 듯했다. 바쁘게 걷던 매니저가 멀뚱히 선 은호 앞에서 걸음을 멈춰 섰다.

"은호 왔어? 8호실부터 청소해줄래? 오늘 VIP 예약이 많네."

그러곤 빠른 목소리로 말을 했다. 은호는 알겠다는 듯 고개를 끄덕였고, 매니저는 다시 빠른 걸음으로 소란스러운 곳을 향해 걸어갈 뿐이었다.

우당탕탕. 등 뒤에서 들려오는 요란한 소리를 들으며 은호는 탕비실로 향했다. 은호는 탕비실에서 가방과 소지품을 내려놓은 뒤, 매니저가 말한 8호실 앞에 섰다. 8호실이라면 VIP들만 드나드는 이 룸클럽의 VIP 룸 중 하나였다.

은호의 양손에는 청소도구들이 들려져 있었다. 그녀는 거침없이 8호실 문고리를 잡아당겨 열었다. 그렇게 무심한 표정으로 안으로 들어섰을 땐, 이미 늦은 뒤였다. 룸 안에서 은호를 이상한 눈빛으로 쳐다보고 있는 두 사람. 아직 손님이 나가지 않은 룸임이 확실했다.

"아… 저기…"

할 말을 잃은 은호는 꾸벅, 고개를 숙였다.

"죄송합니다. 제가 방을 착각해서…"

이럴 땐 얼른 내빼는 게 최선이라는 걸 잘 아는 그녀였으니까.

"아아, 잠시만요. 잠시만요."

그런데 남자 두 사람 중 한 명이 일어서며 은호를 향해 손을 뻗어왔다.

"네?"

남자는 서글서글한 얼굴로 은호를 보며 웃었다. 그러곤 은호의 손을 덥석 쥐며 아주 은밀한 목소리로 속삭였다.

"이건 선수금. 이따 방에서 나올 땐 두 배 더 줄게. 저기 저 새끼랑 같이 몇 시간만 있어 줘."

"네?"

은호는 자신의 손에 남자가 쥐여 준 무언가의 정체를 확인하기 위해 고개를 숙였다. 그건 놀랍게도 천만 원짜리 수표였다. 놀란 은호가 눈을 동그랗게 깜빡였다. 아무래도 이 남자, 자신을 이 클럽의 여종업원 정도로 착각하고 있는 게 분명했다.

"저기요, 저는……."

"알았어. 세 배. 매니저한테 특별히 부탁했는데 자꾸 이렇게 내뺄 거야?"

"아……아뇨, 저는 저기……."

"대신 그냥 나오면 가만 안 둔다."

남자는 당황스러운 말을 남긴 채 은호를 룸 안으로 떠밀었다.

"아, 저는 잠시 통화 좀 하고 오겠습니다. 본부장님 잠깐만 앉아 계세요."

그리고는 쿵, 룸의 문을 닫고 저가 먼저 빠르게 내빼 버리는 것이었다. 결국 룸에 남겨진 건 또 다른 남자와 은호. 단둘뿐이었다.

은호는 여전히 손에 쥐어져 있는 천만 원짜리 수표를 응시하며 작게 한숨을 내쉬었다. 누구는 밤낮없이 일하고 알바해 가며 한 푼 두 푼 모아야 하는데, 여기 드나드는 사람들은 이렇게 처음 보는 여자한테 천만 원짜리 수표를 툭 건넬 만큼 다른 세상에 사는 사람들이로구나. 자괴감이 들었다.

"청소하러 들어왔습니까?"

그때. 등 뒤에서 남자의 굵은 목소리가 들려왔다. 은호는 뒤를 돌아 남자의 모습을 살폈다.

"어머!"

남자의 얼굴을 확인한 은호는 저도 모르게 소리를 내지를 수밖에 없었다. 남자의 정체는 다름 아닌, 자신이 매일 아침 인사를 건네고 마주치는 재이그룹 경영본부장, 차우재였던 것이다. 다행인지 불행인지, 차우재는 은호를 전혀 알아보지 못하는 듯했다.

"청소할 거면 나 신경 쓰지 말고 청소하십시오. 난 아까 그분이랑 마무리 지어야 할 이야기가 있어서."

은호를 여종업원으로 착각한 조금 전 남자와 달리, 우재는 단번에 은호가 이곳 청소 알바임을 알아보았다.

"아……."

은호는 혹여나 우재가 자신의 얼굴을 알아보는 건 아닐까 싶어 얼른 고개를 돌렸다. 재이 그룹은 계약직 직원에게도 겸업을 금지하는 사규를 가지고 있었다. 만약 알바라도 겸업 사실이 확인될 경우 몇 달 뒤 있을 재계약 심사에서 불이익을 크게 당할 수도 있는 일이었다. 그런 은호의 마음을 아는지 모르는지, 우재는 작은 한숨을 내쉬며 손목시계를 내려다보았다. 자신의 금쪽같은 시간이 흘러가고 있음이 화가 나는지 표정은 영 밝지 못했다.

어쩔 수 없이 따라온 자리였다. 이번에 재이에서 인수합병을 위해 공을 들이고 있는 TY 백화점. 그 실무진이라 할 수 있는 사장이 우재를 여기까지 끌고 온 것이었다. 나름대로는 우재에게 잘 보이고, 잘 접대하기 위한 일이라 생각하겠지만 그건 그가 우재에 대해 전혀 알지 못하고 저지른 만행이나 다름없었다. 차우재가 이런 장소와 접대를 얼마나 혐오하는지 미처 알지 못했던 것이다.

"뭡니까?"

시계를 보던 우재가 조금 날 선 목소리로 은호에게 물었다. 청소도 하지 않고 곁에서 쭈뼛쭈뼛거리고 있는 그녀가 영 거슬렸다.

"아. 내가 착각했습니까?"

우재는 위아래로 은호를 훑었다. 사실 은호가 쭈뼛거리고 있었던 이유는 단 하나 아까 남자에게서 받은 수표를 돌려주기 위해서였다.

"네?"

"그럼 그쪽 매니저한테는 재미있게 잘 논 걸로 해둘 테니 그냥 나가죠. 그쪽 같은 여자들 아주 경멸스럽군요."

우재는 쭈뼛거리는 은호를 보며, 청소 알바가 아닌 진짜 여종업원으로 오해를 했다. 우재의 말에 기가 막힌 듯, 은호가 '하.' 하고 한숨을 내뱉으며 입술을 깨물었다.

"뭐라구요?"

은호가 발끈한 목소리로 되물었다.

"지금 말 다 하셨어요?"

은호는 이 남자가 자신의 상사라는 사실도 잊은 채 이맛살을 찌푸리며 목소리를 높였다. 자기를 청소하는 알바가 아닌 여종업원으로 착각한 것은 상관없었다. 이런 곳에 있는 여자라면, 충분히 그런 착각을 할 수도 있는 일이니까. 그런데 '그쪽 같은 여자', '경멸스럽다'는 단어는 정말이지 참을 수가 없는 은호였다. 자신이 여기서 일하는 모든 여종업원들의 입장을 대변할 수는 없었지만, 적어도 어쩔 수 없이, 삶의 나락에서 빠져나갈 수 없어 계속 이곳에 머무는 불쌍한 인생들도 많았다. 그게 지난 일주일간 은호가 겪은 이곳의 분위기였다.

"경멸스럽다니요? 그럼, 이런 경멸스러운 곳에 드나들면서, 경멸스러운 여자들 끌어안고 그 고귀하신 사업 얘기하는 당신은 얼마나 고상하신데요?"

욱하는 마음에 은호는 우재를 향해 계속 쏘아붙였다.

"그래, 뭐. 당신같이 금수저 물고 태어난 인간들이 뭘 알겠어요. 근데 그거 알아요? 난 당신 같이 오만하고, 겸손하지 못한 인간들이 경멸스러워요."

흥분한 은호의 말을 가만히 듣고 있던 우재가 한참이나 그녀의 얼굴을 뚫어져라 응시했다. 그제야 은호는 지금 자신이 무슨 말을 지껄인 것인지 깨달으며 재빨리 시선을 피했다.

미쳤다, 유은호. 어릴 때부터 습관처럼 배어 있던 이 죽일 놈의 성격이 또 치밀어 오른 것이었다. 부정한 일을 보거나 부당한 일을 겪을 때면 참지 못하는 이 못된 성격.

"할 말 다 했습니까?"

이번엔 우재가 은호에게 물었다. 은호는 발개진 얼굴로 입술을 깨물었다. 어쩐지 조금 굳은 우재의 표정. 우재는 슬쩍 손을 뻗어 은호의 손목을 덥석 잡아 쥐었다. 깜짝 놀란 은호가 잡힌 손을 내빼려 했지만 우재는 그녀를 쉽사리 놓아주지 않았다.

"저……저기……."

은호가 당황한 목소리로 입술을 깨물었다. 우재가 은호의 손을 쥔 까닭은 은호의 손에 쥐어져 있던 수표 때문이었다.

"돈, 받았네요?"

우재가 한쪽 입꼬리를 올리며 은호에게 물었다.

"아, 아뇨……. 이거는 아까 그분이 저를 오….…"

"돈 받았으면 그에 대한 서비스를 해야 하지 않습니까? 경멸스러운 인간, 안 되려면?"

결국, 은호는 떨리는 눈빛으로 다시 우재를 마주 보아야 했다. 야릇하고 묘한 긴장감이 팽팽하게 흘렀다.

"이……이거 놔주세요!"

용기를 낸 은호가 목소리를 높였다. 그러나 우재는 표정 하나 변하지 않고 계속해서 은호를 응시할 뿐이었다. 어쩐지 낯익은 얼굴이었다. 가까이에서 보고 나니 꽤나 예쁘장한 얼굴이기도 했다. 그래서 낯이 익은 건가. 우재는 가만히 은호의 얼굴 구석구석을 관찰하듯 살폈다.

"보……본부장님!"

당황한 은호가 손을 잡아 빼며 소리를 질렀다.

"아. 이제야 생각나는군요."

그러자 우재가 미간을 살짝 찌푸리며 말했다.

"당신, 우리 회사 안내 데스크에서 일하는 직원. 맞습니까?"

우재의 질문에 은호는 다시 얼른 고개를 돌렸고, 그의 손이 더욱 강하게 은호의 손목을 쥐며 제 쪽으로 끌어당겼다.

"엄마야!"

그 덕분에 은호의 몸이 우재에게로 완전히 기울어지며 쓰러졌다. 우재의 몸 위에 완전히 포개어져 버린 은호의 몸. 순식간에 은호의 얼굴이 새빨갛게 달아올랐다.

"낮에는 재이에서 일하고, 밤에는 여기서 이런 일 하고. 그러나 보죠?"

우재가 인상을 쓰며 말하자, 은호가 벌떡 몸을 일으켰다.

"오……오해하셨어요, 친구 부탁 때문에 어쩔 수 없이 오늘 하루만 알바 대타를……."

"이름이 뭡니까?"

이름을 묻는 우재에게 은호는 아무런 대답도 할 수가 없었다. 이름을 말하는 순간, 내일 아침 곧바로 재이그룹 감사실에 끌려갈 것이 뻔했으므로.

"저……저기, 본부장님."

"이름이, 뭡니까."

"하……."

"지금 이름 말 안 한다고, 내가 그쪽을 못 찾을 거라는 멍청한 생각을 하는 건 아니겠죠."

우재의 협박 아닌 협박에 은호는 두 눈을 질끈 감았다.

"하……."

은호는 깊은 한숨을 내쉬며 작은 목소리로 대답을 했다.

"유……은호……입니다."

은호의 이름을 들은 우재가 다시 한번 그녀를 위아래로 훑었다.

"그런데 본부장님, 정말 오해세요. 저는……."

"아, 됐습니다."

우재는 더 들을 필요도 없다는 듯 은호의 말을 끊었다. 은호는 어떻게든 우재의 이 오해를 풀어야만 한다는 생각이 들었다. 그렇지 않으면 당장 밥줄이 끊기는 건 이제 시간문제였다.

"본부장님……."

"유은호 씨, 그만 나가시죠."

"본부장님."

"나가라는 말 못 들었습니까?"

은호는 곤란한 표정으로 눈을 질끈 감았다.

"안 나가겠다면 내가 나가겠습니다."

손목시계를 한 번 더 힐끗, 하더니 이번엔 우재가 몸을 일으켰다. 그리곤 망설임 없이 룸을 뚜벅뚜벅 걸어 나갔다. 이대로 우재를 보낼 수 없었던 은호도 다급하게 우재를 따라나섰다. 우재는 휴대폰을 들고 어디론가 전화를 걸었다. 아무래도 아까 그 남자에게 전화를 거는 모양이었다. 그러나 상대가 전화를 받지 않는지 난감한 표정으로 전화를 끊으며 한숨을 내쉬었다.

"본부장님……."

우재를 따라 나온 은호가 조심스레 우재를 불렀다.

"뭡니까?"

"저 정말 여기서 알바 하는 거 아니에요. 뭔가 본부장님이 오해를 하셔서……."

"오해라."

"네, 오해예요. 전 정말……."

"그럼 이 룸 클럽 매니저 불러서 삼자대면, 확인이라도 해 볼까요?"

은호의 뻔한 거짓말에 우재도 세게 말을 내뱉었다.

"왜 이런 데서 일합니까? 아무리 계약직이어도 재이그룹, 그렇게 월급 박하게 주지 않는데. 그저 돈에 눈이 어두워서 아무 남자가 주는 수표나 덥석덥석 받고. 그게 유은호 씨라는 사람입니까? 천박하고 경멸스럽습니다."

날카롭고 차가운 우재의 말이 이어졌다. 우재의 말을 듣는 동안 은호의 고개가 툭, 아래로 떨어졌다. 저도 모르게 울컥, 눈물이 치밀어 올랐기 때문이었다. 우재는 아무런 말도 없이 고개만 숙이고 있는 은호를 응시했다. 은호의 어깨가 파르르 떨리고 있음을 감지한 그가 손을 뻗어 저도 모르게 그녀의 어깨를 만지려는 순간, 은호가 뒷걸음질을 쳤다.

"네. 맞아요."

그러곤 고개를 들어 빨개진 눈으로 우재를 응시했다.

"본부장님 눈엔, 얼마나 돈에 눈이 어두웠길래 월급도 모자라 이런 유흥업소에서 밤일이나 하고 다니는 걸까 싶으시겠죠."

"……."

"맞아요. 저 월급으론 턱도 없이 돈이 부족해요. 그래서 여기서 알바 하는 거 맞고요. 그걸 이유로 내일 당장 해고하신다 해도 할 말 없는 거 맞아요."

"유은호 씨."

"근데요. 잘 알지도 못하면서 이렇게 사람 함부로 판단하지 마세요. 내가 당신이 주는 월급이 왜 부족한지, 왜 밤낮없이 이런 데서 청소까지 하면서 돈을 벌어야 하는지. 그거 본부장님 전혀 모르시잖아요."

은호의 눈에서 또륵, 커다란 눈물방울이 떨어져 내렸다. 은호의 눈물을 보는 순간 당황한 우재가 할 말을 잃고 미간을 찌푸렸다. 이 감정, 뭐지. 은호의 눈물에 알 수 없는 감정의 물결이 우재의 가슴 속에서 요동치고 있었다. 하얗고 말간 얼굴에 어려 있는 애처로움. 아니, 그저 연민이나 동정심인가. 또르륵 흘러내리는 저 눈물을 닦아주고 싶을 만큼의 이상한 감정이었다.

"아무것도 모르면서, 잘난 척하지 마셨으면 좋겠네요."

은호는 그 말을 끝으로 우재에게 꾸벅 고개를 숙여 인사했다. 그러곤 마치 이제 다시는 볼 일이 없는 사람처럼 돌아서 걸어가 버렸다. 우재는 저 멀리로 사라져가는 은호의 뒷모습을 한참 동안 지켜보고 서 있었다. 잔뜩 떨리는 어깨가 그녀가 계속 울고 있음을 알려주었다. 참 이상한 여자였다. 도무지 눈을 뗄 수 없을 만큼.

* * *

"유은호 씨."

인사팀장이 아침부터 은호를 불렀다. 은호는 드디어 올 것이 왔음을 직감하고 눈을 질끈 감았다. 지난밤, 그렇게 우재와 헤어져 집에 돌아가 얼마나 후회를 했는지 모른다. 자신이 미치지 않고서야 어떻게 그런 짓을 할 수 있었는지, 그녀는 뼈저리게 후회를 했던 것이다.

이제 직장을 잃으면 당장 어떻게 먹고살아야 할지 눈앞이 캄캄했다. 은호는 숨을 죽이고 인사팀장의 뒤를 따랐다. 얼마나 그녀를 따라 걸었을까. 팀장의 사무실이나 직원 상담실, 혹은 사내 감사실로 끌려갈 줄 알았던 은호는 조금 당황스러운 표정을 지었다. 인사팀장이 자신을 데려간 곳은 다름 아닌 본부장실이었다.

대체 여긴 왜? 어제 일을 대놓고 직접 따져 묻겠다는 건가? 은호는 안내 데스크 유니폼인 붉은색 모자를 고쳐 쓰며, 마른 입술을 꾹 깨물었다. 그녀의 가슴에 불안이 엄습했다.

"유은호 씨 데려왔습니다."

태블릿 PC에 시선을 고정한 채 무언가를 집중해 보고 있던 우재는 인사팀장의 목소리에 고개를 들어 그녀와 은호를 응시했다.

"유은호 씨랑 둘이 할 말이 있으니, 팀장님은 나가보시죠."

그렇게 본부장실엔 은호와 우재. 둘만이 남았다.

"앉아요."

멍하니 서서 쭈뼛거리는 은호를 보며 우재가 먼저 말을 걸었다. 은호는 어색한 몸짓으로 소파에 앉으며 고개를 숙였다. 그리곤 밤새 생각해왔던 말을 내뱉기 위해 눈을 질끈 감았다.

"본부장님. 어제는 제가 미쳐서 본부장님께 그런 결례……."

"유은호 씨, 돈 필요하다고 했었죠?"

"네……?"

갑작스러운 우재의 말에 은호가 고개를 번쩍 들었다.

"얼마나 필요합니까?"

"본부장님."

은호는 의아한 눈빛으로 우재를 응시했다.

"유은호 씨 필요한 만큼의 돈, 내가 줄 수 있을 것 같아서 물어보는 겁니다."

대체 이게 무슨 소리란 말인가. 은호는 동그란 눈을 깜빡이며 눈썹을 찡긋거렸다. 어젠 왜 그랬냐고 탓하는 말이 아닌, 해고하겠다는 말도 아닌, 돈을 주겠다는 말이라니. 전혀 예상치 못한 이야기였다. 대체 왜……. 본부장이 왜 나에게 돈을 줄 수 있다고 말하는 걸까?

"본부장님께서 왜 저한테……."

"유은호 씨가 절박해 보여서."

도무지 알 수 없는 이야기였다.

"절박한 사람을 이용해야 할 만큼, 나도 절박한 상황이니까요."

"네?"

"나랑 결혼하죠."

"네?"

은호는 저도 모르게 몸을 벌떡 일으켰다.

"아니, 다시 정정하겠습니다. 나랑, 계약 결혼을 해 주세요."

이 청천벽력 같은 이야기에 은호는 어찌해야 할 바를 모르고 멍하니 서 있어야 했다. 우재는 은호를 보며 가지고 있던 서류봉투를 꺼내어 들었다. 봉투 안에선 누가 봐도 계약서인 서류 두 묶음이 쏟아져 나왔다.

"나, 나랑 섹스하면서 같이 살아줄 계약 아내가 필요합니다. 그리고 그 역할을 유은호 씨에게 맡기고 싶습니다."

우재의 말에 은호는 할 말을 잃었다. 자신이 지금 꿈을 꾸는 건가 싶을 정도로 멍한 기분이랄까. 잠시 뒤, 은호는 고개를 절레절레 저으며 읊조렸다.

"시……싫어요."

* * *

우재는 은호의 입술을 빨며 차의 시트 버튼을 눌렀다. 버튼이 눌리자 은호의 몸이 자연스레 뒤로 젖혀졌다.

"하……."

우재는 은호의 가슴을 힐끗 내려다보며 저도 모르게 마른침을 삼켰다. 벌써 꽤 많이 은호와 섹스를 한 후였지만 볼 때마다 은호의 굴곡진 몸매에 숨이 막히는 듯했다. 하얗고 뽀얀, 아이 같은 얼굴과는 달리 풍만하고 민감한 유은호의 몸. 그런 몸이기에 섹스 때마다 우재를 이토록 달아오르게 하는지도 몰랐다. 천하의 차우재도 이성을 잃고 차에서 하게 될 만큼.

"하……! 우재 씨……."

우재의 집요한 애무가 이어졌다.

"하, 역시 민감하군요. 유은호 씨."

은호는 우재의 말에 얼굴이 붉어질 수밖에 없었다. 상상도 해 본 적 없던 본부장과의 결혼, 게다가 이런 진한 섹스라니. 은호는 우재의 손길만으로도 머릿속이 아득해지는 것만 같은 기분이었다.

"저……저기, 우재 씨. 정말 여기서 계속할 거예요?"

여긴, 회사 지하주차장이었다. 아무리 밖에선 안이 잘 보이지 않는다 해도 지나다니는 사람이 아예 없지는 않은 그런 곳. 은호는 입술을 달싹였다.

"제발 해 달라고 한 게 10분도 안 된 것 같은데. 그새 마음이 바뀐 겁니까?"

"그……그거는……."

“마음이 바뀌었다고 보기엔, 몸은 꽤 솔직한 것 같군요.”
“하……. 우재 씨…….”
우재의 손가락 움직임에 은호는 정신이 아득해졌다.
“그리고 나도 이미 이렇게 흥분해버렸습니다. 그만두기엔 너무 늦었어요.”
우재는 은호의 몸을 다시 살짝 들어 올렸다.
“오늘은 유은호 씨가 알아서 해 보세요.”
“네……?”
은호가 신음을 흘리며 허리를 꺾었다. 은호는 자연스럽게 우재의 가슴에 손을 얹어 몸을 지탱했다.
“잘…… 하는군요.”
제 위에 앉은 은호를 보며 우재는 더 강한 쾌감을 느끼는 중이었다. 우재는 미간을 찡긋거리며 거친 숨을 몰아쉬었다. 은호와의 행위에 왜 이렇게 흥분을 하는지, 왜 이렇게 강한 쾌락을 느끼는지 도통 모를 일이었다. 지금껏 한 번도 여자를 안고 싶다거나, 성욕을 느껴 본 적 없는 그였다. 그런데 결혼 후 처음 은호를 안은 뒤부터, 그의 머릿속엔 온통 유은호를 안는 일뿐이었다.
본능이 그를 그녀에게로 이끌었다. 쾌감은 계속되었지만, 절정에 이르기엔 부족한 그런 상태. 은호는 빨개진 얼굴로 우재를 내려다보며 입술을 깨물었다. 흥분감에 안달이 났다는 증거였다. 우재는 끝까지 자신이 하지 않고 은호의 안달 난 얼굴을 더욱 즐길 생각인 모양이었다. 은호는 그런 우재의 나쁜 계획을 눈치채고 있으면서도 아무런 반박을 하지 못했다.
어젯밤엔 정확히 정반대의 상황이었다. 어제 침대에서는 흥분감에 안달 난 우재를 외면하고 모르는 척 잠이 들었던 은호였기 때문이다. 은호는 절정의 오르가슴이 아닌, 감질날 정도의 쾌감에 점차 지쳐가고 있었다. 은호는 애원하듯 우재의 가슴에 안겨들며 속삭였다.

"우재 씨 제발…… 미칠 것 같아요, 나……."

그녀의 숨 가쁜 항복 선언에 우재의 입꼬리가 슬며시 말려 올라갔다. 우재가 은호의 허리를 두 손으로 잡아 올리자 은호의 입술에서 교성이 터져 나왔다. 좁은 차 안, 움직임이 제한되어 있는 이 공간에서 우재는 이제 은호가 원하는 대로 해 줄 생각이었다.

은호는 입술을 떨며 야릇한 쾌감을 느끼기 시작했다. 은호의 몸이 파르르 떨렸다. 흥분이 절정에 이르고 있다는 뜻이었다. 지난 몇 번의 행위로, 우재는 은호의 몸 구석구석을 완전히 파악하고 있는 듯했다. 쾌감 속에서도 은호는 심하게 흔들리는 차가 걱정되는지 주변을 두리번거리며 입술을 깨물었다.

"뭐 어떻습니까. 부부끼리, 차에서 좀 하겠다는데……."

"그 그래도……!"

"그리고 이 회사, 내 겁니다. 이 주차장도 내 거라는 말이죠."

은호의 손가락이 꼬옥, 우재의 팔근육을 파고들었다.

"하……!"

우재는 눈썹을 찡그리며 은호의 몸을 꽉 끌어안았다. 은호도 그런 우재의 어깨에 매달리듯 안겼다. 뜨겁고 강렬한 쾌감이 두 사람의 온몸을 사로잡았다. 정신이 아득해지고 눈앞이 뿌옇게 흐려지는, 말로 설명 못 할 강한 쾌감이었다. 진득하고 아찔한 행위였다.

우재는 안고 있던 은호의 입술에 살짝 입을 맞췄다.

"미치겠군요, 유은호 씨 때문에."

우재는 제 품에 안겨 꼼지락거리는 은호가 사랑스러워 죽겠다는 눈빛이었다. 은호는 훅 들어온 우재의 달달한 고백에 얼굴이 화르륵 달아오르는 기분이었다.

"가만. 이대로 잠깐만 있어요."

부끄러움에 몸을 내빼려는 은호를 더욱 꽉 끌어안으며 우재가 속삭여왔다. 은호는 두근두근, 자신의 심장박동이 평소보다 훨씬 빠른 속도로 뛰어대고 있음을 느꼈다.

"유은호 씨 심장도 빨리 뛰는군요."

우재의 말에 은호는 더 심장이 쿵 내려앉는 느낌이었다. 어쩐지 제 마음을 우재에게 완전히 들켜버린 부끄러운 마음.

"내 심장도 빨리 뛰고 있는데."

우재는 은호의 작은 손을 맞잡고 자신의 가슴 위에 살짝 올려놓아 확인시켜 주려는 듯했다. 우재의 말대로 그의 심장도 엄청난 속도로 빠르게 뛰어댔다. 은호가 동그란 눈으로 우재의 눈을 마주했다.

"나, 아무래도 유은호 씨를 좋아하게 된 것 같습니다."

"우재 씨……."

"유은호 씨가 너무 좋아 죽겠습니다."

갑작스러운 우재의 고백. 은호는 떨리는 가슴으로 가만히 그의 진지한 눈빛을 응시했다. 온몸의 세포 하나하나가 꿈틀거리며 움직이기 시작했다. 설렌 가슴은 터질 듯 쿵쾅거렸다. 우재의 입술이 다시 은호를 향해 다가왔다. 그의 입가엔 다정한 미소가 가득했다. 그의 입술을 받아들이며 은호의 입꼬리도 슬며시 말려 올라갔다. 서로를 보며 마주 보고 웃는 두 사람. 맞닿은 몸이 뜨겁다 못해 불타오르는 두 사람. 그제야 은호는 확신할 수 있었다. 이게 바로 '사랑'이라는 것을.

〈The End〉